ILKA MCCREE

TOCHTER AUS BLUTIGEM HAUSE

V. A. KRAMER

Bibliografische Information der Deutschen Nationalbibliothek: Die Deutsche Nationalbibliothek verzeichnet diese Publikation in der Deutschen Nationalbibliografie; detaillierte bibliografische Daten sind im Internet über dnb.dnb.de abrufbar.

Herstellung und Verlag: BoD – Books on Demand, Norderstedt

Lektorat: Uschi Zietsch-Jambor
Covergestaltung: mikeysgraphicz

ISBN: 978-3-7557-7871-4

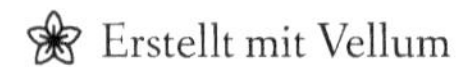

Für Tony

EINS

Der Abend brach bereits über Lemides herein, als sich ein einsames Raumschiff der Atmosphäre des Wüstenplaneten näherte. Der Blick von der Kommandobrücke aus hätte atemberaubend sein können. Die Sonne ging soeben unter und zauberte ein beeindruckendes Farbenspiel auf das sonst eintönige Rotbraun der zerklüfteten Oberfläche.

Doch das Cockpit des Raumschiffs war leer. Niemand konnte die spektakuläre Aussicht genießen. Einzig die Geräte gingen eifrig ihrer Arbeit nach. Der Höhenmesser zeigte eine rasch sinkende Distanz zur Planetenoberfläche an, Messinstrumente piepsten, rote und grüne Lämpchen blinkten in hektischem Stakkato. Auf der Konsole hatten sich Staub und Krümel angesammelt, als hätte hier schon seit Jahren niemand mehr geputzt. Ein merkwürdiger Friede lag über dem verlassenen, mattschwarz ausgekleideten Cockpit. Dann unterbrach das scharfe, tieffrequente Saugen einer Vakuumpumpe die ruhige, gleichförmige Melodie der piepsenden Geräte. Am rechten, hinteren Teil des Cockpits öffnete sich eine Tür. Eine ungewöhnlich große, muskulöse Frau mit dunkler Haut und pechschwarzem Haar trat herein. Sie zog den Reißverschluss ihrer Lederhose zu, schloss den breiten Gürtel mit dem Waffenholster, und setzte sich mit einem langen Seufzer wieder auf den Sitz vor der Steuerkonsole. Die durchgesessene Polsterung gab ein schwaches Knarzen von sich, als die Frau sich in dem rissigen Leder zurücklehnte. Sie deaktivierte die Rexkompressoren und schaltete von Sternenätherantrieb auf konventionellen Antrieb um.

Captain Ilka McCree seufzte und zündete die Triebwerke. Der Gravitationsmodulator stellte sicher, dass das Raumschiff weder zu viel von dem überteuerten Treibstoff verbrauchte noch zu schnell in die Atmosphäre eintrat. Ilkas Blick wanderte kurz über die Messgeräte, dann aus dem Fenster.

»Guten Abend, alter Freund. Wie ich sehe, bist du immer noch so ein hässliches Stück Scheiße wie beim letzten Mal«, sagte sie zu dem Planeten, dessen Oberfläche sie sich zügig annäherte. »Na, dann wollen wir mal.«

Rotbraun und staubig zog die Landschaft unter Ilka McCree dahin, als sie auf Landeanflug ging. Nirgends auch nur ein Fleckchen Grün oder gar Wasser zu sehen. Einzig die Siedlung und der Raumhafen unterbrachen den eintönigen rotbraunen Anblick mit noch weniger illustrem Grau. In letzter Zeit war auf Lemides nicht viel los. Andererseits – wann war das schon jemals der Fall gewesen? Die Union hatte mit der Zentralisierung der politischen Macht in den letzten Jahrhunderten dafür gesorgt, dass Planeten wie dieser kaum souverän agieren konnten, um sich dann nicht mehr um diese strategisch unwichtigen Gebiete zu kümmern. Zurückgeblieben ist, wie in so vielen Fällen, ein gescheiterter Planet.

Ilka war die vergangenen Standardmonate einige Male auf Lemides gewesen, um Zwischenstation zu machen, Informanten zu treffen oder einfach nur, um zu tanken. Auch an diesem Tag, der sich orangerot bis tintenblau dem Ende zuneigte, war auf dem kleinen Raumhafen ausreichend Platz für ihr Schiff, die XENA Rex. Vielleicht dreißig Schiffe standen dort, ragten wie ungleiche Spielfiguren vereinzelt von dem staubigen Parkplatz auf. Der Raumhafen war für viel mehr Schiffe geplant und gebaut worden, damals, als sich vor rund vierhundert Jahren die Kolonien über die Galaxie Pandorra VII ausgebreitet hatten. Die Möglichkeit, über künstlich erzeugte Wurmlöcher vorher undenkbare Distanzen zu überwinden, hatte die Menschheit vor dem selbstverschuldeten Untergang bewahrt. Sie waren hungrig gewesen nach neuem Lebensraum und voller Hoffnung auf eine goldene Zeit, auf einen Neuanfang jenseits ihres Herkunftssystems, das sie zu Grunde gerichtet hatten. Doch aus diesen Anfängen entstand auf Lemides, wie auf vielen anderen Kolonieplaneten, nie mehr als das, was noch heute da war: ein schlecht ausgestatteter Raumhafen, der niemals sein volles Potenzial ausgeschöpft hatte. Einen Großteil der Stellfläche, die für Raumschiffe geplant worden war, hatte sich die umliegende Wüste unerbittlich wieder zurückerobert.

McCree parkte ihr Raumschiff am äußersten Rand und machte sich auf den Weg nach unten, zum Ausgang über die Laderampe. Als sie am Frachtraum vorbeikam, der sich direkt neben dem Ausgang befand, stellte sie fest, dass dort mal wieder die Tür offenstand.

Ich muss endlich diese beschissene Verriegelung reparie-

ren. Das sollte das erste sein, worum ich mich kümmere, sobald ich wieder auf Bocinda bin.

So langsam machten sich die fast 70 Jahre bemerkbar, die die XENA Rex auf dem Buckel hatte. Fast nach jedem Auftrag musste Ilka einige Reparaturen am Schiff vornehmen. Langsam ging es ins Geld, doch niemals hatte sie auch nur in Erwägung gezogen, ihr treues Schiff gegen ein neueres Modell einzutauschen. Bis auf einige Wehwehchen hatte die XENA alles, was sie brauchte. Auch wenn die kleinen Macken manchmal nervten.

Ärgerlich zog Ilka die Schiebetür des Frachtraums von Hand zu und drückte auf den Verriegelungsknopf. Die Tür schob sich ganz langsam wieder auf. *Verdammt.* Ilka spürte, wie Zorn in ihr hochstieg. Sie zog die Tür ein weiteres Mal zu und versetzte ihr einen Tritt. Dann drückte sie den Knopf erneut. Das rote Licht über dem Durchgang blinkte kurz auf. *Na, geht doch.*

Captain Ilka McCree trat mit ihren schweren Stiefeln über die Laderampe auf den staubigen, trockenen Boden hinaus und ließ den Blick über den Raumhafen schweifen. Überall waren geschäftige Leute verschiedener Herkunft unterwegs. Die meisten anderen Schiffe konnte sie von hier aus sehen. Bis auf eine EAGLE 3, die in voller Pracht in der Abendsonne glänzte, als hätte sie jemand persönlich mit Spucke blankpoliert, handelte es sich bei den meisten Raumschiffen um ältere Modelle. Einige von ihnen waren, ihrem Äußeren nach zu urteilen, gerade noch so flugtüchtig. Ein paar größere Handelskreuzer, einige kleine Blechdosen und vereinzelt die solide gebauten, aber alles andere als modernen TZG 73, die häufig zum Transport von Schmuggelware verwendet wurden, weil sie sich zur Selbstverteidigung problemlos mit Geschützen aufrüsten ließen. Ihre Crews waren hier, um Waren zu tauschen, wie die meisten anderen auch. Es war merkwürdig, dass dieser Planet es wegen seiner Lage am Rand des Systems nicht geschafft hatte, mehr Profit aus dem Handel zu schlagen. Alles hier wirkte alt und räudig.

Plötzlich blieb Ilkas Blick an einem Raumschiff am Rande des kleinen Raumhafens hängen. Es war ein Patriot-Fighter, ein Schiff der Unions-Sicherheitskräfte.

Shit, was machen die denn hier? Das Letzte, worauf Ilka jetzt Lust hatte, war ein Zusammenstoß mit Unionsleuten. Auf Lemides blieb man von dieser Pest normalerweise verschont. Strategisch unwichtige und restlos ressourcenfreie Gebiete wie diese waren schlichtweg den Aufwand nicht wert, hier mehr als eine Handvoll Getreuer mit ein paar Credits zur Wachsamkeit anzuhalten. Eigene Leute hier zu postieren war der Unionsregierung zu teuer. Umso mehr beunruhigte Ilka, dass gerade jetzt eine Patrouille hier war. *Ich hoffe, die sind nur auf der Durchreise, und nicht auch hinter meinem Auftrag her.*

Das Abendrot schmeichelte dem Planeten und zauberte einen satten Rotton auf die Wüste, die das Gelände mit Dünen und karstigen Felsen umgab. Der Raumhafen war trostlos, mit seinen flachen, funktionalen Bauten und der vom Wüstensand gezeichneten Apparaturen, doch die untergehende Sonne schaffte es trotzdem, allem einen Hauch von nostalgischer Romantik zu verleihen. Verändert hatte sich seit Ilkas letztem Besuch überhaupt nichts. Nicht, dass sie es erwartet hätte. *Du hast vor dreihundert Jahren schon so wenig zu bieten gehabt, und das wird wohl dein Schicksal bleiben,* dachte sie.

Ilka machte sich auf die Suche nach dem diensthabenden Wachpersonal. Sie fand einen an das Wachhäuschen gelehnten jungen Eddox, der offenbar hier arbeitete, oder vielmehr: arbeiten sollte. Er schien entweder nichts zu tun zu haben oder sich eine Pause zu genehmigen. Gelangweilt wedelte er mit seinen Kopftentakeln und kratzte sich an seiner warzigen, graubraunen Nase. Er trug eine schlecht sitzende graue Uniform ohne Ärmel, aus der die übergroßen, wulstigen Arme herausquollen wie Wurst aus einer aufgeplatzten Pelle. Ilka marschierte auf ihn zu.

»Hey, wo kann ich mein Schiff eintragen?«

Er sah auf, schien kurz zu überlegen, ob es die Mühe wirklich wert war, seine Untätigkeit zu unterbrechen und griff dann nach einem Pad, das er ihr hinstreckte. Während sie die Daten ihres Raumschiffes eingab und ihre Zahlungsdaten scannte, blickte er ihr über die Schulter und sagte anerkennend: »XR 2000 SL, was? Hab schon lange keine echte XENA Rex hier gesehen, wusste nicht, dass es überhaupt noch welche gibt.« Er schnalzte mit der Zunge.

Ilka gab keine Antwort. Das letzte, worauf sie jetzt Lust hatte, war einer dieser Wichtigtuer, die ihr erklären wollten, was für ein geiles Teil ihr Raumschiff war. Als ob sie das nicht selbst wüsste. *Halt einfach die Fresse, Kleiner.*

Doch er hielt die Fresse nicht. »Das letzte Modell mit zwölf fetten Rexkompressoren. Bester Sternenätherantrieb, den es je gab, so ziemlich unschlagbar in Sachen Schnelligkeit«, schwadronierte er.

In Ilka begann es zu brodeln. *Erklär mir jetzt* nicht, *was die XENA Rex alles kann, als würde ich mich nicht auskennen.*

»Das Ding ist eine echte Besonderheit«, fuhr er fort. »Gibt fast keine mehr von ihrer Art, und die Rexkompressoren haben sie danach nie wieder gebaut. Die sitzen auf dem Patent, stell dir vor: Niemand darf sie mehr bauen«, erklärte er ihr und sah sie dabei an, als wollte er sie ernsthaft belehren.

In Ilkas Magengrube begann ein Feuer zu lodern. Ihr wurde heiß, und die Wut breitete sich blitzschnell in ihrem ganzen Körper aus. Sie hörte sein dickes Blut träge in seinen Adern rauschen. Für den Bruchteil einer Sekunde stellte sie sich vor, sie würde ihm mit einer blitzschnellen Bewegung kurzerhand den Kopf abreißen und sich an der heraussprudelnden Fontäne gütlich tun. Himmel, sie hatte Hunger.

Reiß dich zusammen, Ilka, kein Blutbad am Raumhafen. Du wirst ohne großes Aufheben deinen Job hier erledigen. Schon gar nicht, *wenn hier Unionsleute unterwegs sind. Diesen einen Job noch, verdammt. Setz das nicht aufs Spiel.*

Sie spannte sich kurz, ballte die linke Hand zur Faust, so dass ihre Knöchel vernehmlich knackten und der junge Eddox daraufhin innehielt.

»Ganz richtig«, sagte sie dann, nach einer kurzen Pause. »Und du wirst dafür sorgen, dass diesem Baby nichts passiert, sonst bekommen wir zwei Hübschen ein Problem miteinander.«

Es sah aus, als würde er ein wenig in sich zusammenfallen. Dann knurrte er etwas, doch Ilka hörte ihm gar nicht mehr zu. Sie hatte sich bereits abgewandt, zog den breitkrempigen schwarzen Hut tiefer in ihr Gesicht und stapfte mit schweren Stiefeln und flatterndem Mantel weiter durch den knöcheltiefen Staub in Richtung der kleinen Siedlung, hinter der die Sonne bereits zum Großteil vom Horizont verschluckt worden war.

ZWEI

Das Licht der Bar drang durch die Abenddämmerung aus der Ferne herüber. Dumpfes Gelächter und Gemurmel war zu vernehmen. An diesem lauen Abend war es so betriebsam, wie man sich einen typischen Abend am Raumhafen einer schlecht besuchten Handelsstation nur vorstellen konnte. Auf dem Weg dorthin, zwischen den Raumschiffen, standen Grüppchen von Durchreisenden herum, unter ihnen Menschen, Eddoxi und Marali. Die meisten von ihnen würden nur so lange hierbleiben, wie sie unbedingt mussten. Sie betrachteten die vorübergehende große, auffällige Fremde argwöhnisch. Vor der Bar stritten sich zwei Marali mit hohem Gekreische, ihre Nackenschuppen in Drohgebärde aufgestellt. Als Ilka an ihnen vorbeistiefelte, blaffte eine sie in Gemeinsprache von der Seite an, doch McCree beschloss, sie zu ignorieren.

Keine Ablenkungen. Sie war hier, um einen Job zu erledigen, nicht, um sich in eine Kneipenschlägerei verwickeln zu lassen, die sie nichts anging.

Die Bar war voll wie der Frachtraum eines Schmuggelschiffes, dessen Crew auf den Handel mit Versklavten spezialisiert war. Intensive Gerüche von Schweiß, süßlichen Eddoxi-Pheromonen und ungewaschenen Körpern drangen scharf in Ilka McCrees Nase und verschlugen ihr fast den Atem. Wie konnten gewöhnliche Leute das nur länger aushalten? Die Luft war schwül und stickig. Überall drängten sich Gruppen von Leuten, hier Schmugglerinnen, dort Sklavenhändler, und hier und da auch allem Anschein nach rechtschaffene Handelsleute. Sie soffen, spielten Karten und grölten vor Lachen. Von den Unionsleuten keine Spur, zumindest nicht auf den ersten Blick. Doch Ilkas Anspannung ließ noch nicht nach. Nicht, solange der Patriot-Fighter draußen stand.

Irgendwo dudelte eine antike Jukebox, doch es war selbst für Ilkas extrem gute Ohren unmöglich auszumachen, welcher Song gerade lief. Alles ging im tosenden Lärm des Lokals unter, der selbst für normale Menschen nahezu unerträglich sein musste. Captain Ilka McCree spannte die Muskulatur ihres ausgeprägten Kiefers an und drängte sich durch die Menge bis zur Bar. Eine alternde Eddox mit hängenden Wangen und mit goldenen Reifen und Ringen übertrieben geschmückten, fast unnatürlich blauen Kopftentakeln, beugte sich über die Theke und rief ihr in Gemeinsprache zu: »Was darf's denn sein?«

»Bier, egal welches.« Ilka lehnte sich an die Bar. Unter der derben Hose und dem robusten Mantel hatte sie zu schwitzen begonnen. Sie legte ihren dreckverkrusteten Hut ab, an dessen breiter Krempe ein kleiner Anhänger baumelte – ein feiner, aus Silber gefertigter Vogel, den nur wenige als eine Zauwe erkannt hätten. Ein Erinnerungsstück an ihr früheres Leben, das nun so weit entfernt war, dass es unwirklich schien. Ihr Blick glitt über die Anwesenden. Kaum jemand schien Notiz von ihr zu nehmen, obwohl sie zweifelsohne eine auffällige Erscheinung war. Alle waren mit sich selbst beschäftigt.

Ilka wandte sich zur Wirtin um. »Ich suche jemanden«, sprach sie die alte Eddox unverwandt an. »Eine junge Frau, menschlich, einen Kopf kleiner als ich, wahrscheinlich rotes Haar, helle Haut. Hast du sie gesehen?«

Die Wirtin wackelte mit den von Schminke bläulich schimmernden Tentakeln und schien nachzudenken. Dann sagte sie: »Hier kommen ziemlich viele Menschen her. Kann mich nicht erinnern.«

»Sie ist wahrscheinlich schon etwas länger hier.«

»Eine Händlerin?«

Ilka zuckte die Achseln. »Keine Ahnung, als was sie sich ausgibt. Also was ist? Hast du sie gesehen?«

Die Wirtin setzte Ilka einen großen Becher graubrauner Brühe vor. Dann brachte sie schnell ein verhuschtes »Nein« über die krötenartigen Lippen und wandte sich dem nächsten Gast zu, der sein leeres Glas über der Theke schwenkte – vermutlich nicht sein erster Drink an diesem Abend, schloss Ilka aus seinem desolaten Zustand.

Ilka McCree hatte beim Militär eine hervorragende Ausbildung genossen, auch wenn ihre Zeit als Soldatin nun mehr als drei Jahrhunderte zurücklag. Dort hatte sie nicht nur gelernt, wie man zur Not ohne Waffen einem Feind sehr viele Schmerzen zufügen konnte – auch wie man eine Lüge erkennt, wusste sie seither. Und das *Nein* der Wirtin war eine gewesen. Das leise Zucken um die Augen, das unsichere Kräuseln der zerfurchten Stirn, nur für eine Millisekunde – aber deutlich genug.

Sie beschloss, trotzdem zuerst ein Getränk zu genießen, bevor sie der Eddox weiter auf den Zahn fühlte. Also lehnte sie sich mit dem Rücken lässig an die Theke und hob ihr Glas. Sie wollte gerade einen Schluck nehmen, als ihr Nachbar, ein etwa einen Kopf kleinerer Marali, ihr fast vor die Füße fiel. Innerhalb einer Millisekunde reagierte sie und fing sein Getränk, das er im Fallen losgelassen hatte, mitten in der Luft auf. Kurz darauf rempelte er sie unsanft an, so dass sie ihr eigenes Bier und seines, das sie in der linken Hand hielt, auf ihren Mantel schüttete. Der Betrunkene rappelte sich hastig auf und sah zu ihr auf. Ilka stellte ihr Bier auf der Theke ab, baute sich auf, so dass sie den Marali um einen weiteren halben Kopf überragte, und funkelte ihn mit finsterem Blick von oben herab an. Er war gut gekleidet, trug eine Robe aus violett-schwarz gemustertem schweren Stoff und den typischen Schmuck der Marali, die Untar bevölkerten. Ein Stamm von Handeltreibenden, wohlhabend, gute Manieren, gebildet – das war niemand, der in einer Bar eine Schlägerei anzettelte. In seinen grünen Augen mit den quergeschlitzten Pupillen lag aufrichtiger Schrecken und er war offensichtlich peinlich berührt. Seine Begleiter waren Menschen, einfach gekleidete Kerle, die nach Schweiß und unlauteren Geschäften stanken. Sie johlten.

»Ihr kleinen Wichser solltet sehr genau aufpassen, was ihr als nächstes tut«, sagte sie. Ihre Worte waren nicht laut, doch so durchdringend, dass alle drei trotz des tobenden Lärms um sie herum verstanden, was sie gesagt hatte.

Ilkas Muskeln strafften sich. Der Marali starrte sie voller Angst an. Sein Blick blieb an der langen Narbe hängen, die quer über ihre Stirn verlief. Dort hatte ihre dunkle Haut jedes Pigment verloren. Eine Brandnarbe zierte den Übergang vom Kinn zum Hals – ein Relikt aus der Zeit, als sie noch ein gewöhnlicher Mensch gewesen war. Eine Sterbliche. All das nahm der Marali zum Anlass, sich gegen eine weitere Konfrontation zu entscheiden und eine hastige Entschuldigung zu murmeln, die im Gelächter seiner beiden Begleiter unterging. Dann senkte er demütig seinen kahlen, schuppigen Kopf, bevor er wieder hochsah. Ilka zog als Antwort ihre Oberlippe ein Stück hoch und legte ihre spitzen Eckzähne so weit frei, dass die Truppe einen Blick darauf werfen konnte. Das Gelächter verstummte, die Augen des Marali weiteten sich, und er wich ein Stück zurück. Ilka zuckte kurz, entschied sich aber, es dabei zu belassen, und kippte sein Bier einfach vor ihm auf den Boden. Dann öffnete sie, ohne den Blick von ihm abzuwenden, die Hand und ließ sein Glas fallen.

Sie war so auf die kleine Gruppe fokussiert gewesen, dass sie die anderen drei Männer nicht bemerkt hatte, die sich ihr näherten. Nun, da sie sich gerade wieder der Theke zuwendete, um ihr Bier weiterzutrinken, stieß sie jemand von hinten an – diesmal keineswegs zufällig, sondern sehr gezielt und unsanft. Ilka wusste es, bevor sie sich umdrehte. Das konnte nichts Gutes bedeuten.

»Hey, du da!«, blaffte eine herrische Stimme. »Umdrehen, ganz langsam, und wehe du machst irgendwelche Faxen.«

Ilka schloss kurz die Augen und atmete tief aus. Ihr Herz sank für einen Moment in Richtung Magengrube. *Shit, shit, shit.*

Als sie sich zu den drei Unionisten umdrehte, versuchte sie, freundlich und harmlos auszusehen – eine Kunst, die sie nicht sonderlich gut beherrschte.

»Ja, bitte?« Verdammt, warum konnte ihr nicht etwas Cleveres einfallen?

Vor ihr bauten sich drei hochgewachsene Kerle mit kantigen Zügen auf, zwei jüngere, und einer mittleren Alters mit eindeutig höherem Rang. Das verriet das Abzeichen auf seiner grauen Uniform ebenso wie sein Auftreten. Er war es auch, der mit Ilka sprach.

»Was haben wir denn hier?« Sein Tonfall war der von jemandem, der wusste, dass er am längeren Hebel saß, und der das Gefühl der Überlegenheit genoss. Ein Unionsmitarbeiter, wie er typischer nicht sein konnte. »Eine Vampiry, die harmlose Gäste bedroht?« Er zog seine buschigen Augenbrauen hoch.

Ilka schluckte hart. Verdammte Scheiße, sie wünschte sich nichts mehr als die Typen an Ort und Stelle zu zerfetzen. Aber natürlich ging das nicht, das wäre auch zu schön gewesen. Gewalt gegen Unionsleute würde sie ihre Position in der Gilde kosten, und wer weiß, was ihr noch alles passieren würde. Sie gehörte mit dem, was sie war, zum erklärten Feind der Union. Nur wenige Jahre war es her, dass Unionschefin Jill Jackson offiziell die Vampiry als Feind Nummer eins bezeichnet hatte. Sie bezog sich damit vor allem auf die Vampiry, die als Piratae die Galaxie unsicher machten. Was zugegeben ein Großteil der existierenden Vampiry war. Welcher Hohn dahintersteckte, war nur den allerwenigsten bewusst. Dass die Union für die Existenz der Vampiry überhaupt erst verantwortlich war, war ein wohlgehütetes Geheimnis. Ein Geheimnis, dessen politische Explosionskraft Ilka noch würde zu nutzen wissen.

»Was ist?«, blaffte der Uniformierte. »Hat es dir die Sprache verschlagen?« Er war ein paar Zentimeter größer als Ilka und musste nahezu zwei Meter messen. Unangenehm nah trat er an sie heran, so dass Ilka seine gelben Zähne auf Zahnbelag hätte untersuchen können. Sein Atem stank nach Bier und Lauterkraut.

Sag was, Ilka, du machst es nur schlimmer, wenn du jetzt einfrierst. Ihr Körper war bis auf den letzten Muskel angespannt. Ein altvertrautes Panikgefühl stieg in ihr hoch. Es war ein Cocktail aus Wut, Angst, düsteren Erinnerungen und dem Gefühl, es mit jedem falschen Wort nur noch schlimmer zu machen. *Red jetzt, verdammt, mach einfach die scheiß Fresse auf.*

»Verzeihung«, krächzte sie. »Verzeihung, Sir.« Beim Wort *Sir* hätte sie sich am liebsten übergeben. Es war lange her, dass sie im Krieg auf der Seite der Souvs gestanden hatte, derer, die für die Souveränität der galaktischen Gebiete und die Freiheit und Gleichheit der sapienten Völker kämpften. Damals hatte sie zahllose Unionsleute abgeschlachtet. Leute wie diesen aufgeblasenen Kerl hier. Mehr als dreihundert Jahre nach dem schmutzigen Sieg und der seither andauernden Herrschaft der Union war ihr Hass größer denn je. Sich vor einem wie diesem hier ducken zu müssen, war die schlimmste Demütigung, die sie sich vorstellen konnte.

»Du hast hier gerade eben unschuldige Gäste bedroht«, sagte der Unionist scharf. »Wir sollten dich eigentlich direkt mitnehmen. Du hast gegen Unionsgesetz verstoßen, das ist dir klar, oder?« Die Art, wie er es sagte, machte deutlich, dass er nicht wirklich vorhatte, sie laufen zu lassen. Die beiden anderen Unionisten hatten sich links und recht hinter ihm aufgebaut und ein überhebliches Grinsen aufgesetzt. Um sie herum waren einige Gäste aufmerksam geworden und beobachteten die Szene, darunter der Marali, der sie angerempelt hatte, und dessen Kumpanen.

Ilka holte tief Luft und presste dann heraus: »Ich muss mich für mein Verhalten entschuldigen. Ich wurde angerempelt und habe überreagiert. Das wird nicht wieder vorkommen.« Das klang so lahm, dass sie sich selbst hätte ohrfeigen können. Sie war müde und erschöpft.

Der Unionstyp kam mit seinem Gesicht noch näher an ihres heran. »Und das soll ich dir glauben?«, zischte er. »Pass mal auf, du und dein Vampiry-Geschmeiß gehören nicht hierher. Ihr gehört gar nirgends hin. Ihr dürftet nicht mal existieren. Die Souvs haben euch geschaffen, um die Union zu schwächen, und nicht mal das konntet ihr richtig machen. Ihr seid Abschaum, genauso wie das gesamte Souv-Pack.«

Es war nicht gerade leicht, ihm dafür nicht einfach das Gesicht abzureißen. Ilkas Hände zitterten vor Wut und Frust. *Bleib ruhig, Ilka. Du kannst das.*

»Sir, bitte hören Sie mir zu. Ich arbeite ... sozusagen im Auftrag der Union«, raunte Ilka so leise sie konnte. Sie wollte auf keinen Fall, dass die Umstehenden das mitbekamen. »Ich möchte wirklich keinen Ärger machen, sondern nur meinen Auftrag erledigen.«

Irritiert blinzelte der Sicherheitsmann der Union. Eine Sekunde später hatte er sich wieder gefangen. »Aha? Das ist ja eine interessante Geschichte. Kannst du die auch irgendwie belegen?«, schnarrte er.

Ilka nickte. »Scannen Sie meine ID«, sagte sie. Und dann schnell hinterher: »Sir.«

Er ließ sich zu ihrer Erleichterung ohne weitere Diskussionen darauf ein, ohne sie abzuführen. Sie hielt den ID-Chip, der sich in ihrem rechten Unterarm befand, unter seinen Scanner, und er studierte die Informationen, die auf seinem Gerät auftauchten. Natürlich stand da nicht, dass sie im Krieg auf der Seite der Souvs gekämpft hatte. Diese Information hatte sie geheim zu halten gewusst. Doch er sah auf den ersten Blick, was er sehen sollte: Sie war ein Mitglied der Gilde. Eine Kopfgeldjägerin, die im Auftrag einer angesehenen Organisation arbeitete. Offiziell war die Gilde kein Organ der Union, Gildenchefin Angie Dawson hatte immer auf die Unabhängigkeit gepocht. Doch mit den verschärften Gesetzen und zunehmend stärkeren Regulationen durch die Union sah sie sich irgendwann gezwungen, einen Kompromiss einzugehen. Die Gilde durfte eigenständig agieren – wenn sie mit der Union kooperierte. In der Praxis bedeutete das vor allem, dass die Gilde für die Union Aufträge ausführen musste, die eher schmutziger Natur waren. Unliebsame Geschäftspartnerinnen verschwinden lassen, hochrangige Politiker um die Ecke bringen, wenn sie aus der Reihe tanzten – alles, was auf keinen Fall der Union selbst zugeschrieben werden sollte, landete bei der Gilde. Dafür durften Angie Dawsons Leute sich frei bewegen, genossen eine gewisse Immunität, und konnten ungestört ihrer Arbeit nachgehen. Dem kantigen Unionisten vor ihr passte das sichtlich nicht in den Kram, doch er fügte sich schließlich den Vorgaben von oben.

»Ich sehe schon«, sagte er verschnupft. Dann nickte er kurz den beiden anderen zu: »Ist in Ordnung. ID ist sauber.« Auch in deren Gesichter war die Enttäuschung deutlich sichtbar. Wahrscheinlich hatten sie sich einen angesoffen und sich auf ein bisschen Stunk mit dem Lieblingsfeind gefreut. Eine Vampiry festnehmen und später unter Ausschluss der Öffentlichkeit im eigenen Raumschiff totprügeln – wer sollte so eine schon vermissen? Sie würden damit der Welt nur einen Gefallen tun.

Erleichtert atmete Ilka aus. Erst jetzt bemerkte sie, dass sie die ganze Zeit die Luft angehalten hatte. Da beugte sich der Unionist nochmal zu ihr vor.

»Dieses Mal hast du Glück gehabt, du dreckige Vampiry«, zischte er, so leise, dass es die Umstehenden nicht hören konnten. »Aber du solltest sehr genau aufpassen, was du tust. Wir haben ein Auge auf solche wie dich. Erledige deinen Auftrag und verpiss dich dann wieder. Und wehe, uns kommen irgendwelche Beschwerden zu Ohren. Dann kann dich keine Gildenmitgliedschaft der Welt aus der Scheiße ziehen.«

Dann wandte er sich um und sagte lautstark zu seinen

Gefährten: »Lasst uns abhauen. Ich hab genug von diesem beschissenen Bier.«

Ilka McCree beobachtete, wie die drei sich lachend und pöbelnd in Richtung Ausgang bewegten. Dann drehte sie sich zur Bar zurück, nahm ihr Glas und trank es in einem Zug aus. Ekelhafte Plörre. Das Gesöff, das sie hier ausschenkten, war wirklich beschissen, genauso erbärmlich wie der ganze Planet. Um ihre Nerven zu beruhigen, war ihr in diesem Moment allerdings jede noch so abgestandene Brühe recht. Ihr Herz klopfte noch immer so laut und schnell, sie hätte schwören können, dass es allen Anwesenden in den Ohren dröhnte. Doch die Aufmerksamkeit der Umstehenden richtete sich bereits wieder auf deren eigene Angelegenheiten. Zum Glück, noch mehr Aufsehen musste sie nun wirklich nicht erregen. In diesem Stadium des Auftrags war es klug, unauffällig zu agieren.

Ohne das Glas abzustellen, ließ sie den Blick weiter über den unübersichtlichen Raum streifen, in dem durch die abgestandene Luft alles waberte und wogte. Sie roch das süße Blut von Marali, Eddoxi und Menschen durch die Wolke von Schweiß, Alkohol und Dreck hindurch und bemerkte erneut, wie hungrig sie war. Ihr Magen krampfte sich zusammen und sie fühlte sich ein klein wenig schwindlig. Bald würden die Kopfschmerzen einsetzen.

Am gegenüberliegenden Ende des Raumes blieb ihr Blick an einer schummrigen Ecke hängen, in der an einem runden Tisch drei Menschen und zwei Eddoxi saßen und Karten spielten. Plötzlich kam etwas am Tisch in Bewegung. Einer der Menschen sprang ruckartig auf. Dem Körperbau nach handelte es sich um eine Frau. Sie war mager und sehnig und trug eine enge graue Hose, die mehrfach geflickt aussah, grobe Stiefel und ein viel zu weites Hemd von undefinierbarer Farbe. Auf dem Kopf trug sie einen Hut, ähnlich dem von Ilka, der sich gerade auf der Theke mit Hochprozentigem vollsog. Unter dem Hut der Fremden lagen das Haar und der Großteil ihres Gesichts verborgen.

Die junge Frau schrie etwas, das Ilka über die Entfernung und den Umgebungslärm nicht verstand. Zu viele Geräusche drangen gleichzeitig auf sie ein, und sie konnte sie beim besten Willen nicht herausfiltern. Dann ging alles sehr schnell. Innerhalb weniger Augenblicke hatte die Frau den Tisch umgeworfen und einen der Eddoxi an den Kopftentakeln gepackt. Ein kurzer, heftiger Wortwechsel, dann schlug sie ihrem Gegenüber mit der Faust ins Gesicht. Der Eddox, ein junger Kerl, stolperte rückwärts in eine Gruppe hinein, dann rappelte er sich auf, nahm Anlauf, rannte auf die Frau zu und schlug mit seiner wulstigen Pranke zurück. Sie wich aus und konnte einen Teil des Schlages abfangen, doch er traf sie dennoch. Ihr Hut flog in hohem Bogen durch den Raum und enthüllte einen Schopf kurzer, leuchtend rotgelockter Haare.

Here we go, Baby. Vielleicht hab ich ja doch ein bisschen Glück heute.

Ilka straffte sich, stellte das leere Glas zurück auf die Theke und schnappte ihren Hut. Sie schüttelte ihn kurz aus, um ihn vom klebrigen Nass des Alkohols zu befreien und setzte ihn sich auf den Kopf. Dann ging sie betont langsam durch den Raum auf die Rauferei zu. Sie bewegte sich fast so, als würde der Trubel um sie herum einfach stehenbleiben, als wäre die Zeit angehalten. Andere Gäste waren auf den Kampf aufmerksam geworden und aufgesprungen, feuerten mal die Frau, mal den Eddox an, oder schrien einfach nur ihre Freude darüber hinaus, dass endlich etwas Aufregendes geschah. Die Meute tobte, während die rothaarige Frau wütend auf den Eddox zu rannte und ihm in den teigig-weichen Bauch trat. Sie traf ihn hart mit ihrem derben

Stiefel. Ihr Gegenüber klappte nach vorne, krümmte sich und erbrach eine riesige Menge graubrauner Flüssigkeit mitten vor seine eigenen Füße. In der Brühe schwammen graubraune Brocken. Der saure Geruch drang bis in Ilkas Nase und ließ sie angewidert ausatmen.

Johlen und mitleidiges Aufstöhnen begleiteten die Niederlage des Eddox und mischten sich mit schadenfrohem Gelächter. Die rothaarige Frau spuckte verächtlich vor dem zusammengesackten Eddox aus und wand sich dann um, um die Credits aufzusammeln, die auf dem klebrigen Steinboden verstreut worden waren, als sie den Tisch umgeworfen hatte. Sie war gerade dabei, sich die Hosentaschen vollzustopfen, als sie Ilka bemerkte, die hinter sie getreten war.

»He, was soll das …«, begann sie, doch Ilka unterbrach sie: »Bist du Sally?«

Die Augen der rothaarigen Frau weiteten sich. Ilka konnte die feinen grünen Sprenkel in der grauen Iris erkennen, so nah stand sie vor ihr. Die Augen brachten auf faszinierende Weise Leben in das blasse, kantige Gesicht der jungen Frau.

»Es geht dich einen Scheißdreck an, wer ich bin«, zischte die Befragte, und ihre Augen verengten sich zu Schlitzen. Ilka nickte ungerührt und packte sie am Arm. Mit einem Ruck versuchte die junge Frau, sich aus dem Griff zu befreien, doch die Hand der großen Fremden war unerbittlich wie ein Schraubstock. Das wilde Gezappel, das folgte, rang Ilka nur ein müdes Lächeln ab.

»Sehr unhöflich, findest du nicht? Mein Name ist Ilka McCree. Captain Ilka McCree. Siehst du? So macht man das. Man stellt sich einfach vor, wie anständige Leute das so tun.«

»Ach ja? Schön für dich, Captain Interessiert-micheinen-Scheißdreck-wer-du-bist. Ich kenne dich nicht, und du kennst mich nicht. Dabei sollte es bleiben.«

Um sie herum erstarb nach und nach der Geräuschpegel. Alle verfolgten die Szene wie gebannt. Ilka stieß einen grollenden Laut aus, der wie ein Knurren klang, das tief aus ihrer Kehle kam. Dann schob sie die Frau vor sich her aus der Bar hinaus, den Arm fest umklammert und auf den Rücken gedreht. Niemand hielt sie auf. Wer sich ihr in den Weg stellte, wich spätestens bei der Begegnung mit Ilkas Blick aus. Der sagte unmissverständlich: »Wenn du dich nicht sofort verpisst, werde ich dir deinen eigenen Kopf so weit in den Brustkorb rammen, dass du deine Eingeweide aus einer ganz neuen Perspektive kennenlernen wirst.«

Die Frau mit dem kurzen roten Haar wand sich und schimpfte, versuchte sich zu befreien, doch niemand kam ihr zur Hilfe. »Was soll der Scheiß?«, schrie sie immer wieder und schlug mit der freien Hand nach Ilka. Doch die spürte das nicht mal.

Als sie aus der überfüllten, feuchtwarmen Bar in die kühler werdende Abendluft getreten waren, ließ Ilka ihre Gefangene los und schubste sie ein Stück von sich weg. Die junge Frau stolperte und fiel in den Staub. Einige Gäste, die in Grüppchen vor der Bar standen, schauten neugierig zu ihnen herüber.

»Verdammt«, schrie die Rothaarige, »kannst du mir mal erklären, was das soll? Ich habe mir da drinnen nur das geholt, was mir zustand. Der Penner wollte mich übers Ohr hauen!« Sie spuckte in den Staub und rappelte sich auf, klopfte ihre Hände an den Oberschenkeln ab und baute sich vor Ilka auf.

»Mit wem du deine Zeit verschwendest und wen du beim Kartenspiel abzockst, ist mir komplett scheißegal«, sagte Ilka. In ihrer Stimme lag eine kühle Ruhe, die ihr Gegenüber sichtlich irritierte. »Bist du Sally Gray?«

Der verunsicherte Blick der Frau war Antwort genug. Trotzdem antwortete sie patzig: »Ich habe keine Ahnung, wer das sein soll. Mein Name ist Ann Doherty.«

Der Ton in ihrer Stimme ließ sie in dem Moment kaum älter wirken als fünf. Ein trotziges Kind, das bereits längst der Lüge überführt war und trotzdem eisern daran festhielt.

»Alles klar. Du kannst aufhören zu lügen, Sally Gray. Und du wirst jetzt mit mir mitkommen.«

»Was? Wieso?« Die Stimme der jungen Frau überschlug sich fast. »Was hab' ich denn gemacht?«

Ihre Augen suchten nach einem Fluchtweg, ihr Blick sprang unruhig hin und her. Sie wirkte wie ein Tier, das in eine Falle gegangen war, von der es sicher wusste, dass es kein Entrinnen gab, es aber trotzdem bis zur Erschöpfung versuchen würde.

»Das spielt keine Rolle und interessiert mich auch nicht«, blaffte Ilka und packte ihr Zielobjekt wieder am Arm. »Ich mache hier nur meinen Job.«

Einen Job, der letzten Endes das Schicksal der Union besiegeln wird, dachte sie. Mit Erfüllung dieses Auftrags würde sie endlich ihr Ziel erreichen, auf das sie so lange hingearbeitet hatte. Ilka McCree, Partnerin in der Gilde. Es war ein harter Brocken gewesen, Angie Dawson und die vier anderen Partnerinnen davon zu überzeugen, dass sie eine würdige Partnerin abgeben würde. Als Vampiry hatte sie einen schwierigen Stand gehabt, und drei der fünf Partnerinnen vertrauten ihr noch immer nicht voll. Angie Dawson war ein Risiko eingegangen, als sie Ilka in die Gilde aufgenommen hatte. Doch für sie zählten Ergebnisse, und Ilka lieferte. Sie war über die Jahre zur effizientesten Kopfgeldjägerin der Organisation geworden. Für Dawson fiel ihre vampirysche Existenz und ihre Vergangenheit als Souv-Soldatin nicht mehr ins Gewicht. Sie schätzte Ilkas Arbeit und ihren Verstand, ihre Herangehensweise und Problemlösungsfähigkeit. All das machte McCree trotz aller Widrigkeiten zum Partnerinnen-Material. Und nun war es bald so weit. Sie würde die gleichen Kontakte haben, die Angie Dawson zur Union pflegte, Kontakte nach ganz oben. Sie würde mit Unionspräsidentin Jill Jackson und ihrer engsten Vertrauten, Hernanda Lowland, Kim Musunandra und Jasper Kerkovic auf Empfängen herumstehen und Konversation betreiben, so sehr sie sich auch davor ekelte. Wenn sie erst mal in den inneren Kreis vorgedrungen war, würde sie einen Weg finden, zu beweisen, wer die Vampiry wirklich geschaffen hatte – und dass die Union ihre Macht mit Lügen, Intrigen und Kriegsverbrechen erlangt hatte und nur auf diese Weise so lange erhalten konnte. Ilka konnte förmlich spüren, wie der Fall der Union in greifbare Nähe rückte, endlich, nach so vielen Jahren.

Zufrieden lächelnd registrierte Ilka, dass der Patriot-Fighter nicht mehr zu sehen war. Die Unionsleute waren weg. *Alles läuft nach Plan,* dachte sie und zog die laut protestierende junge Frau hinter sich her zu ihrer treuen XENA Rex.

DREI

Sie sperrte Sally Gray in den Frachtraum. Hier würde sie keinen Ärger machen, oder dabei zumindest nicht allzu großen Schaden anrichten. Im hinteren Teil des etwa fünfzig Quadratmeter großen Raums mit den grob genieteten Wänden befand sich in einer Nische hinter einem Stützpfeiler eine alte, durchgelegene Matratze, ein paar alte Kissen und daneben ein Eimer für die Notdurft. Darüber hinaus gab es nur ein paar vereinzelte alte Kisten. Ilka stieß Sally so kräftig in den ansonsten leeren Frachtraum, dass diese fast erneut zu Boden gegangen wäre. Im letzten Moment erlangte sie das Gleichgewicht wieder und rappelte sich auf. Die junge Frau sah sich um. Der Frachtbereich war von einer einzelnen, grellen Lampe an der hohen Decke beleuchtet. Er wirkte kalt, obwohl das Lüftungssystem ausreichend warme Luft herein pumpte. Der unfreiwillige Gast verzog das Gesicht.

»Was ist das für ein gammeliges Loch hier, du willst mich wohl verarschen?«

Ihr Blick blieb an der Matratze hängen. Auf ihrer Miene

machte sich neben dem Ärger noch etwas anderes breit. Ilka war nicht gut darin, Emotionen zu lesen und zu deuten. Aber sie erkannte Ekel, wenn sie ihn sah.

»Und diese Matratze da ...« Sallys Stimme wurde eine Spur schriller. »Glaubst du wirklich, ich würde da jemals drauf schlafen? Die stinkt ja, als wäre da jemand drauf gestorben, das rieche ich bis hierher!«

Ilka verzog keine Miene, auch wenn sie ein wenig amüsiert war, wie sich dieses halbe Hemd aufspielte.

»Dann wirst du wohl auf dem Boden schlafen müssen«, antwortete sie kühl. »Auch für dich, werte Dame, gibt's hier keine Sonderbehandlung!« Sie betonte die Worte mit so viel Sarkasmus, wie sie nur aufbringen konnte. Dieser Typ »verwöhnte Göre«, der glaubte, aus Papis oder Mamis Wirkungskreis ausbrechen zu müssen, um zu beweisen, dass er auch auf eigenen Beinen stehen konnte, war Ilka in ihrer Laufbahn schon öfter begegnet. Allerdings hatte sie noch nie das zweifelhafte Vergnügen gehabt, ein solches Prachtexemplar zurück in die Arme der Eltern bringen zu müssen. Dafür waren ihre Dienste den meisten sorgenden Eltern schlichtweg zu teuer. Am Ende war es meistens dasselbe: Das reumütige Kind kehrte irgendwann von selbst zurück, nachdem es festgestellt hatte, dass das Leben da draußen so ganz ohne den Geldhahn der Familie doch ganz schön ungemütlich war. Außer, die Kinder gerieten an die falschen Leute und endeten in Einzelteile zerlegt im Straßengraben eines dreckigen Nestes auf irgendeinem verlassenen Planeten. Sally Gray war zwar noch nicht an diesem Punkt angekommen – aber nach der Szene in der Bar zu urteilen, wäre sie früher oder später da gelandet.

Mit wutverzerrtem Gesicht stürmte Sally auf sie zu und erhob die Arme, als wolle sie Ilka an die Gurgel gehen. Doch kurz vor McCree stoppte sie ab und schrie sie aus vollem

Hals an: »Du dreckige Schlampe, lass mich frei! Ich hab dir nichts getan! Ich ...« Sie brach mitten im Satz ab, als wäre ihr etwas Wichtiges eingefallen. Aus glitzernden grau-grünen Augen starrte sie Ilka durchdringend an.

Ilka musste zugeben, dass sie die Intensität des durchbohrenden Blickes beeindruckend fand. *Versuch's erst gar nicht, Kindchen.*

Dann fuhr Sally fort, leise und eindringlich. »Du musst mich wieder freilassen. Ich gehöre hier nicht her. Das muss ein Irrtum sein.«

Das war nicht mal ein guter Versuch.

Sally Gray wurde mit jedem Satz, den sie hervorstieß, wieder lauter. »Lass mich raus, hörst du? Das ist ein schrecklicher Irrtum!«

Ilka hatte genug gehört. Sallys wütende Protestschreie ignorierend drehte sie sich einfach um, verschloss die metallene Tür zum Frachtraum von außen, drückte den Knopf für die Verriegelung, wartete auf das rote Aufblinken der Lampe und machte sich auf den Weg in ihre eigene Kabine. Der Tag war lang gewesen, und sie musste ruhen, bevor sie die Beute an den Kunden ausliefern konnte. Der Flug würde Tage dauern, und mit Passagieren war die Reise niemals entspannend.

Langsam stapfte sie durch den Ladebereich, der nur durch die trübe Notbeleuchtung in Form eines ringsum angebrachten warmweißen Leuchtstreifens erhellt war, auf die marode Treppe nach oben zu. Sie hasste das Gefühl, nicht allein auf der XENA Rex zu sein, Verantwortung für jemanden anderen zu tragen als nur für sich selbst. Sie hasste es, sich um jemanden kümmern zu müssen. Vor allem um verwöhnte, kreischende Kinder von Großunternehmern aus dem Dunstkreis der Union.

Während sie den Weg durch den kahlen, ebenfalls nur

durch Leuchtstreifen schwach beleuchteten und langgezogenen Korridor im Oberdeck zurücklegte, wanderten Ilkas Gedanken wieder zu Sally Gray. Für einen genüsslichen Moment malte sie sich aus, das sei kein Auftrag mit dem Zusatz »Auslieferung unbedingt lebend« gewesen, sondern das, was sie in der Gilde als »DS«, als »Death Sentence« bezeichneten. So junges Menschenblut hatte sie seit sehr langer Zeit nicht mehr genießen dürfen. Ihre DS-Aufträge waren meist ältere Kerle, übelriechend und mit abgestanden schmeckendem Blut. Immerhin waren sie nicht nur Aufträge, sondern auch Nahrung, und sie hatte in ihrem Schiff ihre Ruhe. Die einzige Schwierigkeit bei einem DS bestand darin, einen Beweis für den Tod der Zielperson zu erbringen. Ob man dafür einen abgetrennten Kopf im Kühlbehälter von der Mission zurückbrachte oder eine glaubhafte Holo-Aufnahme der Tötung, war vor allem Geschmacksache. Aber körperlose, tiefgekühlte Köpfe mussten wenigstens nicht gefüttert werden, und sie hielten auch ihre Scheiß-Fresse.

Das monotone Summen der Lüftungsanlage wurde lauter und hob zu einem blechernen Scheppern an, je weiter sich die Captain der Messe näherte.

Noch was für die Reparaturliste, dachte sie und seufzte, bevor sie die Messe durchquerte und auf die Luke zusteuerte, von der aus einige metallene Sprossen ins leerstehende Mannschaftsdeck hinunterführten.

Die Kabine der Captain war bescheiden. Sie war so eng, dass gerade mal ein kleiner Tisch mit einem Holzstuhl, eine Kommode und ein Bett hineinpassten. In eine Nische waren ein Waschbecken und eine Dusche eingelassen. Beides ließ sich hinter einer metallenen Schiebetür verstecken, doch

Ilka ließ die Nasszelle immer offenstehen, wenn sie nicht in Benutzung war. Eine der Wände, in die eine einfache Schlafnische eingepasst war, wies einen fleckigen dunklen Rotton auf, unter dem an vielen Stellen das Grau der darunterliegenden Metallwand sichtbar wurde. Die Wand war vor vielen Jahren, noch bevor Ilka das Schiff gekauft und umgerüstet hatte, gestrichen worden und seither nie mehr renoviert. Ilka legte keinen Wert auf solche Details. Die XENA Rex war schön, wie sie war. Für Ilka reichte es. An der rot-grauen Wand hingen alte, vergilbte Bilder, die nicht gerahmt, sondern einfach mit etwas Klebeband direkt befestigt waren. Eines davon zeigte eine friedliche, bewaldete Landschaft, von monochromem Blau-Grün. Die Aufnahme ihres Heimatplaneten Lusos vermittelten Ilka immer ein Gefühl des Nach-Hause-Kommens. Auch wenn sie dorthin, wo sie vor so vielen Leben ihre Kindheit verbracht hatte, vielleicht nie wieder zurückkehren würde. Vielleicht gerade deswegen. Ein kleineres Bild, schon stark verblasst, als hätte es zu lange in der Sonne gelegen, zeigte eine Kleinfamilie – eine Frau mit sehr dunkler Haut, die auf der fast zu einem Schwarzweißbild ausgebleichten Fotografie nahezu anthrazitfarben erschien, einen Mann mit etwas hellerer Haut, und ein Mädchen, dessen Hautfarbe irgendwo dazwischen lag.

Ihre Eltern waren unter den ersten Siedlern von Lusos gewesen, damals, als die Menschen sich über die Galaxie auszubreiten begannen wie ein Virus, voller Euphorie und Hoffnung. Die Liebe von Aabena und Frank McCree zu ihrer selbst gewählten Heimat hatte etwas so Umfassendes, etwas so Durchdringendes an sich gehabt, dass sie einem Kind nur diese Mischung aus tiefer Verwurzelung und drängendem Freiheitswillen mitgeben konnte. Ilkas Blick ruhte für einen Moment zärtlich auf dem Bild ihrer Eltern und ihrem kindlichen Ich, das sie schon vor so langer Zeit verloren hatte.

Direkt daneben hing eine weitere Fotografie, ebenso ausgeblichen und farblos. Ihr eigenes Konterfei grinste sie an, erwachsen, aber so viel jünger. In der Uniform wirkte sie inmitten der drei anderen, lachenden Menschen, als würde sie wirklich dazugehören, das erste Mal in ihrem Leben wirklich dazugehören. Als wäre sie eine von ihnen. Eine Familie, die an ihrer Seite für die gleiche Sache kämpfte und sie manchmal wortlos verstand. Verstanden hatte. Ein trauriges Lächeln huschte über ihre Mundwinkel. Sie war so müde. Hinlegen, einfach nur die Augen ein wenig schließen und sich erholen.

Eine bessere Pritsche mit einer durchgelegenen Matratze diente ihr als Nachtlager. Ein Kissen besaß sie nicht. Ilka McCree schlief immer flach mit dem Kopf auf der Matratze. Es mochte ein übervorsichtiger Irrglaube sein, doch sie war der Überzeugung, ein Kissen am Ohr könne dafür sorgen, dass sie anschleichende Angreifer zu spät hören würde. Völlig unsinnig, sie hätte am anderen Ende des Schiffes eine Stecknadel fallen hören, doch diese Art von Aufmerksamkeit hatte sie seit Kriegsende nicht mehr verlassen.

Sie machte es sich auf ihrer Matratze gemütlich, ohne sich zuzudecken, und legte den Gürtel mit der Pistole wie immer in Greifnähe neben sich auf die hölzerne Kommode. Im Umdrehen fiel ihr Blick auf den kleinen Zettel, der am Kopfende an der Wand hing.

Die Monde steh'n über den Hügeln
die Zauwen singen ihr Lied
es wachen die duftenden Lüfte

damit dir auch ja nichts geschieht

Ihre Hand berührte die Notiz mit der verschnörkelten Handschrift, während sie bereits in den Schlaf hinüberglitt. Im Geiste hörte sie die sanfte Stimme ihrer Mutter, diesen leisen Singsang, der immer geholfen hatte, wenn Ilka wütend oder traurig gewesen war und sich nicht selbst hatte beruhigen können. Die einfache Melodie lullte sie ein, streichelte ihr sanft übers Gemüt. Doch dann veränderte sich der Ton, vermischte sich mit Schreien. Ein dichter, grüner Nebel breitete sich überall aus und brannte in ihren Lungen. Sie hörte ihre Truppe verzweifelt nach der Leutnantex rufen. Nach Ilka McCree schreien. Sie erkannte die Stimmen, auch wenn sie in dem Nebel die Gesichter kaum erkennen konnte. Micky, Warren, Alex. Rachel ... Rachel schrie von allen am durchdringendsten. *Ich kann dir nicht helfen, Rachel.* Verzweifelt griff sie nach Rachels Hand, während das Gas undurchdringlicher wurde, doch sie verfehlte sie immer wieder.

Ilka schreckte hoch. Verdammt, war sie schon eingeschlafen? Sie schüttelte die Erinnerungen ab, die wie ein Stein auf ihrer Brust saßen, rieb sich ärgerlich über die Augen. Jetzt bemerkte sie wieder, wie hungrig sie war. Das krampfartige Gefühl im Magen war zu einem Pochen geworden, das sie im ganzen Körper spürte. Ihr Kopf summte, und ein fast unbändiges Verlangen nach frischem, warmen Blut überkam sie. *Köstliches, süßes Blut ...*

Nachdem ihre Suche nach der Zielperson so schnell von Erfolg gekrönt gewesen war, hatte Ilka die Nahrungsaufnahme völlig aus dem Blick verloren. Kurz blitzte der Gedanke an Sally Gray auf, die unter dem Gestank von

Schweiß und Kneipenaromen so süß und verlockend geduftet hatte.

Keine Option, denk nicht mal dran.

Schon gar nicht bei diesem Auftrag. Wie lange hatte sie darauf hingearbeitet, Partnerin zu werden, endlich zu den Obersten der Gilde zu gehören. *Nur noch diese eine Lieferung, Ilka, dann hast du es geschafft.*

Ok, Sallys Blut würde sie nicht trinken, natürlich nicht. Aber ohne Nahrung würde sie nicht in erholsamen Schlaf finden. Ilka ärgerte sich, dass sie es versäumt hatte, die Blutbank aufzufüllen, die sie in der Messe der XENA Rex angelegt hatte. Auch wenn diese nur aus einem schnöden Kühlschrank bestand, war sie immerhin gut genug, stets einen schnellen Fix gegen ihren Blutdurst zur Hand zu haben. Doch nachdem sie ihren Gildenaufstieg in so greifbarer Nähe gewähnt hatte, war sie Hals über Kopf zu ihrem letzten, wichtigen Auftrag aufgebrochen und hatte sich zugegebenermaßen echt beschissen vorbereitet. Als sie schneller als erwartet nach Lemides aufgebrochen war, hatte sie vergessen, ihre Vorräte aufzustocken. Die verbleibenden kläglichen Reste würde sie für ihre Reise aufbewahren müssen. Solange also die Chance auf frisches Blut bestand, musste sie die nutzen. Also beschloss Ilka McCree, ihr Schiff nochmal zu verlassen und sich draußen einen Snack zu besorgen. Gab es auf diesem Planeten Tiere? Sie erinnerte sich nicht, welche bemerkt zu haben, andererseits hatte sie der Erkundung der weiteren Umgebung wahrlich keine Priorität eingeräumt oder seit dem ersten Besuch auch nur einen Gedanken daran verschwendet. Zeit, das nachzuholen.

VIER

Draußen war es inzwischen stockdunkel. Im Schutz der Finsternis verließ Ilka die XENA Rex. Das rhythmische Trommeln von Sallys Fäusten begleitete sie, als sie am Frachtraum vorbeilief und die Laderampe herunterließ. Das Trommeln würde bald aufhören. Alle ihre Passagiere wurden irgendwann müde oder ergaben sich ihrem Schicksal. Wie groß waren schon die Chancen, einer Kopfgeldjägerin zu entkommen?

Die kühle Abendluft war einer durchdringenden Kälte gewichen, wie sie typisch war für Wüstenplaneten wie Lemides. Ilka fröstelte trotzdem nicht. Niedrige Temperaturen machten ihr nicht viel aus. Das war eine der wenigen positiven Eigenschaften aus Nnekis Vermächtnis an sie.

Ein Wind war aufgekommen, zerrte an ihrem ledernen Mantel und an der Krempe ihres Huts. Sie lief mit ihren schweren Stiefeln durch den weichen Sand, der in feinen Schwaden über den Boden getragen wurde und einen feinen Nebel zu erzeugen schien. Ihr Weg führte entgegen der Richtung, in die sie vorhin gegangen war, weg vom Raumhafen und der Siedlung, hinein in die Wüste. Mit jedem Schritt sank sie ein wenig im Sand ein. Es war mühsam, und sie kam langsam voran, was sie wütend und ungeduldig machte. Der Hunger meldete sich jetzt mit voller Wucht und pulsierte als lautes, blutrünstiges Rauschen durch ihre Eingeweide und ihren Kopf. Er war eines der vielen Dinge, die sie am Vampiry-Dasein hasste. Gut, sie hasste genau genommen so gut wie alles daran, schließlich hatte sie sich diese Existenz nicht ausgesucht und war der Meinung, die Vampiry geschaffen zu haben sei eines der größten Verbrechen gewesen, die Menschen je begangen haben. Doch die Brutalität, mit der der Hunger ihresgleichen dazu zwang, unaussprechliche Dinge zu tun, war so abscheulich wie unvermeidbar. Dabei war die Erschaffung der Vampire damals, im ersten großen Krieg, nichts weiter als ein fehlgeschlagenes Experiment gewesen. Es war der größenwahnsinnige Versuch der Union, Gott zu spielen und Supermilitärs zu erschaffen – als ob so etwas jemals funktioniert hätte. Was kann schon schiefgehen, wenn man zehn top ausgebildete Freiwillige nimmt und ihnen Nanobots injiziert, um sie stärker und robuster zu machen? Die Rechnung schien simpel. Im schlimmsten Fall sterben zehn Menschen – für die Union ein geringes Opfer im Kampf gegen die Souvs, die so unerwünschte Dinge wie »gleiches Recht für alle Sapienten, friedliche Koexistenz und Eindämmung des brutalen Kolonialismus« forderten. Nneki hatte Ilka alles anvertraut. Sie war eine der zehn gewesen und hatte am eigenen Leib erlebt, was es bedeutete, ein gescheitertes Experiment zu sein. Die faktische Unsterblichkeit, die mit den äußerst guten Selbstheilungskräften einherging, war einer der Gründe für Nnekis Teilnahme an dem Projekt gewesen. Der Preis war jedoch höher als alles, was Ilkas Vampiry-Mutter zu zahlen bereit gewesen wäre – hätte sie ihn vorher gekannt.

Ilka schritt weiter in die Wüste. Hinter ihr blieben die Raumschiffe, die Bar und all die Menschen, Marali und Eddoxi zurück. Das sanfte, gelbliche Leuchten der spärlichen Scheinwerfer auf dem Raumhafen im Rücken, breitete sich vor ihr die Wüste aus, groß, dunkel und endlos. Ilka richtete den Blick nach oben und sah einen reichen Sternenhimmel, wie man ihn nur auf Planeten mit so geringer Lichtverschmutzung wie Lemides bewundern konnte. Zwei Monde prangten halbvoll am Himmel, einer mattgrau, der andere von bläulichem Schimmer. Vor ihr zeichneten sich im Mondlicht scharfkantige Felsen und Sanddünen ab, die sich schwarz und geheimnisvoll auftürmten. Hier und da schmiegte sich stacheliges, trockenes Gestrüpp an die Felsen. Ein einsamer Ort, trostlos und trostspendend zugleich. Der Geruch der Weite und der Freiheit kroch durch ihre Nase bis in ihr Innerstes. Dort legte er sich wie ein Ring um ihr Herz und drückte fest zu. Alle Emotionen, die sie kannte, waren in diesem Gefühl vereint. Sehnsucht, Glück und Schmerz, und viele weitere, die sie sich seit sehr langer Zeit nicht mehr erlaubte. Sie war immer gerne allein gewesen. Eine Vampiry zu sein, bedeutete jedoch eine Art von Einsamkeit, für die sie keine Worte kannte. Dieses Gefühl fraß sie von innen auf. Sie war ein Monster, das wurde ihr jedes Mal aufs Neue schmerzlich bewusst, wenn sie für ihr Überleben töten musste. Der Blutrausch, den sie dabei spürte, machte sie krank vor Abscheu vor sich selbst. *Ich hätte niemals existieren dürfen. Wir alle hätten niemals existieren dürfen.* Hier, in der endlosen Weite der Wüste nahe des Raumhafens von Lemides, wurde ihr das wieder mit aller Wucht bewusst.

Erneut meldete sich ihr Magen mit pochenden Krämpfen. Es war höchste Zeit, etwas zu essen zu finden. *Ich werde immer so scheißsentimental, wenn ich Hunger habe.*

Nach einigen Hundert Metern in die Wüste hinein war sie bis auf eine Sandnatter, die ihrer im wahrsten Sinne bitteren Erfahrung nach absolut ungenießbar war, keinem einzigen Lebewesen begegnet. Und nicht nur das: Sie roch auch keines. Dass es nicht besonders viel Fauna auf Lemides gab, wussten alle, die mal den Fuß auf diesen verfluchten Boden gesetzt haben. So jämmerlich hatte sie sich die Aussichten jedoch nicht vorgestellt. Das bedeutete dann wohl, dass sie sich doch in der Nähe der kleinen Raumhafensiedlung umschauen musste. Widerwille und Ekel vor sich selbst machte sich in vorauseilendem Gehorsam breit, doch sie wusste: Ihr Überlebenstrieb würde auch diesmal gewinnen. Auch dann, wenn sie kein Tier finden würde.

Zwischen dem Abfertigungshäuschen und der Siedlung mit der Bar gab es noch ein paar weitere Gebäude. In diesen flachen, einfachen Steinbauten lebten diejenigen, die am Raumhafen arbeiteten, und damit ein Großteil derer, die Lemides überhaupt ihre Heimat nannten, oder zumindest ihren aktuellen Wohnort. Einige weitere Siedlungen gab es noch auf dem kleinen Planeten, doch im Grunde war er nahezu unbewohnbar – und wenig attraktiv. Ilka fragte sich, was ein Lebewesen, das die Wahl hatte, freiwillig dazu bewegte, sich auf Lemides niederzulassen. Außer, wenn man sich verstecken oder einem starken Selbsthass Genüge tun wollte, gab es keinen Grund, hier zu leben. Es gab keine Landwirtschaft, denn es wuchs außer einigen Sukkulenten und dornigen Sträuchern nichts. Auch relevante Bodenschätze hatte bisher niemand gefunden. Alles, was hier genutzt wurde, musste importiert werden. Hier gab es buchstäblich nichts außer Sand und diesem schäbigen Raumhafen, der »Tankstelle am Ende der Galaxie«. In den vergangenen dreihundertfünfzehn (oder waren es dreihundertsiebzehn? Sie konnte sich nicht mal mehr erinnern) Jahren, in denen sie als faktisch Unsterbliche durch die Systeme von Pandorra VII zog, war sie unzählige Male hier gewesen. In dieser Zeit hatte sich erschreckend wenig geändert. Technologischer Fortschritt hatte nur zögerlich Einzug gehalten und beschränkte sich auf die Bedürfnisse der neueren Raumschiffgenerationen – Betankungsmaschinen, elektronische Lesegeräte zum Austausch von Credits, moderne Funktechnologie zur Kommunikation, auch wenn es so etwas wie einen Tower noch nie gegeben hatte. Zu teuer. Unnötig.

Ilka näherte sich der Siedlung. Aus der Ferne sah sie die Bar, vor der sich nun mehr Grüppchen befanden als zuvor. Aufbruchstimmung. Wer nicht unbedingt musste, verließ Lemides meist noch am Tag der Ankunft. Ilka ging jedoch ging nicht rüber zur Bar, sondern bog links ab und wandte sich der kleinen Siedlung zu, die nur vom Mondschein beleuchtet trist und wie ausgestorben da lag. Nicht mehr als dreißig kleine, flache Hütten drängten sich dicht aneinander, von schmalen Gassen voneinander getrennt. Viele der Bauten sahen so verfallen aus, dass Ilka vermutete, sie waren seit Jahrzehnten nicht benutzt worden, geschweige denn bewohnt. In den staubigen Gassen zwischen den Gebäuden stapelte sich Müll und Unrat. Die Geräusche von der Bar wurden hier nur noch gelegentlich vom Wind herübergetragen. Hier und da begegnete sie Gruppen von Menschen, Eddoxi und Marali, die in Gespräche vertieft waren und sie ignorierten. Doch sie sah keine Einzelpersonen, die sie hätte überfallen können. Nicht, dass sie das unbedingt gewollt hätte, doch im Notfall …

Die Gebäude, zwischen denen sie umherwanderte,

waren so niedrig, dass sie die flachen Dächer berühren konnte, wenn sie den Arm ausstreckte. Sie wusste selbst nicht so genau, wonach sie suchen sollte und war kurz davor, umzukehren, als ihre empfindliche Nase plötzlich einen vertrauten Geruch witterte. Es war der Geruch eines Tieres – vielleicht eine Horan-Ratte? Diese Viecher gehörten wahrlich nicht zu dem, was sie als Delikatesse bezeichnen würde, doch Ilka konnte im Moment noch weniger wählerisch sein als sonst, und das Kleingetier würde sie über die nächsten paar Stunden bringen. Es wäre zumindest ein Anfang.

Sie folgte dem süßlich-schweren Duft und bemerkte, wie dieser sich mit einem anderen Geruch vermischte. Ein feines Fiepen drang an ihr Ohr. *Ratte, dachte ich's mir doch.*

Es wurde von einem dumpfen Grollen begleitet. Noch bevor sie den zweiten Geruch und das tiefe Geräusch kombiniert hatte, war sie in eine schmale Gasse eingebogen. Dort entdeckte sie ihn. Ganz am Ende der Sackgasse, die in einer weiteren flachen Hütte endete, sah sie im fahlen Mondlicht einen braun-schwarz gescheckten Wüstenhund. Er hatte eine Horan-Ratte in die Enge getrieben und schnappte nach ihr. Ilka hörte, wie seine gewaltigen Kiefer aufeinanderschlugen, während die Ratte angstvoll quiekte und versuchte, Reißaus zu nehmen. Dass es hier wilde Wüstenhunde gab, hatte sie nicht gewusst, obwohl sie schon so viele Male einen Zwischenstopp auf Lemides eingelegt hatte.

Glück gehabt, Ilka, die Natur hat dir ein Abendessen serviert.

Ein Gefühl der Erleichterung machte sich in ihr breit. Vielleicht würde sie doch noch satt werden in dieser Nacht. Der Wüstenhund gab voraussichtlich eine ganz passable Mahlzeit ab. Jetzt bloß nicht aufschrecken.

Mit einem nahezu lautlosen Satz war Ilka auf das Dach des Gebäudes zu ihrer Linken gesprungen. Sie hatte Glück: Das Dach war nicht aus brüchigem Wellblech zusammengeschustert, sondern einigermaßen massiv gemauert. Ihre Landung auf dem Bau erregte nur für den Bruchteil einer Sekunde Aufmerksamkeit bei dem jagenden Tier. Der Wüstenhund horchte kurz auf, hielt inne, doch dann wandte er sich wieder dem quiekenden Beutetier zu. Ganz langsam schob sich Ilka auf dem Gebäude entlang vorwärts, bis sie oberhalb der Gasse angekommen war. Sie blieb in der Hocke, um nicht ringsum versehentlich Aufmerksamkeit auf sich zu ziehen.

Die Ratte stieß ein weiteres ängstliches Fiepen aus, als der Hund mit seiner Vorderpfote ihren langen, zartrosa schimmernden Schwanz festhielt und dann seinen riesenhaften Kiefer um sie schloss. Ein letztes Quietschen, dann ein *Knack*, und der Wüstenhund begann genüsslich, auf seinem Opfer herumzukauen. Das feine Knirschen der Rattenknochen begleitete sein unappetitlich lautes, hemmungsloses Schmatzen. Diese Geräusche wurden ihm zum Verhängnis, denn er hörte die nahende Gefahr nicht. Ilka McCree setzte keine drei Meter über ihm zum Sprung an.

Der Hund war groß, seine Schulter reichte ihr bis zur Hüfte. Nun lag er jedoch bäuchlings auf dem Boden und genoss voller Hingabe seinen Mitternachtssnack. Als Ilka zu ihm hinuntersprang, war es bereits zu spät.

Ein kurzes Aufjaulen drang durch die Nachtbrise, dann war nur noch das Geräusch langer, gieriger Trinkzüge zu hören.

So warm, so frisch, so köstlich ... Wow, das war wirklich nötig.

Nach einigen Zügen beruhigte sich Ilkas Magen, das

Pochen und Pulsieren hörte auf und ihr Kopf fühlte sich nicht mehr an, als sei er gleichzeitig in einen Schraubstock geklemmt und würde dabei schweben. Die Stärke kehrte in ihren Körper zurück.

Eine Straßenecke weiter war das laute Gelächter und das übermütige Gespräch Betrunkener zu hören, aus deren Mitte sich eine Stimme löste.

»Urus? Uruuuus!«, rief sie in schrillem Sopran und näherte sich dabei langsam der Gasse, in der Ilka hinter einigen Müllsäcken auf dem Boden kauerte. Dort saß sie und trank genüsslich, den schlaffen Körper des Wüstenhunds fast zärtlich in den Armen haltend.

»Urus? Verdammt, wo steckt der Köter nur wieder?« Die Stimme kam näher. Ilka erstarrte. Ungläubig sah sie ihre Beute an, die nur noch als totes Stück Fleisch in ihren Armen hing. Dann starrte sie die Gasse entlang.

Kein wilder Wüstenhund ..., dachte sie.

Die Eddox, zu der die Stimme gehörte, war mittlerweile so nah, dass Ilka ihren schweren, süßen Pheromongeruch vernahm. Die Hundebesitzerin konnte nur noch wenige Meter entfernt sein. Gerade als sie in die Gasse einbog, richtete sich Ilka auf und sprang mit einem leichtfüßigen Satz zurück auf das Dach des Gebäudes. Dort wandte sie sich nicht mehr um, sondern rannte in geduckter Haltung über die Dächer der Siedlung davon.

Bloß weg hier. Hoffentlich hat sie mich nicht gesehen.

»Haltet die Bestie!«, kreischte es hinter ihr, als sie in Richtung der XENA Rex flüchtete. »Ein Scheißvampiry hat meinen Hund ermordet!«

Fuck, fuck, fuck.

. . .

Es wäre vielleicht klug gewesen, den Raumhafen auf der Stelle zu verlassen. Doch Ilka musste ruhen und wieder zu Kräften kommen. Außerdem hatte sie noch nicht getankt, und es schien ihr klüger, sich zumindest für den Rest der Nacht nicht mehr draußen blicken zu lassen. Der Schlaf überkam sie trotz der vorherigen Aufregung innerhalb von Minuten. Und das, obwohl Sally noch immer gegen die Wand des Frachtraums hämmerte und das metallische Trommeln das Innere der XENA Rex erbeben ließ.

FÜNF

Als Captain Ilka McCree am nächsten Tag aufwachte, war es draußen bereits helllichter Tag. Durch ein winziges Bullauge in ihrer Kabine bohrte sich ein Sonnenstrahl, der an der gegenüberliegenden Kabinenwand direkt auf die Stelle traf, die vor vielen Jahren von einer ihrer eigenen Kugeln getroffen worden war und seither ein Loch hatte.

Ilka fühlte sich klebrig und schmutzig. Der Gestank der letzten Nacht, nach schwitzenden Leibern, Bier und Tierblut, haftete ihr noch an. Sie rümpfte die Nase, stand auf und gönnte sich erst einmal eine ordentliche, heiße Dusche. Danach schlüpfte Ilka in ein frisches Hemd aus der kleinen Kommode, nahm ihre Hose und schnallte sich im Anschluss sofort wieder den Gürtel mit der Waffe um. Dann hielt sie inne. Es war still im Raumschiff. Sally Gray hatte es aufgegeben, mit bloßen Fäusten und Stiefeltritten aus dem Frachtraum ausbrechen zu wollen. Ilka schmunzelte zufrieden in sich hinein. Die erste Nacht reichte eben immer völlig aus, um ihre unfreiwilligen Gäste zu ermüden.

. . .

Ihre Gefangene schlief nicht mehr, als Ilka die Tür öffnete und den Frachtraum betrat. Die Lüftungsanlage hatte hier unten keine guten Dienste geleistet, der Raum war aufgeheizt und stickig. Sally saß im Schneidersitz auf ihrer Matratze und schaute nicht mal hoch. Ihr rotes Haar stand nach allen Seiten vom Kopf ab, sie war blass und schimmerte verschwitzt. Ihre Augen lagen tief in ihren Höhlen. Alles in allem wirkte sie bei weitem nicht mehr so lebendig wie gestern. Sie sah aus, als hätte sie eine durch und durch beschissene Nacht gehabt. Ilka war zufrieden.

»Guten Morgen. Ich hoffe, Mylady haben wohl geruht?«

Auf die Provokation ging Sally gar nicht erst ein. »Ich habe Hunger«, sagte sie stattdessen tonlos. Unter ihrer Resignation brodelte noch immer der Trotz eines aufsässigen Teenagers. Ilka konnte nichts gleichgültiger sein.

»Wenn du keinen Blödsinn machst, kannst du mitkommen in die Messe«, bot sie an. So viel Zeit würde sie noch haben. Die vor ihnen liegende Reise war so lang, dass sie Sally mit einigen lebensnotwendigen Dingen versorgen musste. Auf keinen Fall würde sie sich bei diesem Auftrag irgendeinen Patzer erlauben dürfen. Dazu gehörte im Zweifelsfall auch, eine dehydrierte und unterernährte Zielperson abzuliefern.

Sie hätte Sally einfach etwas zu essen in den Frachtraum schieben können. Doch sie musste zugeben, dass sie ein wenig neugierig war, was es mit dieser Frau auf sich hatte. Warum setzte ein superreicher Unternehmensmogul eine so hoch dotierte Kopfgeldjägerin wie sie darauf an, seine Tochter einzufangen, die ihm davongelaufen war? Irgendwo steckte da eine Geschichte drin, die zumindest unterhaltsam zu sein versprach. Zudem war Ilka trotz des

Zwischenfalls in der vergangenen Nacht ungemein gut gelaunt an diesem Morgen. Der bevorstehende Aufstieg zur Partnerin der Gilde wirkte als besserer Stimmungsaufheller als jeder zugedröhnte Junkie, den sie je ausgesaugt hatte. Ein Auftrag wie dieser war geradezu lächerlich einfach, doch sie würde sich nicht beschweren, dass es nach so vielen Jahren auch mal einfach sein konnte, den letzten Meter eines Weges zurückzulegen. Der Weg, der ihr das Tor zur Union und zu den lang ersehnten Informationen öffnen würde.

Ilka McCree, Partnerin der Gilde, mit direktem Draht zu den Wichsern der Union …

»Ja, schon klar, ich mach schon nix«, sagte Sally zähneknirschend, stand auf und stapfte mit wütendem Blick hinter Ilka her. Sie machte tatsächlich keinen Blödsinn, keine Anstalten, auszubüxen. Was zugegebenermaßen auch nicht clever gewesen wäre, und Ilka hielt ihren unfreiwilligen Gast tatsächlich aus irgendeinem Grund für gewitzt. Etwas unter ihrer enervierend aufsässigen Oberfläche war sogar bemerkenswert clever, auch wenn Ilka nicht sagen konnte, was genau sie zu dieser Annahme brachte.

Die Captain der XENA Rex hatte natürlich ohnehin keinerlei Sorge, dass ihre Gefangene irgendwelchen Ärger machen würde. Sally Gray führte keine Waffen mit sich. Die Tasche mit den paar wenigen mitgeführten Habseligkeiten befand sich sicher in Ilkas Kabine, eingeschlossen in einen kleinen Safe. McCree selbst war sichtbar bewaffnet, trug selbst in ihrem eigenen Schiff stets ihre Pistole am Gürtel, obwohl es nicht notwendig gewesen wäre. Ohne das vertraute Gewicht ihrer 9mm an der rechten Hüfte fühlte sie sich nackt. Auch das war ein Relikt aus Kriegszeiten und hatte sie seit über dreihundert Jahren nicht losgelassen.

Sie liefen am Ladebereich vorbei über die in die Jahre

gekommene metallene Treppe aus dem Frachtbereich, hinauf in die obere Ebene. Die Messe lag am Ende eines langen Ganges. Als Herz des Raumschiffs war sie neben dem Frachtraum der größte zusammenhängende Raum auf der XENA Rex und der einzige Bereich, in dem sich bequem mehr als drei Personen aufhalten konnten. Von dem sechseckigen Raum, in dessen Mitte sich ein am Boden festgeschraubter Holztisch und ein paar mäßig komfortable, ungepolsterte Stühle befanden, führte ein weiterer Gang nach vorne zur Brücke. In einer schlecht beleuchteten Ecke stand ein altes Sofa, das Sally argwöhnisch musterte, wie Ilka aus dem Augenwinkel bemerkte.

»Was ist das für ein Geräusch?«, fragte Sally und richtete den Blick an die Decke in Richtung der Lüftungsschlitze, die monoton klapperten.

»Lüftung«, entgegnete Ilka.

»Ja, schon klar. Klingt aber nicht so gesund.«

»Wenn's dich stört, kannst du es ja reparieren.« *Haha, ja, als ob ...*

Ilka musterte Sally Gray, die Tochter des *Karnisium*-Moguls Hector Gray, ein verwöhntes Gör, das sich für einfache Verhältnisse wie diese hier vermutlich zu fein war. Warum sie dann allerdings ausgerechnet auf Lemides gestrandet war, war Ilka ein Rätsel. Vielleicht, weil niemand auf die Idee kommen würde, dass sie sich dazu herablassen würde, sich auf so einem Drecksloch von Planeten aufzuhalten?

»Du wirst lachen, aber vermutlich könnte ich das«, antwortete Sally. »Ich habe solche Dinge gelernt.«

Überrascht blickte Ilka auf und zog eine Augenbraue hoch. Wollte das Gör sie verarschen? Mit dem goldenen Löffel im Mund geboren hatte sie wahrscheinlich noch nie auch nur einen Schraubenschlüssel in der Hand gehalten.

»So, so, was du nicht sagst.« Sie runzelte die Stirn und schüttelte dann den Kopf.

»Ja, sag ich«, sagte Sally gereizt. »Wenn man mit einem Rohstoff wie Karnisium arbeitet, braucht man Maschinen. Und Maschinen brauchen Reparaturen. Das einzig Sinnvolle, was mir mein Alter vielleicht beigebracht hat, war, dass ich in der Lage sein muss, selbst eine defekte Maschine zu fixen.« Bei der Erwähnung ihres Vaters zog sie angewidert die Nase kraus.

»Da hat er auch nicht unrecht«, brummte Ilka. »Da, setz dich«, wies sie Sally dann an und deutete mit einer vagen Geste auf den Tisch. Ihre Passagierin ließ sich auf einen der Stühle fallen und sagte nichts mehr.

Die Messe war ringsum mit einfachen, grau-weißen Schränken und Fächern aus einem glatten Polymer eingefasst, die meisten von ihnen leer oder mit längst vergessenem und nie benutztem Kram gefüllt. Aus einem von ihnen holte Ilka eine Dose ohne Etikett heraus, die sie mit einem rostigen Dosenöffner köpfte und in einen Teller goss. Graubraune Brocken flossen mit einem leisen Platschen heraus. Sie wärmte das Zeug für einige Sekunden im Konvektor auf und stellte es vor Sally auf den Tisch. Im schummerig-gelblichen Licht der Lampen an der Decke sah die Mahlzeit weder appetitlich noch identifizierbar aus, doch Sally protestierte zu Ilkas Erstaunen nicht. Sie verzog nicht einmal eine Miene. Sie war so ausgehungert, dass sie innerhalb weniger Minuten den kompletten Teller ausgelöffelt haben würde, als wäre es ein Festmahl und kein undefinierbarer Brei aus totgekochten Hülsenfrüchten. Währenddessen setzte sich Ilka ihr gegenüber und schlürfte eine Tasse Kaffee.

»Schönes Schiff hast du da.«

Ilka blinzelte irritiert. Versuchte Sally Gray etwa, Smalltalk zu betreiben?

Oh nein. Bloß das nicht.

»Äh. Danke, schätze ich?«

»XENA Rex, oder? Ganz schön legendäre Mühle. Ich hab mich immer gefragt, wie die es geschafft haben, gleich acht Rexkompressoren zusammenzuschalten, ohne dabei Löcher in den Sternenäther zu fetzen.« Sie sprach mit vollem Mund, schob sich einen Löffel Eintopf nach dem nächsten zwischen die Zähne.

»Zwölf.«

»Was?«

»Es sind zwölf. Zwölf Rexkompressoren.«

»Echt? Wow.« Sally verzog den Mund zu einer bewundernden Grimasse und nickte ein paar Mal anerkennend. »Das ist umso krasser. Aber fressen die nicht unheimlich viel Energie?«

»Schon. Dafür hat die Mühle einen zweiten Fusionsreaktor.«

Sally nickte erneut, sichtlich beeindruckt.

»Ich hab gehört, es sollen bald neue Rexkompressoren auf den Markt kommen. Die werden sogar in Planetennähe funktionieren.«

Ilka lachte auf. »Wer hat dir denn diesen Schwachsinn erzählt?«, fragte sie. »Das geht doch gar nicht.«

»Wieso soll das nicht gehen? Die haben halt die Technologie weiterentwickelt«, entgegnete Sally in beleidigtem Tonfall.

»Das letzte Mal, als ich nachgesehen habe, war der Sternenäther noch ein aus Anderson-Teilchen aufgespanntes Netz. Damit interagieren die Rexkompressoren, genauso wie jeder andere Sternenätherantrieb. Anderson-Teilchen, du weißt schon ... was sie früher mal dunkle Materie genannt haben?«

Sally rollte mit den Augen. »Natürlich weiß ich das, jedes Kind weiß das!«

Ilka beugte sich zu ihrer Gefangenen vor und fragte leise, aber eindringlich: »Und wieso erzählst du dann so eine Scheiße? Jedes Kind müsste nämlich auch wissen, dass der Sternenäther in der Umgebung großmassiger Objekte Löcher hat. Löcher, die auch die modernsten und leistungsfähigsten Sternenätherantriebe nicht überwinden können.« Dann lehnte sie sich wieder zurück und lachte: »Oder glaubst du wirklich, sonst würde sich irgendjemand freiwillig dieses Geschiss antun, tonnenweise chemische Treibstoffe zu tanken, um sie dann ruckzuck wieder zu verbrennen? Das ist doch völlig hirnrissig!«

Die junge Gray schürzte die Lippen wie ein schmollender Teenager. »Aber mein ... also ... ein Freund von mir hat mir das erzählt, und der kennt jede Menge Leute, die ... also, die ...«

» ... die Naturgesetze außer Kraft setzen können?«, spottete Ilka. »Hat dein Freund irgendwann in seinem Leben auch mal Physikunterricht gehabt – und aufgepasst?«

Sally presste die Lippen aufeinander und sagte nichts mehr.

Einige Momente herrschte angespanntes Schweigen. Ilka grinste ein bisschen in sich hinein, wurde dann jedoch aus ihrem kleinen Triumphgefühl herausgerissen. Sally schnitt ein neues Thema anschnitt, als säßen sie bei einem gemütlichen Kaffeekränzchen.

»Wo ist der Rest der Crew?«, fragte sie.

»Es gibt keine.«

Sally Gray hob die Augenbrauen. »Wieso nicht?«

Jetzt war Ilka ein bisschen genervt. Was sollte denn diese Fragerei?

»Ich ziehe es vor, allein zu reisen«, antwortete sie knapp.

»Aber das Schiff ist auf eine Crew ausgelegt, oder nicht?«

Die Captain schnaubte. »Mit ein paar Anpassungen hier und da kann man es auch alleine fliegen. Ich habe meine Gründe.«

Ich kann einfach niemanden um mich herum gebrauchen.

Ihre verschränkten Arme hatten deutlich gemacht, dass sie über dieses Thema nicht weitersprechen würde. Sally verstand offenbar, denn sie hakte nicht nach. Einige Momente löffelte sie schweigend, leerte ihren Teller bis zum letzten Rest. Dann schob sie das Geschirr von sich weg und soff in einem Zug den großen Becher Wasser leer, den Ilka ihr hingestellt hatte.

»Und? Wie lange bist du schon eine Vampiry?«, fragte sie. »Du bist doch eine, oder?«

Sie sagte es in einem so beiläufigen Plauderton, dass Ilka überrascht aufschaute und tatsächlich ein bisschen beeindruckt war. Es gehörte keine außerordentliche Auffassungsgabe dazu, sie als Vampiry zu erkennen. Ihre Körpersprache, die Kraft und die schnellen Reflexe – wer aufmerksam und nicht komplett auf den Kopf gefallen war, erkannte sie schnell als das, was sie war. Keine Angst zu haben und danach zu fragen, war allerdings mutig.

Sally sah Ilka direkt in die Augen, furchtlos, wie eine Frau, die schon vieles gesehen hatte. Ilka war irritiert, denn dieser Blick passte nicht zu dem, was sie von einer verwöhnten Tochter aus gutem Hause erwarten würde. Doch sie hielt dem Starren stand, ohne auch nur zu blinzeln und antwortete mit einer Gegenfrage: »Wieso ist das wichtig?«

Sally hob die linke Augenbraue. Ein spöttisches Lächeln umspielte ihren breiten Mund, als sie sich demonstrativ im Raum umsah. Ihr Blick blieb an dem alten Sofa hängen. »So lange, wie hier nichts mehr erneuert wurde, bist du mindestens zweihundert Jahre alt«, sagte sie, statt die Frage zu beantworten.

Ilka atmete hörbar aus. Dann zog sie die Oberlippe hoch und legte ihre Eckzähne frei.

Sally nickte nur kurz, anscheinend völlig ungerührt. »Besteht die Gefahr, dass du mich beißen wirst?«, fragte sie.

»Ich liefere meine Aufträge immer ordnungsgemäß und ... unversehrt ab«, entgegnete Ilka eisig.

Wieso stellte dieses junge Ding solche Fragen? Wollte sie Ilka reizen, sie wütend machen? Dann war sie auf dem besten Weg.

Die Ungerührtheit der jungen Frau brachte sie aus dem Konzept, doch gleichzeitig konnte sie hinter der Fassade der Unverfrorenheit etwas anderes erahnen. War das Angst?

Sag bloß, du bist von zu Hause abgehauen, weil du Schiss vor irgendwas hattest?

Sallys Augenbraue wanderte einen weiteren halben Zentimeter nach oben. Ihr Mund wurde schmal. »Du meinst deine Ware? Das bin ich doch für dich, oder? Ware!«

Plötzlich war die Wut wieder in sie zurückgekehrt. In ihren Augen glomm etwas auf.

»Sag mir«, drängte sie, als Ilka nicht antwortete, »wer ist dein Auftraggeber?«

Dann hob sie die Hand und beantwortete sich die Frage selbst. »Nein, warte, sag es nicht. Ich weiß es sowieso. Ich weiß genau, wessen Stil das ist. Mein Erzeuger, der dreckige Bastard. Er will mich ein für alle Mal loswerden.«

Ihre Hände ballten sich unwillkürlich zu Fäusten, und ihre Kiefermuskulatur trat hervor, so fest presste sie die Zähne aufeinander. Dann lachte sie bitter auf.

»Wobei, eigentlich hab ich nur drauf gewartet, dass so etwas passiert.«

Ilka runzelte die Stirn, während sie Sally zuhörte. Es wirkte mehr wie ein Selbstgespräch als der Versuch eines Dialogs.

Bitterkeit troff aus ihrer Stimme. Nein, es war keine Angst, das erkannte nun sogar Ilka, und Gefühlsregungen zu lesen war wirklich keine ihrer Stärken. Da war Traurigkeit unter all der Wut. Zu viel Emotion, mehr als Ilka ausgesetzt sein wollte. Captain McCree stand auf und goss sich eine weitere Tasse Kaffee ein, während sie Sally dabei zuhörte, wie diese auf ihren Vater schimpfte. Die junge Frau saß auf der Kante ihres Stuhls und sah aus, als würde sie jeden Moment aufspringen wollen.

»Dieses verlogene, widerliche alte Sackgesicht. Ich frage mich, warum er mich nicht einfach umlegen lässt. Wahrscheinlich will er es selbst machen. Das sieht ihm so ähnlich. Niemals die Kontrolle abgeben.«

Sie spuckte die Worte wie Gift, schien jedoch mehr mit sich selbst zu sprechen als mit Ilka. Ihr Gesicht war rot geworden vor Zorn. Dann stand sie so plötzlich von ihrem Stuhl auf, dass dieser nach hinten umkippte. Sie zitterte, so aufgebracht war sie.

»Und?« Jetzt schrie sie fast. »Hab ich nicht recht? Mein Vater schickt dich?« Ihre funkelnden Augen durchbohrten Ilka, die mit steinerner Miene dem Wutausbruch der jungen Frau zusah.

Die Captain nickte nur kurz. »Ja, da liegst du ganz richtig«, sagte sie, und es bereitete ihr großes Vergnügen, die

Ruhe in ihrer Stimme mit einer kleinen Prise Überheblichkeit zu würzen.

Sally starrte sie weiter an, dann stützte sie sich auf dem Tisch ab, als wäre ihr auf einmal schwindelig geworden. Ihre Stimme war kaum mehr als ein Flüstern. »Warum bringst du mich dann nicht gleich um?«

»Ich soll dich lebend abliefern. Und das werde ich auch tun.«

Sally stieß ein kurzes, humorloses Lachen aus. »Dann stimmt es also. Er will es selbst erledigen. Chefsache. Er bestimmt halt über alles. Sogar darüber, wie ich sterbe.«

Langsam sank sie auf ihren Stuhl und starrte ins Leere. Einige endlose Augenblicke vergingen, in denen beide schwiegen. Gerade als Ilka Luft holte, um anzukündigen, dass sie Sally wieder in den Frachtraum bringen würde, sprach die rothaarige Frau wieder. Sie kotzte die Worte förmlich aus. Der Sarkasmus, mit dem sie sie vorbrachte, sprudelte wie ein Brechmittel mit heraus.

»Hast du Hector Gray mal persönlich kennengelernt?«

Habe ich nicht, Kleines, aber ich weiß mehr über ihn, als du denkst. Angie Dawson hatte Ilka ein ausführliches Briefing verpasst, als sie ihr den Auftrag übergab. Von Gray hatte sie vorher schon gehört, an dem Namen kam man nicht vorbei, wenn man mit offenen Augen und Ohren durch die Galaxie reiste. Er war ein geschätzter Geschäftsmann und Partner der Union, seit er als junger Mann die Karnisium-Vorkommen auf Gondas entdeckt hatte. Jahrhunderte nach der Entdeckung des Sternenäthers und der Nutzbarmachung durch entsprechende Antriebe, hatte Karnisium eine weitere technologische Revolution angestoßen. Kein anderer Stoff vermochte es, Fusionsreaktoren derart energieeffizient zu machen. Dank der Karnisium-Isotope war es möglich, Reaktoren zu schaffen, die gleichzeitig Energie erzeugen und speichern konnten. Über diese bislang einzigen bekannten Karnisium-Vorkommen in der gesamten Galaxie hatte die Union mithilfe der Partnerschaft mit Gray die Kontrolle. Sie sicherte damit sich und ihren Getreuen einen technologischen Vorsprung, der kaum einzuholen war. Warum sollte ein Gebiet, das sich ein besseres Leben wünschte, nun überhaupt noch die Souvs wählen? Fortschritt, so schien es mittlerweile, konnte es schließlich nur mit der Union geben.

Sally wartete nicht auf eine Antwort, sondern schimpfte einfach weiter.

»Ein toller Hecht ist er. Ganz der professionelle Geschäftsmann, für den ihn die Welt hält. Einer, der Großes geschaffen hat. Ein echter Held. Ein Sunnyboy, ein Selfmade-Man. Was der alles geschafft hat, in seinen Zwanzigern schon ein Imperium aufzubauen! Weißt du, was er auch geschafft hat, dieser widerwärtige Abschaum? Meine Mutter umzubringen. Meine Familie zu zerstören. Einen ganzen Planeten zu versklaven! Geld und Macht sind ihm so viel mehr wert als Menschenleben. Aber …«, sie stockte und musterte Ilka, »vielleicht brauche ich dir davon nichts erzählen. Bei deinem Job.« Sie verzog das Gesicht zu einer angewiderten Fratze, dann fuhr sie fort, ohne auf eine Reaktion von Ilka zu warten.

»Weißt du, wieso er so reich ist? Er beutet die Leute auf Gondas nach Strich und Faden aus, lässt die Menschen schuften, bis sie mit ihren Kräften am Ende sind! Hast du schon mal gesehen, wie Kinder vor Erschöpfung krank werden, Blut spucken und einfach in ihrem Dreck verrecken? Es ist ihm scheißegal. Kinder sind billige Arbeitskräfte, verstehst du?« Ihre Augen waren zu Schlitzen verengt. »Das Gesetz«, fuhr sie fort, »hat auf Gondas nur einen Namen: Hector Gray. Niemand stellt sich ihm ungestraft in den Weg. Wer aufmuckt, wird erschossen.« Sie spuckte vor sich auf den leeren Teller. »Und genau das wird mit mir auch passieren. Ich habe nicht pariert, also muss ich sterben.«

Ihre Hände ballten sich erneut zu Fäusten. Ihr Blick war auf den Tisch gerichtet, als könne sie ihn damit durchbohren.

»Da musst du ja mächtig Scheiße gebaut haben, wenn er dich dafür umbringen will«, sagte Ilka in einem ruhigen, fast sanften Tonfall.

Sallys Augen verengten sich zu Schlitzen. Sie blickte Ilka direkt an. »Er wollte, dass ich sein Unternehmen übernehme.«

Ilka zog die Augenbrauen hoch. »Und was daran ist ein Grund, dich umzubringen? Klingt für mich eher, als würde er große Stücke auf dich halten.«

Sally schnaubte. »Tolle Vaterliebe«, sagte sie, mehr zu sich selbst als zu Ilka. »Du sollst den Laden übernehmen, und wenn du dich weigerst, stehst du auf der Abschussliste.«

»Du hast nein gesagt?«

»Ich habe nein gesagt. Menschen herumkommandieren, Prozesse steuern, ständig unternehmerische Entscheidungen treffen, Sachen organisieren. Ich will mit all dem nichts zu tun haben. Alles, was ich will, ist, mein Ding zu machen. Aber nein, ich darf nicht über mein eigenes Leben entscheiden. Keine Ahnung, warum er nicht einfach wartet, bis meine Halbbrüder alt genug sind und die den Scheiß machen lässt. Ich will einfach nur frei sein.«

»Wer bringt bitteschön seine Tochter um, wenn sie sein Imperium nicht übernehmen will? Klingt nicht besonders logisch für mich.«

Sally stieß einen verächtlichen Ton aus. »Tja, wer hätte

das gedacht. Ich auch nicht, bis er mir offen damit gedroht hat. Dann hab ich zugesehen, dass ich da weg komme. Damit ich nicht ende wie meine Mutter.«

»Die ... wie geendet ist?« Die ganze Sache war so absurd wie unterhaltsam, musste Ilka gestehen. Wie die menschliche Psyche funktioniert, was für Motive zu welchen Handlungen führen können – als das war für sie eher abstrakt, wie ein Forschungsobjekt. Nachvollziehen konnte sie vieles davon nicht, das war bereits in ihrer Kindheit so gewesen. Das meiste erschien ihr einfach nicht logisch.

Ein langer Seufzer war die Antwort. Nach einigen Momenten des Schweigens, Ilka glaubte schon nicht mehr an eine Erklärung, sprach Sally wieder, mit leiser, brüchiger Stimme. »Meine Mutter und er haben sich jung kennengelernt. Sie waren nicht verheiratet, aber sie hat für ihn gearbeitet. Als ich auf die Welt gekommen bin ... Sie ist ihm irgendwann lästig geworden. Sie hat ihm zu viel reingeredet, was mich anging. Er hatte schon früh Pläne mit mir, und sie hat sich quergestellt. Und eines Tages hat er sie einfach verschwinden lassen. Ermordet. Es sollte wie ein Unfall aussehen, aber ich weiß, dass es keiner war.«

Schweigen breitete sich in der Messe aus. Ilka verstand, dass Sally Grays Herz gebrochen sein musste. Doch für Sentimentalitäten hatte sie weder Zeit, noch durfte sie Mitleid zulassen. Sie musste Sally abliefern, egal wie tragisch ihre Geschichte war.

»Warum will er überhaupt aufhören, wieso Gray Inc abgeben?«, fragte Ilka in die Stille hinein. Noch so eine Sache, die ihr nicht einleuchtete. Hector Gray war noch nicht so alt, dass er an den Ruhestand denken musste.

Sally zuckte die Achseln. »Das hat er mir nicht verraten. Und ich verstehe es auch nicht so recht. Er liebt dieses Unternehmen mehr als alles andere. Vielleicht will er sicherstellen, dass jemand sich darum kümmert, falls ihm was zustoßen sollte. Aber mal ehrlich: Mein Vater hat zwar eine Menge Feinde, doch dem passiert nichts.« Sie sagte das, als würde sie es fast ein wenig bedauern.

Ein durch und durch sympathischer Kerl, dieser Hector Gray, dachte Ilka.

Die Hände der jungen Gray hatten sich zu Fäusten geballt, und sie begann, rhythmisch auf den Tisch einzuhämmern, immer energischer. Dabei starrte sie mit glasigen Augen vor sich hin, als sei sie in Gedanken weit weg. Ihre Kiefer mahlten.

Ilka lehnte am Schrank, einen Fuß vor den anderen gestellt, und betrachtete Sally genervt wie jemand, der den Tobsuchtsanfall eines kleinen Kindes abwartete, um danach endlich wieder normal weitermachen zu können.

Himmel, wieso habe ich sie überhaupt mit hochgenommen? Ich habe echt keinen Bock auf dieses Drama.

»Bist du fertig?«, fragte Ilka.

Ihr Gegenüber reagierte nicht auf die Frage. Sallys Augen hatten sich mit Tränen gefüllt. Wütende, verzweifelte Tränen, die die junge Frau ärgerlich versuchte niederzukämpfen. Ein einzelner Tropfen löste sich trotzdem und rollte über ihre Wange, platschte auf den Tisch, als hätte er beschlossen, sich nicht an die Regeln zu halten.

Ilka McCree hatte schon viele Wut- und Verzweiflungsausbrüche miterlebt. Wenn man so lange in dem Job war wie sie, dann hatte man jede mögliche Ausprägung schon gesehen. Gildenmitglieder mussten aus einem bestimmten Holz geschnitzt sein, um überhaupt ins Business einzusteigen, und sie mussten sich darauf gefasst machen, dass die Zielpersonen alle Register ziehen würden, um freizukommen. Das hier war definitiv weder neu, noch ungewohnt, oder eine Herausforderung. Es war erbärmliches Gewinsel.

Und doch spürte sie hinter Sallys Worten etwas, das sie leise berührte, kaum merklich, so flüchtig wie ein warmer Luftzug in ihrem Nacken. Irritiert versuchte sie, das Gefühl abzuschütteln.

Einige Atemzüge lang herrschte Stille. Dann sah Sally Gray auf und Ilka direkt in die Augen. Ihre Mundwinkel zuckten. »Bitte lass mich gehen«, flüsterte sie. Der flehende Ton in ihrer Stimme war Ilka wohlvertraut.

Ah ja, da haben wir es. Neuer Job, gleiches Geheule. ›Oh, bitte, hab Erbarmen. Ich bin völlig unschuldig. Lass mich gehen! Ich werde dich reich entlohnen!‹ Mit was kommst du wohl um die Ecke, Kleines?, dachte Ilka. *Ich sollte einen Aufschlag verlangen für weinerliche, verweichlichte Wichser, die ihr Schicksal nicht mit Würde tragen können. Es kotzt mich so an.*

Und doch regte sich so etwas wie ein Zweifel in ihr. Dieser Auftrag hier war anders als die sonst üblichen. Ilka McCree hatte es nicht mit einem gesuchten Verbrecher zu tun, einer Mörderin oder einer Person, die irgendwem in der Union mit ihren Geschäften in die Quere gekommen war. Die meisten derjenigen, mit denen sie es zu tun hatte, hatten ganz eindeutig Dreck am Stecken. Es traf keine Falschen. Aber das hier ... Sie fragte sich in diesem Moment, warum sie beauftragt worden war, Sally Gray zu schnappen. Der Job war so einfach gewesen, dass eine Anfängerin ihn hätte erledigen können und ob der Leichtigkeit verwundert gewesen wäre. Ein paar Kontakte spielen lassen, sich im eigenen Netzwerk umhören, und schon war die Spur eindeutig gewesen. Für Ilka war ein solcher Job fast einer Beleidigung gleichend lässig, nicht mehr als ein Transportauftrag. Eigentlich war sie auf die harten Brocken spezialisiert, solche, die eine blutige Spur der Verwüstung und gebrochenen Seelen zurückließen. Kinderschänder, Massenvergewaltiger, gewissenlose Killermaschinen, manchmal auch Piratae-Pack, bei dem es ohnehin nie die Falschen erwischte. Aber Runaway-Kids? Wäre der Auftraggeber nicht so prominent und der Job nicht so hoch eingestuft und fürstlich dotiert gewesen, hätte Gildenchefin Angie Dawson es nicht gewagt, ihre beste Kopfgeldjägerin auf eine Mission zu schicken, mit der man eine fünfjährige Hobbydetektivin mit einem Plastikfernglas hätte langweilen können. Sie musste Dawson kontaktieren, noch bevor sie Lemides verließen.

»Bitte«, wiederholte Sally, und diesmal glaubte Ilka, die rothaarige Frau würde sich jeden Moment vor ihr auf die Knie werfen. Nun kam doch ein Gefühl in McCree hoch, dessen sie sich nicht erwehren konnte. Es war Ekel. Ekel, der sich mit Wut vermischte. *Bleib ruhig, Ilka.*

Abrupt spannte sie sich, stellte ihre Kaffeetasse ab. Dann ging sie auf Sally zu, baute sich vor ihr auf und herrschte sie an: »Steh auf!«

Sally blinzelte kurz verwirrt, dann stand sie langsam auf, ihren fragenden Blick stets auf Ilkas eisige Miene gerichtet. Ilka sah auf sie hinunter, packte sie am Oberarm. Ihre Worte glichen dem gefährlichen Zischen einer kunundischen Giftviper. »Was glaubst du denn, weshalb ich diesen Job mache?«

Sally hob zögernd die Achseln. In ihrem Gesicht kämpften Angst und Aufsässigkeit miteinander wie zwei Kinder, aus deren harmlose Rauferei eine ernste Angelegenheit geworden war.

»Woher soll ich das wissen? Weil du keine Skrupel hast und kein Gewissen?« Die Aufsässigkeit war stärker gewesen. Für den Moment. Sally wischte sich trotzig die Tränen aus dem Gesicht.

Ilka lachte kurz und humorlos auf. *Ruhe bewahren, Ilka. Lass dich von dem verwöhnten Miststück nicht reizen.*

»Nur Monster können einen so dreckigen Job machen«, sagte Sally mit rauer Stimme. »Alle anderen würden die Ungerechtigkeit doch gar nicht aushalten. Praktisch, wenn man von Natur aus eine gewissenlose Killermaschine ist.«

Die Monde steh'n über den Hügeln
die Zauwen singen ihr Lied
es wachen die duftenden Lüfte
damit dir auch ja nichts geschieht

Durchatmen. Sich nicht provozieren lassen. Nicht unbedacht die Ware beschädigen. Vor allem nicht dieses Mal, nicht bei diesem wichtigen Auftraggeber.

»Ja, darauf fällt dir wohl keine Antwort ein. Auch eine Form der Zustimmung«, giftete Sally. »Vampiry sind gefühllose Monster, weiß ja jeder. Du bist nicht besser als diese beschissenen Piratae-Blutsauger.«

Ilka presste ihre Kiefer aufeinander, dass die Muskulatur vortrat.

Der Mond steht über den Wäl…

Dann holte sie aus und versetzte Sally eine so kräftige Ohrfeige, dass deren Kopf und Oberkörper zur Seite geschleudert wurden. Sie verlor fast das Gleichgewicht. Nachdem sie sich wieder aufgerappelt hatte, starrte die junge Frau Ilka mit entsetzt aufgerissenen Augen an und hielt sich die die Wange. Die Captain nickte langsam und trat dann ganz nah an sie heran. Sally wollte zurückweichen, doch sie stieß an den Tisch, der nur einen Schritt hinter ihr stand.

»Ich hab mir deine gequirlte Kacke jetzt lange genug angehört. Glaub bloß nicht, dass ich für dich und deine rührende Geschichte hier eine Ausnahme machen werde«, zischte Ilka ihr zu, ihr Gesicht nur wenige Zentimeter von Sallys Ohr entfernt. »Ist ja wirklich eine ganz ergreifende Story, aber weißt du was? Sie könnte mir nicht weiter am Arsch vorbeigehen. Es war ein Fehler, dich überhaupt aus dem Frachtraum zu holen. Wird nicht wieder vorkommen.«

Sie packte Sally, deren Wange durch den Schlag einen ungesunden Violettton angenommen hatte, erneut am Arm und zog sie mit sich.

»Genug geplaudert jetzt. Wirklich schade, dass wir unser Gespräch nicht fortsetzen können, aber ich habe leider zu tun. Zeit für dich, sich in die Hochzeitssuite zurückzuziehen und die Aussicht zu genießen. Wir starten bald«, sagte Ilka. Die Schärfe ihres Sarkasmus ließ Sallys Zorn noch größer werden. Unter wütendem Protestgeschrei bugsierte McCree ihre Ware durch den Gang und über die rostige Treppe hinunter zurück in das stählerne Gefängnis des Frachtraums.

Dich lass ich hier nicht nochmal raus, du Fliegenschiss.

Am meisten ärgerte sie sich über sich selbst, dass sie sich hatte provozieren lassen. Wie eine verdammte Anfängerin. Ausgerechnet von so einer Göre.

SECHS

Nun musste sie sich aber wirklich um Treibstoff kümmern und die Mühle so langsam in Bewegung setzen, sonst würde sie einen weiteren Tag Parkgebühren blechen müssen. Sie hatte ohnehin viel zu lange geschlafen. Als sie die Tür zum Frachtraum zustieß, fiel ihr wieder ein, dass sie nach ihrem nächtlichen Ausflug und dem Mitternachtssnack da draußen Ärger erwarten könnte.

»Verdammte Axt«, murmelte sie und rechnete schnell im Kopf durch, ob sie nicht doch abfliegen könnte, ohne zu tanken. Nein, es war zwecklos, sie würde nicht weit genug kommen, und sie hatte überhaupt keinen Bock, mitten im Nirgendwo zu trudeln und womöglich ein Notfallsignal absetzen zu müssen. Man wusste nie, wer einem da draußen begegnete.

Ihr Mantel und ihr Hut hingen neben der Luke, wie immer griffbereit auf dem Weg nach draußen. Sie nahm beides, zog den Hut tief ins Gesicht. Dann schlug sie mit einem gezielten Faustschlag auf den großen, roten Knopf neben der Tür. Die Luke begann sich langsam zu öffnen und die Rampe mit einem lauten Knarzen herunterzufahren. Wurde dringend Zeit, das Baby mal wieder zu ölen. Sie blinzelte in das grelle Tageslicht und zog eine große, schwarze Sonnenbrille aus der Brusttasche ihres Mantels, um ihre empfindlichen Augen zu schützen. Sie schätzte die schummrigen Lichtverhältnisse in ihrem Schiff so sehr, wie sie die Sonne verachtete. Die Hitze wäre ihr egal gewesen, doch die Schmerzen, die Sonnenverbrennungen auf ihrer Haut verursachten, gehörten zu den schlimmsten, die es gab. Und auch über dreihundert Jahre, nachdem sie ihre erste schlimme Verbrennung erlitten hatte – damals, in einem anderen Leben – vermied sie die potenzielle Gefahr um jeden Preis. Deswegen trug sie trotz der trockenen Wüstenhitze auch jetzt ihren Mantel.

Ilka trat nach draußen und sah sich um. Es herrschte etwas mehr Geschäftigkeit als am Abend zuvor. Etwa zwei Dutzend Schiffe konnte sie von ihrem Standpunkt noch sehen. Seit gestern Abend war keines mehr hinzugekommen, aber einige waren abgeflogen. Die EAGLE 3 strahlte im vollen Tageslicht noch aufdringlicher als in der Dämmerung. Drei Marali beluden das Schiff gerade mit großen, sehr schwer aussehenden Metallkisten. Ein Mensch diskutierte vor einem marode aussehenden Schiff aufgeregt mit einer Gruppe Eddoxi. Hätte Ilka einen Tipp abgegeben müssen, sie hätte gewettet, dass es um Schmuggelware ging, wahrscheinlich sogar um Transmutan. Das Zeug war ursprünglich entwickelt worden, um die Nanobots im vampiryschen Blut zu stabilisieren, also ein Jahrhunderte altes Medikament, entwickelt für das Experiment, bei dem die Vampiry entstanden waren. Als sich dann herausstellte, dass man mit Transmutan auch ohne vampirysches Blut vorübergehend die Sinne schärfen und sich einen Kick verschaffen konnte, war der Weg zur Partydroge nicht mehr weit. Mittlerweile bekam man an jeder zwielichtigen Ecke in der Galaxie Transmutan, zu durchaus moderaten Preisen. Der Handel florierte, und unter den Souvs gab es schon lange die Vermutung, dass die Produktion insgeheim immer noch durch die Union gesteuert wurde. Transmutan war ein einfaches Mittel, das Volk bei Laune zu halten und gleichzeitig Profite zu generieren.

McCree entfernte sich noch einige Schritte von der XENA Rex und sah sich weiter um. Niemand schien sie zu bemerken, bis auf den jungen Eddox, bei dem sie sich gestern Abend angemeldet hatte. Der XENA Rex-Fan. Er lehnte am Wachhäuschen und winkte ihr lässig mit einem seiner grünblauen Kopftentakel zu. Sie kam langsam näher. Bei jedem ihrer Schritte staubte es bis zum Knie hoch. Kein Wunder, dass hier alle so aussahen, als würden sie sich mit Dreck waschen.

»Hey«, rief sie dem Aufseher zu, als sie nah genug war. »Ich brauche Treibstoff!«

»Sicher, Ma'am«, antwortete er und richtete sich auf und klopfte etwas Sand von seinem Overall, auf dem am Bauch ein riesiger Schweißfleck prangte. Er stank, als hätte sein Körper seit Tagen kein Wasser mehr berührt, geschweige denn Seife. »Kostet zehn Credits pro Gallone.«

Das war eindeutig Wucher. Ilka runzelte die Stirn. Dass er sie »Ma'am« genannt hatte, passte ihr ebenso wenig wie der gesalzene Preis, doch sie beherrschte sich. Am liebsten hätte sie ihn jedoch an seinen Kopftentakeln gepackt und ihn damit gegen das Aufsichtshäuschen geschleudert.

»Ich geb dir fünf«, antwortete sie knapp.

»Ich verhandle nicht, Ma'am, dazu bin ich nicht befugt«, knarzte er. »Der Preis ist zehn Credits pro Gallone.«

Sie schnaubte und ließ den Blick durchs Fenster ins

Innere des schmutzig-gelbbraunen Wachhäuschens schweifen, das kaum größer als eine Abstellkammer war. Dort saßen zwei weitere Typen, ein Mensch mit sonnenverbrannter, weißer Haut, die eher an einen Krebs erinnerte, und ein älterer, komplett mit Brandnarben überzogener Eddox, der sehr zäh und ungemütlich aussah. Sie beschloss, keinen Ärger zu machen und den Preis einfach zu zahlen. Ein Einflugverbot für Lemides konnte sie sich nicht erlauben, schließlich würde sie noch häufiger hier Halt machen müssen.

Zähneknirschend nickte sie also Zustimmung, und der junge Eddox gab mit einem kurzen Wisch auf seinem Pad dem wuchtigen Tankroboter neben dem Häuschen den Auftrag, die XENA Rex zu betanken. Behäbig wie ein großes, schweres Fass auf Rädern schob sich der elektronisch gesteuerte Tankwagen in Richtung des Raumschiffs. Ilka musste nur noch den Füllstutzen ankoppeln, das Einzige, was von Hand zu tun war – und auch nur bei älteren Raumschiffmodellen wie ihrem. Dem Aufseher hielt Captain McCree ihren Communicator hin und übermittelte so viele Credits, dass die Treibstoffmenge auf jeden Fall reichen würde, um sie nach Gondas zu bringen – und weiter bis nach Bocinda, wo die Gilde ihren Sitz hatte, und das sie ihr Zuhause nannte, wenn sie nicht gerade in der XENA Rex unterwegs war.

Der Treibstoff hatte gerade begonnen, durch den Schlauch aus dem kesselförmigen Tankroboter in den Tank zu strömen. Ilka stand gelangweilt daneben, im Schutz des Schattens, den der Tankroboter spendete, und wartete, bis die Pumpe auf vollen Touren lief. Diese älteren Tankautomaten waren furchtbar träge, und es dauerte, bis sie warmgelaufen waren. Sie zog den Hut tiefer ins Gesicht und putzte mit einem Zipfel ihres Hemds ihre Sonnenbrille. Die Fettschicht ließ sich nicht wegrubbeln. Stattdessen verteilte sie sich in gleichmäßigen Schlieren auf den Gläsern, so dass sie eine gleichmäßig milchige Schicht bildeten. Ilka hasste es, wenn das passierte.

Plötzlich trat aus dem Schatten des Raumschiffs neben der XENA eine fahlblaue Eddox auf sie zu, offensichtlich bereits fortgeschrittenen Alters, ihrer warzigen Haut nach zu urteilen. Überrascht sah Ilka auf, und bemerkte dann, dass ihre Besucherin nicht alleine war. Von allen Seiten kamen nun Leute auf sie zu. Blitzschnell zählte sie sieben Personen. Wo hatten die sich versteckt, und wieso hatte Ilka sie nicht vorher bemerkt?

»Was soll da…«, setzte sie an, doch die Eddox, die zuerst aufgetaucht war, schnitt ihr das Wort ab. »Halt's Maul, du dreckige Vampiry!«

Sie trug ein weites, schimmernd pinkfarbenes Gewand und großen, auffälligen Goldschmuck an ihren Kopftentakeln und um die grobschlächtigen Fesseln – unüblich für eine eher einfache Gegend wie diese. Ganz offensichtlich handelte es sich hierbei um eine Person mit Geld und Einfluss. Ihre warzigen Kopftentakel richteten sich bedrohlich auf.

Die anderen sechs Leute kamen näher. Ilka registrierte aus dem Augenwinkel drei Menschen und drei Eddoxi, alle einfacher gekleidet als ihre Wortführerin, aber jede einzelne Person mit Pistolen bewaffnet. Mit energischen Gesichtern richteten sie ihre Kanonen auf Ilka. Niemand von ihnen sagte ein Wort.

»Verdammt«, zischte Ilka, denn ihr wurde schlagartig

klar, dass es sich bei der Eddox um dieselbe Frau handeln musste, der gestern bei dem unglücklichen Zwischenfall mit Ilkas Nachtsnack ein Haustier abhandengekommen war. Die Besitzerin dieses überaus schmackhaften Wüstenhundes – wie war sein Name gleich gewesen, Ulf, Uri? – hatte den Verlust ihres heißgeliebten Kuscheltiers offenbar nicht gut verkraftet.

Ilka musste schnell überlegen, was sie als nächstes tun wollte. Es wäre eine Fingerübung für sie gewesen, die ganze Truppe innerhalb weniger Augenblicke zu erledigen, ihre Kehlen aufzureißen und sich vor dem langen Flug auch noch ordentlich sattzutrinken. Sie hätte nicht einmal ihre Waffe ziehen müssen, um allen den Garaus zu machen. Im Bruchteil einer Sekunde schätzte sie ab, dass sie bei dem kleinen, schmächtigen Kerl ganz links anfangen musste, um dann in einem eleganten Satz nach rechts im Vorbeifliegen die nächsten drei Witzfiguren zu zerfetzen, bevor der erste auf dem Boden aufgeschlagen wäre. Ein weiterer Sprung würde sie die Eddox erreichen lassen, ihr an den Tentakeln den Kopf abreißen und damit die beiden verbleibenden Gestalten niederzuschlagen. Kurz, blutig und effizient. Das Ganze wäre schneller vorbei, als sich der erste Schuss aus einer der Waffen lösen würde. Ein spöttisches Lächeln umspielte ihre Lippen, ein Anflug von erhabener Überlegenheit.

Doch sie musste sich zusammenreißen. Leider würde sie sich mit einer solchen Aktion auf Lemides keine Freunde machen. Auch wenn ihr Status als Mitglied der Gilde ihr diplomatische Immunität verlieh, war das ein Joker, den sie so selten wie möglich ausspielen wollte. Wenn sie die Gilde, oder noch schlimmer die Unionsobersten selbst gegen sich aufbrachte, könnte das zur Folge haben, dass man ihr künftig mit mehr Misstrauen entgegentrat. Auf keinen Fall wollte sie ihren Masterplan mit einer solchen Dummheit aufs Spiel setzen. Also hieß es, weiterhin sauber und mit wenig Kollateralschäden zu arbeiten. Und an einem Raumhafen ein mittelgroßes Gemetzel zu veranstalten, war sicherlich eine Meldung an die Gilde wert. Die Union würde es damit automatisch auch mitbekommen. Von einem Einflugverbot nach Lemides ganz zu schweigen. Nein, hier musste sie anders rauskommen.

Captain McCree überlegte kurz, ob es eine Option war, sich aus der Sache herauszureden. Zu verhandeln. Den Gedanken verwarf sie allerdings so schnell wieder, wie er gekommen war. Ihr Verhandlungsgeschick war geradezu legendär miserabel. Es war sogar so schlecht, dass sie es einmal auf einem Basar auf Ramdon geschafft hatte, ein edel gefertigtes Beinholster für mehr Geld zu kaufen, als der Händler ursprünglich dafür haben wollte. Während des Handelns hatte sie ihn offenbar so sehr in seiner Ehre gekränkt, dass sie froh sein konnte, dass er ihr das Stück überhaupt noch verkaufen wollte. Charme und kommunikatives Geschick, das wusste sie nicht erst seit diesem Zwischenfall, gehörte nicht gerade zu ihren Stärken.

Es blieb also nur die dritte Option: Flucht. Es gab kaum etwas, was Ilka mehr hasste als klein beigeben zu müssen. Doch hier waren ihre Möglichkeiten begrenzt. Während also die Meute der Fremden nervös mit ihren Fingern und Klauen an den Abzügen spielten, und die um ein Haustier ärmere Eddox Gift und Galle spuckte, traf Ilka ihre Entscheidung. Mit einem Seitenblick schätzte sie ab, wie weit es zur offenen Ladeluke ihres Raumschiffs war. Dann drehte sie sich um und sprintete innerhalb des Bruchteils einer Sekunde auf die Luke zu. Dabei schlug sie Haken wie ein Waldhase. Hinter ihr brach wütendes Gebrüll aus und sie hörte die Eddox schreien: »Schiiieeeeeßt!«

Schüsse wurden abgefeuert, mehrere gleichzeitig, gefolgt von einer weiteren Salve. Ilka wich den umherfliegenden Kugeln mit ihren vampirysch schnellen Reflexen gekonnt aus. Die Schützen rannten hinter ihr her, doch sie schaffte es ins Innere der XENA Rex, ohne getroffen zu werden. Sie hastete die Laderampe hoch und schlug mit der Faust auf den Knopf, der die Rampe hochfahren ließ. Fast unerträglich langsam und behäbig begann sich die Luke zu schließen. Da bemerkte sie aus dem Augenwinkel, dass die Tür zum Frachtraum offenstand. *Verdammt, der Riegel ... Ich habe die Tür nicht richtig verschlossen.*

Sally tauchte neben ihr auf. Frontal der sich langsam schließenden Luke zugewandt, stand sie einfach da.

»Was zum Teufel ist da lo...?«, begann sie. In dem Moment tauchten Ilkas Verfolger vor der Luke auf. Zwei weiße Männer und ein Eddox unbestimmten Geschlechts waren es, die verwirrt und kopflos fast zusammenstießen, so unkoordiniert bewegten sie sich. Sie bremsten scharf ab, so dass der staubige Dreck unter ihren Füßen aufgewirbelt wurde, und begannen erneut, eine Kugelsalve auf Ilka abzufeuern. Zielen hätte man das alberne Gezappel nicht nennen können, sie schossen einfach wahllos auf die Öffnung im Raumschiff, die durch die hochfahrende Rampe zusehends kleiner wurde. Einer versuchte hochzuspringen und sich an die Rampe zu hängen, doch er verfehlte sie knapp. Ilka hörte, wie er unten in den Staub fiel. Einige Kugeln trafen die Außenhülle der XENA, doch ihr Raumschiff, diese treue, alte Lady, war durch so etwas kaum zu beeindrucken. Ein paar Schüsse jedoch drangen durch die Luke ins Innere.

»RUNTER!«, brüllte Ilka Sally an, die immer noch wie eine lebende Zielscheibe mitten im Eingangsbereich stand. Gerade als Ilka ihren unfreiwilligen Gast am Arm packte und ihn zu Boden reißen wollte, um die wertvolle Ware in Sicherheit zu bringen, schaffte es ein weiterer Verfolger, mit einem großen Satz auf der Rampe zu landen.

»Fuck!« Ilka sprang vor, um den Eindringling wieder hinaus in die staubige Hitze zu stoßen, bevor er in ihr Raumschiff purzeln würde. Es handelte sich um einen Menschen, ein Mann mittleren Alters mit schmutzig-braunem, halblangen Haar und einem schlecht sitzenden Anzug. Seine Haut war sonnenverbrannt und ledrig.

»Halt, stehenbleiben!«, schrie er sie an, und sah dann verwirrt von Sally zu Ilka und wieder zurück.

Ilka sah sich kurz zu Sally um, wollte sich vergewissern, dass sie in Deckung ging. Sally taumelte zurück, versuchte, sich hinter Ilka zu retten. Im nächsten Moment rannte Ilka auf den Typen zu, während sich die Rampe unter ihr weiter nach oben bewegte und streckte die Arme aus, um ihn zu hinaus zu befördern. Es war dieser Bruchteil einer Sekunde, den sie zu spät reagiert hatte. Kurz bevor sie ihn erreicht hatte, löste sich ein Schuss aus seiner Pistole. Fast gleichzeitig versetzte Ilka dem Angreifer einen festen Stoß, und der Schütze fiel, einen kurzen, hohen Schreckenslaut ausstoßend, nach draußen. Sie hörte, wie er mit dem hässlichen Geräusch eines im Dreck aufschlagenden Kartoffelsacks landete.

»Das war Hausfriedensbruch, du Arschloch!«, schrie sie ihm hinterher.

Im gleichen Moment, in dem Ilka den Mann geschubst hatte, war Sally hinter ihr zusammengezuckt. Als Ilka sich wieder umdrehte, blickte sie in Sallys vor Schreck geweitete Augen.

»Sally?«, sprach sie ihre Passagierin an. Knapp über der Stelle, an der das weite Hemd in ihrer Hose steckte, klaffte ein dunkelrotes Loch, aus dem Blut floss. Viel Blut.

»Ich … bin …«, stotterte Sally mit schwacher Stimme, »getroff…«

Wie in Zeitlupe sah Ilka Sally in sich zusammensinken. Wenige Augenblicke später schloss sich die Ladeluke der XENA Rex mit einem lauten *Klonk*. Von draußen prasselten noch einige Schüsse dagegen, bis sie schließlich verstummten. Im Inneren der XENA machte sich für einen Augenblick gespenstische Stille breit. Ilka starrte Sally voller Entsetzen an, die röchelnd neben ihr am Boden lag.

»Scheiße, Scheiße, *Scheiße!*«, fluchte die Captain, und beugte sich über die junge Frau, die stöhnend nach ihrem Bauch tastete.

Sally Gray war schwer verletzt, doch sie lebte. Noch. Ilka musste schnell handeln. Um Sally nicht an ihre eigene Unvorsichtigkeit zu verlieren. Um diesen verfickt wichtigen Auftrag nicht zu versauen.

Sie nahm das blutende und leise wimmernde Bündel, das noch vor Kurzem so große Töne gespuckt hatte, auf den Arm. Die fehlende Körperspannung ließ Sally Gray schwerer erscheinen als sie war.

Verdammt, du darfst nicht sterben, dachte Ilka. *Wer weiß, wann ich wieder so eine Chance bekomme.*

War ja nicht so, als würde Angie Dawson sich für jede dahergelaufene Kopfgeldjägerin so einsetzen. Ihr ermöglichen, trotz ihrer Herkunft und dessen, was sie war, quasi einen Platz am Tisch der Union anzubieten. Es war kein Geheimnis, dass McCree damals auf der Seite der Souvs im Krieg gewesen war, dass sie zahlreiche Unionisten auf dem Gewissen hatte. Und es gab einen guten Grund, dass die Union nicht mit Blutsaugern zusammenarbeitete, ja, sie verfolgte, wo immer es ging. Dawson hielt trotzdem große

Stücke auf Ilka. Die Alte war Pragmatikerin und in erster Linie auf den Erfolg der Gilde bedacht, nicht auf politische Scharmützel.

»*Wir alle sind mal falsch abgebogen, Schätzchen. Der Krieg ist dreihundert Jahre her, das interessiert doch keine Sau mehr, solange du hier einen guten Job machst.*« Ilka erinnerte sich gut an die Worte.

Ja, dachte sie, *die Betonung liegt auf:* solange du einen guten Job machst.

Von draußen hämmerte es gegen die Ladeluke. Captain McCree erwachte wie aus einer Trance und setzte sich in Bewegung. Sie konnten nicht hierbleiben. Die Eddox da draußen hatte Einfluss, das stand außer Frage, und sie würde ihr richtig Ärger machen können.

»Wir müssen hier weg«, sagte sie zu Sally, obwohl sie nicht mal sicher war, ob ihre Stimme überhaupt zu der Verletzten durchdrang. »Wir müssen verdammt schnell unsere Ärsche von diesem Planeten wegbewegen.«

Sie trug Sally die Treppe hoch, durch das schummrige Halbdunkel des Korridors in die Messe und legte sie dort auf das alte, durchgelegene Sofa, dass sich in die schlecht beleuchtete Ecke schmiegte.

»Reiß dich zusammen, *nicht* sterben, ok?«, beschwor sie die junge Frau, die mittlerweile merklich blasser geworden war. Den ganzen Weg nach oben hatte sich eine konstante Spur aus Blutstropfen aus der klaffenden Bauchwunde auf den Boden ergossen. Der süßlich-schwere Geruch machte Ilka ganz schwindelig. Appetit kroch in ihr hoch.

»Ich bin gleich wieder da, aber ich muss die XENA hier rausfliegen, sonst haben wir beide ein noch größeres Problem.«

Sie zerrte ein Handtuch aus einer der Schubladen und

presste es auf Sallys Schusswunde. »Fest draufdrücken!«, befahl sie. Dann rannte sie in Richtung Cockpit.

Noch bevor sie richtig saß, hatte sie schon die Steuersysteme gestartet und den Gravitationsmodulator aktiviert. Es dauerte einige Sekunden, bis die Triebwerke der alten XENA Rex sich rührten, doch dann sprangen sie unter lautem Getöse an.

»Bitte lass uns genug Treibstoff haben, um hier wegzukommen«, beschwor Ilka ihre alte Lady. Der Anflug auf Lemides war mal wieder eine knappe Sache gewesen. Im freien Raum war konventioneller Treibstoff dank Sternenätherantrieb nicht notwendig. Nicht, solange mindestens noch einer der Fusionsreaktoren intakt und genug schweres Wasser für deren Betrieb vorhanden war. Dass sie für An- und Abflug von Planeten wenigstens ein bisschen chemischen Treibstoff im Tank haben musste, verdrängte Ilka vor allem deswegen, weil die Helferlein der Gilde ihr Schiff bei jeder Rückkehr unaufgefordert betankten.

Sie zog den Steuerhebel ruckartig zu sich her. Ein kurzes Rütteln ging durch das Raumschiff, dann hob die XENA ab.

Draußen wichen Ilkas Verfolger zurück, als die Triebwerke ansprangen. Der von Trockenheit und Hitze poröse Tankschlauch straffte sich ächzend, doch er brach nicht. Stattdessen riss er den Tankroboter ein Stück mit sich hoch, als das Raumschiff unter lautem Röhren abhob. Dann riss der Schlauch direkt am Automaten ab, der daraufhin umfiel. Ein Strahl Treibstoff ergoss sich aus dem Schlauch, der noch an Captain McCrees Schiff hing, auf die umstehenden Schaulustigen, die sich in der Zwischenzeit versammelt hatten. Unter dem Stimmengewirr und dem aufgebrachten Geschrei des Wärters, der versuchte, mit seinen Kollegen den Tankroboter wieder aufzurichten, entfernte sich die XENA Rex aus dem Raumhafen. Der Treibstoffschlauch hing noch immer an der Tanköffnung und flatterte umher, als wolle er diejenigen verhöhnen, die am Boden zurückgeblieben waren.

SIEBEN

»Hast du … irgendwas zum Betäuben da?« Sally war noch bei Bewusstsein, doch ihr Atem ging stoßweise und ihre Worte glichen einem gepressten Röcheln.

Ilka brachte die XENA Rex aus der Planetenatmosphäre und auf einen stabilen Kurs, dann rannte sie zurück zur Messe. Der Raumhafen auf dem Wüstenplanet Lemides war innerhalb weniger Sekunden nur noch ein graubrauner Fleck, der sich ins einheitliche Rotbraun der Planetenoberfläche einfügte und rasch ganz verschwand.

Sally war noch blasser geworden, doch sie presste tapfer den Stofflappen auf ihre Bauchwunde. Das Stück Stoff hatte mittlerweile die Farbe von Blau zu einem dunklen Braun gewechselt.

»Außerdem brauchst du eine Pinzette, etwas, das wie ein Skalpell funktioniert und saubere Tücher«, wies Sally die Captain an.

Ilka, die in den Schränken nach einem hochprozentigen Schnaps zu wühlen begonnen hatte, sah auf und runzelte die Stirn. »Woher …«, setzte sie an, doch Sally unterbrach sie.

»Die Kugel muss raus, und wir müssen die Blutung stoppen.« Sally versuchte sich aufzurichten, was ihrem verzerrten Gesicht zufolge sofort durch noch stärkere Schmerzen quittiert wurde. »Ich kann dich anleiten, so gut es geht. Aber wir sollten uns beeilen, sonst hast du nichts mehr zum Abliefern und der ganze schöne Auftrag ist dahin«, versuchte die junge Frau zu scherzen. Sie lachte kurz auf, was ein Fehler war. Ihr Gelächter ging in einen schmerzvollen, gurgelnden Laut über.

Ilka reagierte nicht, sie musste sich jetzt voll konzentrieren. »Also, was muss ich machen?«

»Bring das verdammte Zeug her, das ich dir gerade genannt habe!« Sally stöhnte erneut auf. »Scheiße, was für eine Schweinerei«, schob sie hinterher. »Das wird ein paar Flecken hinterlassen.«

Ilka lachte kurz auf.

»Weißt du«, sagte sie und war dabei selbst über ihren milden Tonfall verwundert, »in den 357 Jahren, die ich schon mein Unwesen in dieser Galaxie treibe, habe ich schon bis zu den Knöcheln in Blut und Eingeweide gestanden. Ich habe mir mehr als eine Kugel selbst aus irgendwelchen Wunden geholt, mit Messern und anderen spitzen Gegenständen – ja, sogar mit den bloßen Fingern. Glaubst du im Ernst, ein paar Blutflecken auf dem Sofa würden mir was ausmachen?«

Sally gab einen schwachen Grunzlaut von sich, der sich resigniert anhörte.

Nachdem Ilka zahlreiche Schubladen und Schränke aufgerissen hatte, fand sie schließlich ein schmales Messer, eine rostige Pinzette, ein paar einigermaßen saubere Tücher und zwei Flaschen Hochprozentigen. Sie warf alles auf den wackeligen Beistelltisch neben dem Sofa und ging neben Sally in die Hocke. Mit einem Ruck riss sie das Hemd der Verletzten auf, um das Ausmaß der Wunde zu sehen. Es sah wirklich nicht gut aus. Dick und dunkelrot floss das Blut aus dem schwarzen Loch, dessen Ränder eigenartig sauber und wenig ausgefranst aussahen. Ein sauberer Schuss. Ilka seufzte. Der Blutgeruch war betörend.

»Dieser Hundesohn hat dich ordentlich erwischt«, murmelte sie und verzichtete darauf, Sally ihren eigenen Anteil an dieser Misere unter die Nase zu reiben. Sie hoffte, dass sie dazu später noch ausreichend Gelegenheit haben würde.

»Mund auf!«, befahl sie und wedelte mit der geöffneten Schnapsflasche vor Sallys Mund herum. Als diese etwas entgegnen wollte und dafür den Mund öffnete, setzte die Captain ihr sofort den Flaschenhals an die Lippen. Sie flößte Sally eine viertel Flasche Schnaps ein, bevor sie den Rest der Flasche fast vollständig dafür verwendete, die Wunde zu säubern.

Die Verletzte sog scharf die Luft durch die Zähne. »Scheiße, das brennt«, röchelte sie.

»Musste jetzt durch, kneif die Arschbacken zusammen«, brummte Ilka, die mit hochgekrempelten Ärmeln hochkonzentriert an der Schusswunde herum zupfte.

Sally wand sich, grunzte und schnaubte, doch sie biss die Zähne zusammen und jammerte nicht, als Ilka mit der Pinzette in die Wunde vordrang. Ihre Hand zitterte vor Anspannung. Eher grobmotorische Vorgehensweisen waren ihr in Zusammenhang mit Blut einfach wesentlich vertrauter.

Mach da drin bloß nicht noch mehr kaputt.

»Du musst wahrscheinlich einen Schnitt machen und die Kugel vorsichtig weiter freilegen«, stieß Sally irgendwann hervor.

Ihr Atem ging flach, und sie schwieg so laut, dass es in Ilkas Ohren dröhnte, als sie vorsichtig, aber so zaghaft wie es ihr nur möglich war, einen kleinen Schnitt nach dem nächsten setzte. Zwischendurch legte sie immer wieder das Messer beiseite und pulte mit der Pinzette nach der Kugel.

Es dauerte eine gefühlte Ewigkeit, bis die den Übeltäter zu greifen bekam – Ilka atmete auf und entfernte die Kugel. Doch kaum war das Metall aus der Wunde, wurde die Blutung stärker. Mit einer Mischung aus Faszination, Appetit und Entsetzen starrte Ilka auf ihre blutüberströmten Hände hinunter und dann Sally an. Die blickte nach unten, ihren blutverschmierten Bauch entlang, mittlerweile kreideweiß im Gesicht. Sie lächelte schwach.

»Ich befürchte, da ist dann wohl nicht mehr viel zu retten, was?«, versuchte sie zu scherzen, doch ihr Blick offenbarte ohne Zweifel, wie viel Angst sie vor dem Tod hatte. Dann hustete sie. Blut quoll in einem Schwall aus ihrem Mund.

Ilkas Gedanken rasten. Aber *Scheiße, Scheiße, Scheiße* war das Einzige, das ihr einfiel.

»Wir haben nicht die Mittel, um das zu fixen«, hauchte Sally. »Oder hast du das Werkzeug da, um eine verletzte Arterie zu flicken?« Sie wartete gar nicht erst auf die Antwort.

»Weißt du, was ironisch ist? Dass ich selbst es sogar könnte. Ich war ein paar Semester an der Medical School auf Galhaara. Du hättest in deinen dreitausend Jahren, oder wie alt auch immer du bist, ruhig auch mal sowas Sinnvolles lernen können.«

Sie stöhnte, schloss die Augen, und Ilka dachte für einen Moment, es sei vorbei. Der menschliche Herzschlag, den sie vorhin noch laut und deutlich hatte hören können, war so leise geworden, dass er nur noch einem weit entfernten Echo glich.

Dann schlug Sally erneut die Lider auf. Es wirkte wie ein letztes Aufbäumen, ein verzweifelter Versuch, dem Tod noch nicht klein beizugeben. Sie packte Ilka, die neben dem Sofa kniete, am Arm. Für eine Sterbende war ihr Griff erstaunlich fest.

»Bitte«, flüsterte sie und sah Ilka direkt in die Augen. »Bitte lass mich nicht sterben.«

Sie hustete erneut, und Ilka spürte, wie die Lebensgeister die junge Frau langsam verließen. Sie zögerte. Es fühlte sich falsch an, Sally sterben zu lassen. Nicht nur, weil es die endgültige Nichterfüllung ihres Auftrags bedeutete, da war noch etwas anderes, etwas, das sie nicht benennen konnte. In ihrem Inneren kämpften so viele verschiedene Stimmen gegeneinander an, dass sie am liebsten davongerannt wäre. Sally Gray blickte sie mit ihren hellen Augen fragend an. Es funkelte so viel Lebenswille darin, als würde sie im nächsten Moment auf eine Party gehen wollen, und nicht gerade im Sterben liegen.

»Ich weiß, dass du es tun könntest, Captain«, sagte sie, und ihre Stimme war klar und eindringlich wie nie zuvor. »Gib dir einen Ruck. Bitte.«

Für einige Sekunden, die sich für Sally wie Minuten anfühlen mussten, dachte Ilka nach, ob sie das Risiko eingehen wollte. Nur ein bisschen zu viel von ihrem Blut in Sallys Körper würde eine Verantwortung bedeuten, die sie nicht zu tragen bereit war. Sie hatte andere Vampiry für das getötet, was Sally ihr jetzt vorschlug. Voller tiefer Verachtung getötet.

»Ich habe mir mal geschworen, dass ich das niemals tun werde«, sagte sie, mehr zu sich selbst als zu ihrem sterbenden Gegenüber. »Es ist einfach nicht richtig.« Sie hatte sich lange nicht mehr so hilflos gefühlt, und darüber war sie froh gewesen. Sie hatte das Gefühl nicht vermisst.

Sallys Augen flackerten. Ihr Kopf fiel zurück auf das Sofa. Sie hatte nochmal etwas sagen wollen, doch über ihre Lippen kamen keine Worte mehr. Ein Zucken ging durch ihren Körper. Jeder ihrer Muskeln verkrampfte sich für einen unerträglich langen Moment, um kurz darauf wieder zu erschlaffen.

Dann ging alles sehr schnell. Ilka schob den Ärmel ihres Hemds zurück und rammte sich ihre Zähne fest ins Handgelenk. Dunkelrotes, fast schwarzes Blut quoll hervor. Dann riss sie mit der linken Hand Sallys Kopf hoch. Grays Lider waren halb geschlossen, nur noch das Weiße ihrer Augen war darunter zu sehen. Die Körperspannung war vollständig aus ihr gewichen. Der Kopf rollte schwer und leblos zur Seite. Ilka packte Sally mit der linken Hand fest am Nacken und führte ihre rechte Hand zu deren Lippen.

»Trink«, befahl sie ihr, und dann nochmal lauter: »Trink gefälligst, verdammt nochmal!«

Für einen endlosen Moment geschah gar nichts. Ilkas Blut rann in einem schmalen, dunklen Strom von Sallys leblosen Lippen und tropfte vom Kinn auf ihr hervortretendes Schlüsselbein. Keinerlei Leben regte sich mehr in ihr. »Trink!« Ilkas Stimme war gepresst. Sie wusste, dass es zu spät war. Sie hatte zu lange gezögert. Den richtigen Moment verpasst. Ein langer, resignierter Atemzug drang aus ihrer Nase und ein lähmendes Gefühl machte sich in ihrem Körper breit. Sie ließ Sally Grays roten Schopf auf das Sofa zurücksinken.

Plötzlich packte eine Hand die ihre, hielt sich mit erstaunlich festem Druck an ihr fest. Sally begann zu trinken. Ihre trockenen, blassen Lippen saugten sich an Ilkas Handgelenk fest, und sie trank. Ilka atmete auf. Ein merkwürdig wohliges Gefühl durchfuhr sie, während Sally weiter trank. Ekel, sich selbst und diesem Gefühl gegenüber, durchfuhr Ilka, doch sie zog den Arm noch nicht zurück. Die junge Frau gewann jede Sekunde mehr Kraft, während sie in langen, ruhigen Zügen saugte. Dann setzte sie ab, ließ den Kopf zurück auf das zerdrückte Sofakissen sinken und blickte Ilka McCree mit großen Augen an. Ihre Stirn war von Schweißtropfen benetzt. Dann zog sie die Winkel ihres breiten, froschartigen Mundes hoch, und um die Augen kräuselte sich die Haut. Aus vollem Halse begann sie zu lachen und legte dabei ihre vom Blut roten Zähne frei.

»Das war verschissen knapp.«

Es war Frische in ihrem Blick, so viel mehr Kraft als noch vor einigen Minuten. Mehr Leben als zu jedem Augenblick, den sie bisher auf der XENA Rex verbracht hatte, wenn Ilka ehrlich war.

Sally stemmte die Fäuste in das weiche Polster des Sofas und versuchte sich ein Stück hochzudrücken. Diesmal klappte es mühe- und offenbar schmerzlos. Mit Erstaunen im Blick sah sie auf ihre Bauchwunde hinunter, die sich soeben schloss. In einem Tempo, das jedem Zeitraffer das Staunen beigebracht hätte, wuchs die komplette Wunde, mit allen Schnitten, Rissen und hässlichen Schrunden zu. Gerade so, als sei nichts weiter geschehen, war innerhalb kürzester Zeit die offene Stelle im Unterbauch komplett verschlossen und nicht einmal mehr ein Kratzer sichtbar. Das einzige, was noch an die tödliche Schusswunde erinnerte, waren die Blutflecken überall und die kleine Kugel, die auf dem Tischchen lag. Neben der Pinzette, einem Messer und inmitten blutgetränkter Stofftücher, die niemals mehr jemand dazu verwenden würde, Geschirr abzutrocknen. Sallys graugrüne Augen funkelten ebenso begeistert wie fassungslos.

»Das ... das ist so ungeheuerlich, ich kann nicht glauben, dass das wirklich funktioniert hat. Scheiße nochmal, das war der Hammer!«

Ilka stand auf und ging einige Meter in Richtung Mitte der Messe, zu dem großen Holztisch. Dort blieb sich kurz stehen, sah sich um, als würde sie etwas im Raum suchen. Sie fühlte sich merkwürdig, ein wenig schwindlig, aber nicht schwach. Das war alles nicht gut. Die Heilung war zu schnell vonstattengegangen, das konnte kein gutes Zeichen sein.

Unschlüssig drehte sie sich wieder um und sah zurück auf die junge, rothaarige Frau, der sie gerade von ihrem eigenen Blut zu trinken gegeben hatte, dem Wertvollsten, was eine Vampiry zu bieten hatte. Nun konnte sie es nicht mehr rückgängig machen oder den Effekt irgendwie abschwächen. Das Einzige, was ihr blieb, war, zu hoffen, dass sie die Schwelle nicht überschritten hatte, dass es nicht genug Blut gewesen war, um die Mutation in Sallys Gehirn auszulösen und damit eine immerwährende Verbindung zu schaffen.

Sally beobachtete ihre Entführerin, die nun gleichzeitig ihre Retterin war. Sie setzte sich auf dem Sofa auf und bedeckte mit den Armen, die sie vor der Brust kreuzte, notdürftig ihre nackte Haut.

»Ich fühle mich großartig, fast wie neugeboren«, staunte sie. »Du könntest mit Blutspenden wahrscheinlich reicher werden als mit deinem jetzigen Job.« Sie lachte kurz, doch verstummte, als sie sah, dass Ilka keine Miene verzog.

»Ist ... irgendwas nicht in Ordnung?«, fragte sie leise und runzelte die Stirn.

Ilka antwortete nicht, sondern stand einfach nur weiter stumm da, an den Tisch gelehnt, die Fußknöchel überkreuzt. Ihr Blick durchbohrte den von Sally.

»Du fühlst dich fit? Kein Schwindel, keine Übelkeit?«, fragte sie und musterte die junge Gray kritisch.

»Ich sag doch, mir geht's blendend«, erklärte Sally und stand mit einem fast schon katzenhaft eleganten Sprung auf.

So stand sie Ilka nur anderthalb Meter entfernt gegenüber, sah aus wie das blühende Leben und sah sie mit großen Augen an.

»Was sollen diese Fragen? Natürlich bin ich fitter als vorher. Ich war am Krepieren. Wäre ich vor zehn Minuten nicht so sehr mit Verbluten beschäftigt gewesen, hätte ich sicherlich ein wenig Schwindel und Übelkeit verspürt. Was ist jetzt das Problem?« Fast klang sie ärgerlich.

Ilka atmete langsam und hörbar aus. »Blutübertragung von Vampiry auf Nicht-Vampiry können ... Nebenwirkungen haben. Du hast vielleicht davon gehört?«

»Natürlich, ich lebe ja nicht unter einem Stein. Schnelle Heilung, aufputschende Wirkung... Worauf willst du hinaus?«

»Weißt du, was bei Überdosierung passiert?«

»Was soll schon passieren? Ich fühl mich nicht berauscht oder so. Oder wachsen mir etwa plötzlich überall am Körper schwarze Haare? Kotze ich kleine Vampirybabys?«

Ilka wurde ärgerlich. »Du nimmst die Sache echt nicht ernst, oder? Vielleicht hätte ich dir deinen unverschämten Arsch doch nicht retten sollen.« Sie richtete sich auf und sah mit vor der Brust verschränkten Armen auf Sally herab.

»Die Antwort heiß: Nanobots. Wenn du zu viel von diesem tollen Stoff abbekommst, der durch meine Adern fließt, riskierst du dank dieser netten kleinen Mitbewohner eine Mutation im Gehirn, die dir auf ewig eine Direktverbindung zu mir beschert.«

Sally starrte sie ungläubig an. »Willst du damit sagen,

wir sind telepathisch miteinander verbunden oder sowas? Du verarschst mich doch.«

»Keineswegs. Bin echt nicht zu Scherzen aufgelegt.«

Sally schüttelte ungläubig den Kopf. »Ich glaube ja nun wirklich nicht an diesen ganzen übersinnlichen Scheiß. Alles hat eine wissenschaftliche Erklärung, wahrscheinlich auch Vampirysmus. Aber Nanobots, ernsthaft?«

»Das ist doch jetzt wirklich keine neue Erfindung. Nanobots werden seit Jahrhunderten in der Medizin und Biotechnologie eingesetzt. Diese hier können eben unter anderem eine Quantenverschränkung bewirken, über die dann Kommunikation stattfinden kann. Du weißt schon, so wie Quanten-Kommunikatoren funktionieren, nur eben *in* deinem Körper und nicht über ein Gerät.«

In Sallys Gesicht wechselten sich Erstaunen und Unglaube ab.

»Ich will damit sagen«, wurde Ilka lauter, »dass egal ist, wie es funktioniert. Aber es funktioniert. Egal, wo ich mich befinde, ich kann dir von überall her auf die Nerven gehen. Wann immer ich will, und zwar ohne dass du das verhindern kannst. Wenn du unter der Dusche stehst, wenn du in deiner Lieblingskneipe hockst und wenn du gerade ganz private Dinge mit Wem-auch-immer tust. Klingt das noch so verlockend?«

Sally stand mit offenem, blutverschmiertem Mund da und sah aus wie ein Kind, das man beim Molanderbeeren-Naschen erwischt hatte.

»Verarsch mich nicht. Das ist doch auch so ein Mythos.« Doch die Sicherheit, mit der sie ihre Worte vortrug, spiegelte sich nicht in ihrem Blick. Sie wirkte eingeschüchtert.

Ilka zog die Augenbrauen hoch und sagte in spöttischem Tonfall: »Bist du dir so sicher, ja?«

»Warte mal, aber das heißt doch auch, dass ich auch zur

Vampiry werde, wenn ich ... zu viel von deinem Blut abbekommen habe?«

Ilka kniff die Augen zusammen und musterte Sally von oben bis unten. Täuschte sie sich, oder war da so etwas wie Hoffnung oder Neugier in der Stimme ihrer Gefangenen aufgeflackert? Sie schüttelte den Kopf.

»Mach dir mal keine Hoffnungen, Schätzchen, so einfach ist das nicht. Sonst könnten ja alle Vampiry werden, indem sie sich einfach genug Blut besorgen. Unter Junkies wird das Zeug doch heiß gehandelt.«

»Aber wie funktioniert dann diese Transformation überhaupt?«

»Was meinst du, wofür Transmutan ursprünglich mal gedacht war?«, fragte Ilka in einem Tonfall, als wolle sie einem kleinen Kind etwas erklären.

Nach einem kurzen Moment schien Sally ein Licht aufzugehen. »Ach du Scheiße«, stieß sie aus. »Man braucht Transmutan, um Vampiry zu werden? Um die Nanobots zu stabilisieren?«

Die Captain nickte zufrieden, als hätte Schülerin Sally mit dieser Antwort das Klassenziel erfüllt. »So sieht's aus. Und nicht nur das. Man braucht es auch, um Vampiry zu bleiben, also ... vereinfacht gesagt.«

Dann fuhr sie sich mit beiden Händen übers Gesicht und durch die Haare. Ihre Hände rochen nach angetrocknetem Blut, ihrem, und dem von Sally. Ein Hauch von Appetit streifte sie und ging dann kurz darauf in Abscheu vor sich selbst über. Seufzend ließ sie die Arme wieder sinken.

»Also, pass auf. Wenn dir in den nächsten zwei, drei Stunden schlecht wird oder du starken Schwindel spürst, hast du zu viel erwischt. Die meisten Menschen vertragen den Kontakt mit den Bots nicht so gut. Dann können wir unseren ganz persönlichen Chatkanal eröffnen. Vorübergehende Sprachschwierigkeiten sind auch ein Symptom. Wobei mir das eigentlich nur recht sein könnte, dann hältst du wenigstens die Klappe.«

Sally rieb sich die Augen, als wisse sie nicht, wohin mit den Händen. »Äh… ok? Und, was würden wir dann machen? Also, wenn ich diese Symptome bekommen sollte?«

Ilkas Miene war völlig ausdruckslos. »Nichts. Dann müssen wir damit leben. Lass uns einfach hoffen, dass es nicht passiert.«

Sally verdrehte die Augen. »Komm mal runter. Ich habe überhaupt nichts. Mir geht es bestens.« Und dann, ein paar Herzschläge später: »Danke.«

Es war nicht klar, ob sie sich auf die Informationsweitergabe bezog oder darauf, dass Ilka ihr gerade das Leben gerettet hatte.

Ilka räusperte sich. Sie wollte einfach nur weg. Jede Interaktion zerrte gerade zu sehr an ihren Kräften. Sie wollte einfach nur allein sein. Allein sein und in Ruhe überlegen, was sie jetzt machen sollte, machen konnte.

»Wenn das mit diesen Nanobots wirklich stimmt«, begann Sally nach einigen Momenten des Schweigens, »bedeutet das, dass Vampiry wirklich von irgendjemandem … geschaffen worden sein müssen, oder?« Eine rhetorische Frage. »Wer tut sowas, und warum? Was wollten die Souvs damit erreichen?«

Sollte Ilka es Sally wirklich sagen? Dass es nicht die Souvs waren, wie Jackson und die Regierung behaupteten, sondern die Union selbst? Würde das irgendeinen Unterschied machen? Konnte es ihr in irgendeiner Form schaden, die Wahrheit mit Sally zu teilen und die Behauptungen der Unionsregierung als Lügen zu entlarven? Sally Gray zu sagen, dass ihr Vater mit Leuten zusammenarbeitete, die im ersten Unabhängigkeitskrieg aus Soldatinnen und Soldaten unsterbliche Kampfmaschinen machen wollten? Dass die Union nach Scheitern des Experiments diese zehn Menschen umbringen wollte, es aber wegen deren körperlichen Überlegenheit nicht geschafft hatte? Dass diese Urvampiry das hässliche Erbe eines Kriegsverbrechens sind, und alle, die danach kamen, mit ihnen? Sie überlegte eine Weile. Nein, zu gefährlich. Wenn Hector Gray – und damit die Union – erfahren würde, dass sie mehr wusste, als sie vorgab, konnte ihr Plan scheitern. Die Gilde würde sie als die potenzielle Schwachstelle entlarven, die sie war. Garantiert würde sie keinen Zugriff auf Unionsinformationen bekommen oder sich auf diesem Wege in die entsprechenden Kreise mogeln.

Du darfst ihr nicht vertrauen. Sie wird dich versuchen, zu linken, sobald sie kann. Wer könnte es ihr verdenken …

»Das ist eine sehr gute Frage, nicht wahr?«, entgegnete Ilka daher ausweichend.

Sally runzelte die Stirn und schien tatsächlich nachzudenken.

»Ich werde dir ein neues Hemd geben«, meinte Ilka schließlich. »Das alte wirst du wahrscheinlich nicht mehr anziehen wollen.«

Sie deutete mit dem Kopf auf das blutverschmierte, zerrissene und vor Dreck stehende Hemd, das Sally Gray vorhin noch getragen hatte. Dann drehte sie sich um und ging zu ihrer Kabine, um kurz darauf mit einem frischen, hellgrauen Hemd zurückzukommen. Sie warf es Sally hin, die immer noch etwas verloren dastand, als befände sie sich in einem schlechten Traum. Wortlos zog die junge Gray das Hemd an, das für ihren ausgezehrten, drahtigen Körper geradezu grotesk zu lang und zu weit war.

»Ich muss unseren Kurs prüfen«, sagte Ilka dann, denn sie wollte so schnell wie möglich ins Cockpit verschwinden, ihren sicheren Hafen.

»Und ... was machen wir jetzt? Du willst mich doch nicht immer noch an meinen Vater ausliefern?«

Ilka, die sich bereits umgedreht hatte und den Weg zur Brücke einschlagen wollte, hielt in ihrer Bewegung inne. Wie resigniert ließ sie die Schultern sinken und sonderte einen tiefen Stoßseufzer ab. Sie drehte sich zu Sally um, die sie erwartungsvoll und auffordernd anblickte. Ganz nah trat sie heran und sah von oben auf Sally herab, kaum zwei Handbreit Platz zwischen ihnen. Sally musste Ilkas abgestandenen Atem riechen können, als diese sprach.

»Hör mal, Miss Gray, ich möchte hier eine Sache ein für alle Mal klarstellen: Ich habe dir das Leben gerettet, weil ich meinen Auftrag erfüllen will. Wir haben uns nicht verschwestert oder sind plötzlich beste Freundinnen geworden oder so was.«

»Äh. Ja. Schon klar. Muss ich ... wieder in den Frachtraum?«, fragte Sally.

Ilka hielt inne, überlegte kurz, schnaufte. Sie sollte Sally im Auge behalten, solange nicht klar war, was das vampirysche Blut in ihrem Organismus angerichtet hatte. Mit schweren Schritten ging sie die Ausgänge der Messe ab und riegelte die Zwischentüren ab. Alle, bis auf die zum Cockpit.

»Vorerst kannst du hier oben bleiben, damit ich dich im Blick habe. Aber wenn du nur eine Kleinigkeit versuchst, mich irgendwie linken willst, wirst du sehen, wie sehr ich darauf scheiße, dass von meinem Blut in deinen Adern fließt. Haben wir uns verstanden?«

Die aufgeräumte Art, mit der Ilka das Gesagte im Raum stehen ließ, verfehlte ihre Wirkung nicht. Sally sagte kein

Wort mehr. Sie legte ihre klebrige, schweißnasse Stirn in Falten. Doch sie sagte nichts.

Ilka starrte sie mit ihren durchdringenden, fast schwarzen Augen an und nickte dann kurz. Sally schien verstanden zu haben, denn sie senkte den Blick. Ihre forsche Aufmüpfigkeit war gebrochen, zumindest für den Moment. Gleichzeitig wirkte sie verletzt, fast beleidigt. Ilka ignorierte das, und letztlich war es ihr auch egal. Sie wollte einfach nur, dass dieser Albtraum von Auftrag endlich ein Ende fand.

Als sie auf dem Weg zur Brücke war, drehte sie sich nochmal um und musterte Sally von oben bis unten.

»Ich meine das ernst. Ich will hier keine Sperenzchen. Du weißt schon, mit dem Küchenmesser auf mich losgehen wollen oder derartige Scheißideen. Ich werde dich immer, *immer* überwältigen können. Und dann wirst du dir wünschen, du hättest einfach die Füße stillgehalten und wärst auf deinem knochigen Arsch sitzengeblieben.«

Mit diesen Worten verschwand sie im Korridor.

Sally stand unschlüssig mitten in der Messe und sah sich in dem schmucklosen, schlecht beleuchteten Raum um. Ihre Freiheit jenseits der Fänge ihres übermächtigen Vaters hatte sie sich bestimmt anders vorgestellt.

ACHT

Im Cockpit angekommen, schaltete Ilka McCree die Überwachungskamera in der Messe an, damit sie über den kleinen Monitor sehen konnte, was Sally trieb. Dann beschloss sie, Angie Dawson zu kontaktieren. Doch vorher wusch sie sich in der Latrinenkammer das Blut von den Händen und Unterarmen. Dass sie meistens auch Ersatzhemden im Cockpit hatte, stellte sich mal wieder als ausgesprochen praktisch heraus. Ihr Hemd sah aus, als hätte sie sich auf dem Boden einer Schlachterei gewälzt. Auf keinen Fall wollte sie, dass in Dawson irgendein Verdacht geweckt wurde, etwas hätte nicht nach Plan laufen können.

Nachdem sie sich umgezogen und gesäubert hatte, atmete Ilka McCree tief durch. Dann öffnete sie einen Comm-Kanal.

Dawson bestätigte sofort, gerade so, als habe sie nur auf Ilkas Nachricht gewartet. Auf dem großen Monitor in der Mittelkonsole erschien ein grünstichiges Bild, verbunden mit einem leisen Knacken aus den Lautsprechern. Angie Dawsons grünbraunes Antlitz zeigte sich, voller Runzeln und Furchen. Die schuppige Haut der steinalten Marali wirkte stumpf und ausgelaugt. Sie war alt geworden. Ilka saß so oft mit Angie Dawson zusammen, dass sie diese räumliche Distanz brauchte, um eine Veränderung an der Gildenchefin festzustellen. Die flach zulaufende Stirn war in nachdenkliche Falten gelegt, ihre gelben Augen mit den geschlitzten Pupillen blickten angestrengt, aber skeptisch und wachsam.

»Ilka«, krächzte sie, »so früh hatte ich nicht mit Nachricht von dir gerechnet. Gibt es Probleme?«

Eine hörbare Anspannung lag in ihrer Stimme. Auch sie hatte trotz ihrer Abgebrühtheit ein starkes Interesse daran, dass dieser Auftrag sauber erledigt wurde. Hector Gray, so hatte sie Ilka gegenüber mehrfach betont, war ein sehr einflussreicher Mann mit besten Kontakten in die höchsten Ränge der Union. Mehr als die meisten anderen Auftraggeber konnte er der Gilde Steine in den Weg werfen, sollte er mit der Ausführung unzufrieden sein.

Ilka versuchte, so gelassen wie möglich zu klingen. »Nein, keineswegs. Im Gegenteil. Ich habe die Zielperson bereits gesichert.« So konnte man das schon ausdrücken.

Angie Dawson wackelte mit ihrer Halskrause und wiegte den Kopf anerkennend hin und her.

»So schnell? Du übertriffst dich selbst, meine Gute.« In ihrer Stimme lag keine Wärme, das war nie der Fall. Aber Ilka konnte nach einer Handvoll Jahren im Dienst der Alten durchaus die ihr entgegengebrachte Wertschätzung heraushören. »Gut, dass es so reibungslos läuft«, schickte Dawson hinterher. »Die Partnerinnen sind etwas nervös, wie du dir vorstellen kannst. Aber ich bin mir sicher, du kannst ihre letzten Zweifel zerstreuen. Wir brauchen dich als Partnerin. Ich bin überzeugt, dass es der Gilde guttun wird, wenn wir jemanden mit deiner Denke und deinem Kampfgeist in der Führungsriege haben.«

Ilka schluckte. Sollte ihre Chefin die Wahrheit rauskriegen, bevor sie ihren Plan umsetzen konnte, würde sie sich nirgends in der Galaxie verstecken können. Doch sie tat schließlich auch der Gilde einen Gefallen. *Sobald die schmutzigen Machenschaften der Union auffliegen, wird auch die Gilde frei sein.* Sie wusste, Angie Dawson wünschte sich nichts mehr, als endlich wieder selbst entscheiden zu können, von wem sie Aufträge entgegennahm. Dass sie nicht mehr Handlangerin der Union sein wollte.

»Wie ist dein Zeitplan?«, fragte die Marali in Ilkas Gedanken hinein.

»Wir sind bereits unterwegs, aber ich muss einen Zwischenstopp auf dem Weg nach Gondas einlegen. Mein Schiff hat nicht mehr genug Treibstoff.«

»Wie kann das sein? Warst du nicht auf Lemides und hast dort getankt?«

Ilka schnaufte. Die halbe Wahrheit sollte hier hoffentlich ausreichen. »Es gab ... einen kleinen Zwischenfall. Ich wurde angegriffen, man wollte mir ans Leder. Hatte wohl mit dem zu tun, was ich bin. Du weißt schon, das Übliche. Die Leute haben Angst vor mir. Wer könnte es ihnen auch verübeln.« Der letzte Satz war gemurmelt, sie sprach ihn mehr zu sich selbst als zu Dawson.

Immerhin war das nicht gelogen. Es war nur ein wenig die Wahrheit zurechtgebogen.

Dawson nickte und ihre Augen blitzten auf. »Verstehe. Haben sie dir den Treibstoff verweigert? Falls ja, ist das absolut inakzeptabel und sollte ein Nachspiel haben.« Dawsons Kontakte waren gut, sehr gut sogar. Eine Nachricht an die richtige Person in der Unionsregierung und alle

Leute am Raumhafen von Lemides würden ihren Job verlieren.

»Nein!«, rief Ilka, vielleicht ein bisschen zu schnell. »Nein, nicht nötig. Es waren Zivilisten, keine Raumhafenangestellten. Mir wurde nichts verweigert, aber ich habe auf den Angriff reagiert, indem ich die Biege gemacht habe. Statt mich zu wehren, du verstehst … Wollte nicht noch mehr auffallen.«

»Das war klug von dir«, schnarrte Angie Dawson. »Also, was bedeutet das für deinen Zeitplan?«

»Ich werde vom Zeitplan nicht abweichen. Der Zugriff auf Lemides hat mich nur einen Bruchteil der Zeit gekostet, mit der ich gerechnet hatte. Ein kleiner Umweg über Xano C3 wird nicht ins Gewicht fallen. Der zeitnahen Auslieferung steht nichts im Wege.«

»Xano?« Wieder legte sie die schuppige Haut an der Stirn in Falten. Ihre lidlosen Augen zuckten hin und her, als befalle sie ein ungutes Gefühl. »Bist du sicher, dass das eine gute Idee ist?«

»Keine Sorge«, sagte Ilka so selbstsicher, dass sie sich selbst glaubte. »Alles wird gutgehen.«

Einen Moment lang schwiegen beide. Ilka beobachtete aus dem Augenwinkel auf dem Überwachungsmonitor, wie sich Sally in der Messe umsah, unschlüssig im Raum herumlief und offenbar nichts mit sich anzufangen wusste.

»Ilka?«

McCree schreckte hoch. »Ja?«

»Ist alles in Ordnung? Geht es der Zielperson gut?«

»Oh, ja, ja, alles in bester Ordnung. Bitte entschuldige, ich bin nur etwas … müde. Mach dir keine Sorgen, hier ist alles unter Kontrolle.« Sie schluckte. Hatte sie eigentlich noch von ihrem eigenen Blut am Mundwinkel kleben?

»Dann ist ja gut.«

War da noch ein Rest Skepsis zu hören? *Egal, du musst überzeugend rüberkommen.*

»Ich melde mich, sobald der Auftrag erledigt ist«, erklärte Ilka mit fester Stimme.

Nun huschte ein Lächeln über Dawson runzliges Gesicht. »Gut«, sagte sie. Dann beendete sie das Gespräch ohne weitere Verabschiedung.

Ilka saß noch einen Moment reglos da und starrte auf den dunklen Monitor.

Alles wird glatt laufen. Ich habe jetzt alles im Griff.

Auf einmal erschien ihr der Weg, den sie gewählt hatte, unsinnig und wenig aussichtsreich. Selbst wenn Dawson sie zur Partnerin machen würde, hieß das noch gar nichts. Vielleicht würde sie nie näher an die Union herankommen als jetzt. Wer garantierte ihr, dass sie das Vertrauen der Unionshöchsten jemals wirklich erlangen würde? Die Informationen, die sie brauchte, um das Machtgefüge zu destabilisieren, waren gut geschützt. Der Weg über die Gilde könnte auch eine beschissene Sackgasse sein.

Sie atmete tief durch. Es war nicht das erste Mal, dass sich Zweifel in ihr regten. Doch dieses Mal nagte das ungute Gefühl stärker an ihr als jemals zuvor.

Wahrscheinlich hat sogar Sally Gray bessere Chancen als ich auf Zugang zu den Informationen über die Experimente damals, dachte Ilka bitter.

Dann stutzte sie, verharrte einen Augenblick bei diesem Gedanken, drehte ihn hin und her. Ja, Sally Gray war der Schlüssel! Aber versuchte sie, das richtige Schloss zu öffnen?

Die Kamera in der Messe war lange nicht mehr in Betrieb gewesen. Die alten Kommunikationssysteme der XENA Rex waren längst außer Betrieb. Da sie keine Crew hatte, gab es keine Notwendigkeit, sie zu reparieren. Sie hatte zwar darauf gehofft, war aber trotzdem erstaunt, dass die marode alte Kamera in der Messe überhaupt noch funktionierte. Das Bild, das sie übertrug, war zwar farbverfälscht, aber gut zu erkennen. Eine Weile saß sie einfach nur da und beobachtete, was die junge Sally Gray machen würde.

Die junge Frau hatte ein paar Momente unschlüssig herumgestanden und allem Anschein nach überlegt, was sie tun solle. Dann begann sie, sich umzusehen. Den Korridor Richtung Cockpit sparte sie bei ihrem kleinen Erkundungsgang großräumig aus.

Gut, dachte Ilka, als sie das beobachtete. *Bleib mir bloß vom Hals.*

Sie musste endlich alleine sein, allein mit ihren Gedanken, nicht reden müssen und nicht mit widerstreitenden Gefühlen konfrontiert. Der Job bei der Gilde könnte so einfach sein, wenn sie es nicht permanent mit anderen Personen zu tun haben müsste. Wie so oft fragte sie sich kurz, ob sie sich nicht besser als Einsiedlerin irgendwo auf einem Hof und Waldstück mit viel köstlichem Wild hätte niederlassen sollen und der Welt den gestreckten Mittelfinger zeigen. Nein. Sie schüttelte den Kopf. Das hätte sie gar nicht ausgehalten. Ihr Wissen verpflichtete sie. Das Wissen, dass die Union nicht nur Milliarden Kriegsopfer auf dem Gewissen hatte, sondern die schlimmste aller Seuchen über die Galaxie gebracht hatte – unsterbliche Blutsauger. Ihresgleichen. Ein verabscheuenswertes Experiment von machtgeilen Wichsern, die Gott gespielt hatten. Das einzige, wie sie ihre eigene, armselige Existenz wiedergutmachen konnte, war, weiterzumachen. Alles ans Licht zu bringen. Die Schweine über ihren Hochmut stolpern und fallen zu sehen.

Ilka lehnte sich in ihrem Sessel zurück und beobachtete

weiterhin Sally über den Monitor. Tatsächlich hatte sie sich nicht mal dem Durchgang zum Mannschaftstrakt genähert. Möglicherweise traute sich Sally auch deswegen nicht in diese Richtung, weil von unten, wo die Kabinen lagen, der Geruch jahrelang ungelüfteten Miefs hochdrang. Selbst Ilka musste zugeben, dass es da unten bisweilen wie in einem Rattenloch stank. Aber es war *ihr* verdammtes Rattenloch.

Nun nahm sich Sally die Messe vor. Sie öffnete ein paar Fächer und Schranktüren, nach deren Berührung sie angewidert ihre Hände ansah. Nun, Ilka musste zugeben, sie verschwendete nicht viel Zeit damit, die Messe zu reinigen. Da klebte es nun mal.

Aus einem Schrank nahm Sally eine unbeschriftete Konservendose heraus, eine von denen, aus denen Ilka ihr zuvor eine Mahlzeit bereitet hatte. Sie drehte und wendete sie, um sie dann wieder hineinzustellen.

»Tja, Schätzchen«, murmelte Ilka. »Außer ein paar Konservendosen wirst du hier nichts Essbares finden. Ist halt kein Luxushotel hier.«

Die Tür eines unteren Fachs, in dem nur ein Eimer und ein stinkender, verkrusteter Lappen zu finden waren, schlug Sally hastig wieder zu, als hätte sie von dort ein Monster angegrinst. Ilka schmunzelte in sich hinein. Kein Luxushotel. Kein Putzservice.

Sie fragte sich, was in Sallys Kopf vorgehen musste, und gleichzeitig wollte sie sich damit nicht mehr befassen. Ihre Ruhe wollte sie haben, diesen lästigen Auftrag hinter sich bringen. Hoffen, dass sie nicht einen schrecklichen Fehler begangen hatte. Alleine sein. Hier im Cockpit würde sie sich eine Weile erholen können, weg von dieser nervtötenden Frau, die schon zu viel ihrer Aufmerksamkeit auf sich gezogen hatte.

Der letzte Schrank, den Sally öffnete, enthielt die Schnapsvorräte.

»Wehe, du gehst an meinen Vorrat an Morawurzel-Geist«, brummte Ilka halblaut.

Schlimm genug, dass ich dir fast zwei Flaschen davon über die Schusswunde gekippt habe, die du dir aus purer Blödheit selbst zugezogen hast.

Sally zögerte einen Augenblick, dann nahm sie eine Flasche klaren Schnaps aus dem Schrank. Sie warf einen langen Blick auf das Etikett. Ob sie Marali-Schrift lesen konnte? Schien ja nicht dumm zu sein, die Kleine, und war ein bisschen rumgekommen für ihr junges Alter. Zuzutrauen war es ihr.

Zu allem Überfluss drehte Sally die Flasche auch noch auf und hielt sie sich unter die Nase. Die süßlich-herbe Note von Morawurzel drängte sich in Ilkas Gedächtnis. So ein Morawurzel-Geist war wahrlich nicht das schlechteste Gesöff in der Galaxie. Die paar wenigen Male, die Ilka auf Partys eingeladen worden war, hatte sie mit einer Flasche dieser Spezialität für kleine Entzückungsschreie gesorgt. Auf Atune, dem kleinsten Mond von Biri 1, hatte sie vor vielen Jahrzehnten einen Job erledigen müssen und war dafür mit massenhaft von dem Zeug beschenkt worden. Die Marali kultivierten dort vor allem Nutzpflanzen für Vieh. Die Morawurzel hatten sie dabei zufällig entdeckt – und für ihren aromatischen Geschmack und die leicht beruhigende Wirkung schätzen gelernt.

Wie passend, wenn man gerade eine Kugel aus dem Bauch operiert bekommen hat.

Ilkas Kiefer verkrampfte sich, als sie Sally dabei beobachtete, wie diese die Flasche an die Lippen setzte und trank. Nachdem sie einige große Schlucke davon genommen hatte, drehte sie die Flasche wieder zu und stellte sie auf den

Tisch. Dann ging sie hinüber zu dem braunen Sofa, über dem die Kamera in der Ecke hing, und machte sich an dem kleinen Tisch mit der abgeplatzten Lackierung zu schaffen. Dort stand noch eine viertelvolle Schnapsflasche nebst einem Haufen blutiger Tücher und dem improvisierten OP-Werkzeug.

Ilka beugte sich vor, um genauer sehen zu können, was Sally da machte. Und dann sah sie es. Die junge Frau war in die Hocke gegangen und hatte die Kugel in die Hand genommen, die ihr kurz zuvor noch den Bauch zerfetzt und sie fast das Leben gekostet hätte. Sie hielt sie hoch, zwischen Daumen und Zeigefinger, und sah dabei in Richtung der Kamera, so dass Ilka für einen Moment sicher war, dass sie sie direkt anschaute. Dann stand Sally auf, steckte die Kugel in die kleine Vordertasche ihrer Hose und ging mit energischen Schritten in Richtung Cockpit.

NEUN

Kurz darauf polterte es an die Tür des Cockpits. Ilka ließ sich nicht anmerken, dass sie mit Sallys Erscheinen gerechnet hatte. Den Überwachungsmonitor schaltete sie allerdings nicht aus. Sally war immer noch ihre Gefangene und sollte ruhig wissen, dass sie unter Beobachtung stand. So saß sie weit zurückgelehnt, fast in halb liegender Position in ihrem Sessel. Die staubigen Stiefel lagen auf der Konsole vor ihr. Betont angestrengt starrte sie auf die Planetenkarte auf einem der anderen Monitore.

»Was willst du?«, rief sie zur Tür, die sich daraufhin prompt öffnete. »Hab ich gesagt, dass du reinkommen darfst?«

»Ich bin noch nicht drin, sondern stehe vor der Tür. Kann ich erst eintreten, wenn du mich reingebeten hast? Oder ist das ist nur bei Unsterblichen so?«, witzelte Sally, doch sie klang aufgeregt.

»Das ist eines dieser bescheuerten Gerüchte, die sich Leute erzählen, die auch an Geister und Wiedergeburt glauben. Wir können reingehen, wo immer es uns passt.«

Sally ging zwei Schritte über die Schwelle ins Cockpit hinein. Ilka blickte noch immer nach vorne auf den Monitor. Sie hatte sich nicht einmal die Mühe gemacht, den Kopf zu Sally umzudrehen und sie anzusehen.

Die Gefangene trat in den Raum und sah sich um. Das Cockpit war geräumig, wirkte aber wegen der niedrigen, zu den Seiten hin gewölbten Decke trotzdem beengt. Zwei Sitze drängten sich vor der Schaltzentrale, an der zahlreiche Knöpfe, Schaltflächen, Monitore und Lämpchen dicht aneinandergereiht waren. Dahinter waren etwa vier Meter Platz bis zur Tür. An den seitlichen Wänden hingen einige Fotografien, Skizzen und Pläne, alle schon leicht gewellt vom Alter. Rechts neben dem Eingang war eine einfache dunkle Box mit nur wenig über einem Quadratmeter Grundfläche und einer schmalen Tür ins Cockpit eingebaut. Die Latrine. Ilka hatte ein Schild mit der Aufschrift »Achtung, Lebensgefahr! Giftige Gase!« an die Tür geklebt. Sally musste kichern.

Der Pilotensitz, auf dem Ilka sich lang gemacht hatte, befand sich auf der linken Seite. McCree hatte ihren staubigen Mantel über die Lehne geworfen. Daneben wirkte der zweite Sitz merkwürdig deplatziert. Auch auf der rechten Seite waren zahlreiche Schaltflächen, Anzeigen und ein Steuerknüppel angebracht. Die XENA Rex war für eine Copilotin ausgelegt. Ilka spürte, wie Sallys Blick über das Cockpit glitt.

»Wie kann man dieses Ding alleine fliegen?«, fragte sie.

»Bist du hergekommen, um mich das zu fragen?«

Sally Gray ging ein paar Schritte nach vorne. Sie schwieg, und Ilka war sich nicht sicher, ob es nicht die schiere Überwältigung war, die Sally hatte verstummen lassen. Der Ausblick war, zugegebenermaßen, beeindruckend.

Der Raum bestand zu zwei Dritteln aus einer Scheibe und war an der Decke und den Wänden mit mattschwarzem, staubig aussehenden Kunststoff verkleidet. Draußen gähnte Schwärze, durchzogen vom zartrosa Schimmer des vor ihnen liegenden Urma-Nebels. Sein Leuchten wurde begleitet von einem Meer an fernen Sonnen, die von hier aus ganz ruhig dalagen. Von Lemides aus war die Szintillation, das durch die Atmosphäre bedingte Flackern, sehr stark gewesen – hier draußen gab es nichts, an dem sich der Schein brechen konnte.

Ilka liebte die unaufdringliche Ruhe hier drin – und die Aussicht. Wenn sie sich nicht auf Bocinda aufhielt, war dies hier ihr Zuhause. Ein Zuhause, in dem sie keinen Besuch haben wollte. Schon gar keinen Besuch, der irgendwelche Forderungen an sie stellte.

Ich will deinen Scheiß nicht hören. Verschwinde einfach.

»Also, was willst du?«, fragte sie stattdessen in barschem Tonfall. »Doch sicherlich nicht aus dem Fenster glotzen?«

»Vielleicht doch?« Sally starrte noch immer fasziniert hinaus. »Ich habe den Urma-Nebel noch nie so prachtvoll leuchten gesehen.«

Ilka ballte die Faust. Wollte Sally sie eigentlich verarschen? Wut stieg in ihr hoch. Das konnte sie jetzt am wenigsten brauchen. Sie musste klar denken, nicht aus dem Bauch heraus agieren.

»Wir haben eine kleine Planänderung«, verkündete Ilka deswegen. »Wir werden einen Umweg machen. Der Treibstoff reicht nicht bis Gondas, zumindest nicht, um dort sicher zu landen. Deswegen machen wir einen Tankstopp auf Xano C3.«

Sie tippte auf die Karte auf dem Monitor zu ihrer Rechten. Sally trat ein wenig näher, doch ihrem Blick war zu entnehmen, dass sie nur wenig auf dem Bildschirm erkannte. Sie räusperte sich.

»Wegen Gondas ..., « begann sie – und stockte dann. Ihr Gesichtsausdruck veränderte sich innerhalb des Bruchteils einer Sekunde von einem vorsichtig optimistischen Hoffen hin zu starrer Fassungslosigkeit.

»Warte, hast du Xano C3 gesagt? Das liegt doch mitten in Piratae-Gebiet! Niemand, der bei Trost ist, fliegt da durch, wenn es nicht unbedingt sein muss!« Sie schnaubte aufgebracht und hielt dann erschrocken den Atem an, als sie Ilkas Blick sah.

Die Captain nahm ganz langsam, fast bedächtig, ihre Füße vom Armaturenbrett und drehte ihren Pilotensitz in ebenso gemächlichem Tempo zu Sally um. Wie sie da so saß, breitbeinig, muskulös, mit der vernarbten Haut im Gesicht und dem finsteren Blick, rutschte Sally so das Herz in die Hose, dass Ilka es förmlich sehen konnte. Außerdem entwich ihr ein satter Furz, laut und dröhnend.

Langsam beugte sich Ilka zu ihr vor und sagte dann leise, aber sehr eindringlich und mit leicht amüsiertem Unterton: »Mach dir nicht in die Hose, Kind. Wir haben keine Wahl.« Dabei betonte sie jedes einzelne Wort des letzten Satzes. Wir. Haben. Keine. Wahl.«

Sally schluckte, als Ilka fortfuhr.

»Wir haben nicht genug Treibstoff, um irgendwo anders zu landen. Je kleiner der Planet, desto weniger Treibstoff brauche ich für den Anflug. Xano ist unsere einzige Wahl auf dem Weg zum Sprungpunkt.«

»Aber was, wenn wir von Piratae überfallen werden? Oder kennst du ... ich meine, sie sind ja ... also, du weißt schon ...«

»Auch Vampiry?« Ilka lachte so gefährlich und

humorlos auf, dass Sally aussah, als würde sie sich im nächsten Moment einnässen.

»Pass mal auf,« zischte McCree dann. »Es gibt ein paar sehr gute Gründe, wieso ich mich diesem marodierenden Mörderpack nicht angeschlossen habe. Das geht dich zwar einen Scheißdreck an, aber merk dir eins: Ich bin *nicht* wie die.« Dann drehte sie sich mitsamt dem Sitz wieder um.

Es gab eines, das Ilka fast so sehr verachtete wie die Union: Piratae. Es war ihr schleierhaft, wieso sieben der zehn Urvampiry derart Gefallen an ihrem neuen Dasein gefunden hatten, dass sie sich als Outlaws einfach alles nahmen, was sie wollten. Einig waren sie sich darin nicht, wie diese neue Existenz konkret aussehen sollte, und wer die Regeln vorgab, und so waren sieben verfeindete Clans entstanden. Sie zogen umher und schufen fleißig weitere Vampiry, die sie jeweils in ihre Crew aufnahmen. Zuletzt waren die Piratae einfach nur eine Seuche, die sich überall dort in der Galaxie breit machte, wo die Union nicht omnipräsent war. In diese, für die Union strategisch wenig interessanten Gebieten, trauten sich manche großen Handelsschiffe kaum noch zu fliegen, wenn sie nicht von einer bewaffneten Flotte begleitet wurden.

Sally stand hinter der Captain und machte einige Minuten lang keinen Mucks.

»Ist noch was?«, murmelte Ilka irgendwann, als sie ihren Gast nicht länger ignorieren konnte.

Die junge Miss Gray holte tief Luft. »Ich will dir einen Deal anbieten.«

»Jetzt bin ich gespannt«, brummte Ilka.

Na endlich, wusst' ich's doch, dachte sie und verdrehte innerlich die Augen.

»Sag mir, wie viel dir mein Vater bezahlt, um mich

auszuliefern. Ich geb dir das Doppelte, wenn du mich laufen lässt.«

»Du hast nicht kapiert, wie mein Job funktioniert, stimmt's? Um es kurz zu machen: Vergiss es.«

Ilka hatte sich für die Antwort nicht einmal umgedreht. Sie konnte ahnen, wie in Sally eine unbändige Wut hochstieg. Der ganze Raum war erfüllt von dieser Anspannung, die sie so gut von sich selbst kannte. Das Summen im Kopf wie von einer kaputten Lüftungsanlage, das Rauschen in den Ohren und die sich nach oben ausbreitende Hitze in der Magengegend. Ilka wandte gerade den Kopf nach hinten, als Sallys Gesicht die Farbe wechselte, von Weiß zu Rot und wieder zurück zu Weiß. Sie öffnete den Mund, wohl, um Ilka gehörig die Meinung zu sagen, doch es kam nur ein »Gnha kkkrmmmpf« heraus. Ihre Augen weiteten sich, und sie versuchte es erneut: »Gnnnjjaaarrgh krrmmpf«.

Ilka hielt in ihrer Bewegung inne und lauschte mit Entsetzen, wie Sally noch mal ansetzte und wieder nur etwas herausbrachte, das wie der klägliche Versuch eines Wüstenhundes klang, menschliche Worte nachzuahmen.

Langsam drehte Ilka den Pilotensitz ganz um. Sally war inzwischen auf die Knie gegangen und hielt sich die Stirn, als wäre ihr Kopf unendlich schwer. Oder als wäre ihr schwindelig. Kalter Schweiß brach Ilka aus.

»Scheiße«, murmelte sie, und während sie das sagte, erbrach Sally einen satten Strahl Linseneintopf direkt auf Ilkas Stiefel.

Die Captain hatte Sally zurück in die Küche gebracht, sie auf das braune Sofa bugsiert und ihr einen Eimer hingestellt, falls sich doch noch Reste der Linsensuppe irrtümlich in deren Magen befinden sollten. Sie verlor dabei weder ein

Wort, als sie die grüngesichtige Sally aus der Kommandobrücke heraustrug, noch als sie ihr mit einem kalten, nassen Tuch die Reste der vorverdauten Mahlzeit vom Kinn wischte. Sally unternahm unterdessen noch einige Versuche, sich irgendwie Gehör zu verschaffen, doch es drang nur eine zufällige Aneinanderreihung von Vokalen und Konsonanten aus ihrem Mund.

Mit versteinerter Miene musterte McCree ihre unfreiwillige Passagierin, die ein einfach zu erledigender Auftrag hätte sein sollen. Und nun diese Scheiße. Im gelblichen Halblicht der Messe kauerte die junge Frau, die schwitzend ächzte und stöhnte und sich voller Verzweiflung versuchte mitzuteilen, während ihr abwechselnd zusammenhangslose Buchstaben und Reste ihres Frühstücks über die Lippen flossen.

Nach all den Jahren, in denen es Ilka nun gelungen war, niemandem gegenüber verpflichtet zu sein, hatte es ein beschissenes Missgeschick, ein unglücklicher Zwischenfall nach einer Unachtsamkeit geschafft, dass sie ihre Grundsätze über Bord geworfen hatte. Um zu helfen. Nun, genau genommen hatte sie vor allem sich selbst helfen wollen, den Auftrag zu erledigen, ihre eigentliche Mission zu erfüllen. Einmal, ein einziges Mal, und es war direkt schiefgegangen. Sie hatte sich eine verdammte Sterbliche ans Bein gebunden, zu der sie eine Verbindung hatte, weil sie ihr zu viel von ihrem Blut gegeben hatte. Ein peinlicher Anfängerfehler. Sie hätte sich am liebsten ihren eigenen Schädel an der Wand eingerannt.

Ein gequältes Stöhnen drang vom Sofa her an Ilkas Ohr. Die Captain näherte sich Sally erneut, die nun nicht mehr versuchte zu sprechen, sondern sich mit Händen und Füßen mitteilen zu wollen schien. Ilka verstand nicht, was es heißen sollte, doch es war recht wahrscheinlich, was die rothaarige Frau mit dem eingefallenen Gesicht wissen wollte.

»Es ist nach wenigen Stunden vorbei«, erklärte sie, und sie war selbst überrascht, wie beruhigend und fast fürsorglich ihre Stimme klang. »Danach wirst du dich fühlen wie vorher. Versuch jetzt zu schlafen.«

Keine Sorge, Rachel, alles wird gut.

In dem Moment, in dem sie das dachte, erstarrte Ilka kurz. Nein, das hier war nicht Rachel. Diese Frau hier war nicht Teil ihrer Truppe, und sie war nicht mehr die Leutnantex.

Was ist nur mit mir los? Herrje, ich muss mich dringend ausruhen. Reiß dich zusammen, Ilka. Konzentrier dich.

Sie schaute nochmal auf Sally zurück, die etwas Unverständliches murmelte. Dann drehte sie sich um und verschwand mit raschen Schritten Richtung Cockpit.

Ilka McCree sah einige Male nach Sally, die irgendwann in einen unruhigen Schlaf gefallen war und sich auf dem Sofa hin und her warf. Ihre roten Locken klebten auf der schweißnassen Stirn, als sei sie einen Marathon gelaufen. Das kantige Gesicht wirkte schwach und alle Farbe war von ihren Wangen gewichen. Im Grunde, musste Ilka zugeben, sah sie nicht besser aus als zu dem Zeitpunkt, an dem sie noch im Begriff gewesen war, zu verbluten.

In Ilkas weitem Hemd sah Sally aus wie ein Schulmädchen, das Papis Klamotten ausgeborgt hatte. Ilka fragte sich, wie alt die junge Gray wohl sein mochte. Das genaue Alter war aus dem Auftrag nicht hervorgegangen, es hieß nur, es sei *eine junge Frau*. Sie sah nicht älter aus als Anfang zwanzig. Gleichzeitig hatte sie diesen wissenden Blick von einer

Frau, der in ihrem Leben schon viele Schicksalsschläge widerfahren waren.

Jetzt, da Sally Gray vor ihr lag, so zerbrechlich und klein, mit den Nebenwirkungen einer Mutation kämpfend, die keine von beiden gewollt hatte, war nichts davon zu sehen. Gleichzeitig würde diese Erfahrung eine weitere Kerbe in ihr Gesicht schnitzen, ihre jugendliche Unbeschwertheit ein Stückchen mehr trüben. Ilka wandte sich ab und ging Richtung Cockpit, um das nächste Zwischenziel ihrer Reise anzusteuern. Es waren nur wenige Standardstunden bis Xano C3.

Den Inhalt von Sallys Magen entfernte Ilka McCree mit einigem Widerwillen selbst aus dem Cockpit. Das tat sie vor allem, weil sie den Geruch nicht so lange ertragen wollte. Schließlich würde es eine Weile dauern, bis die Übeltäterin ihre eigene Kotze wegzuwischen imstande sein würde. Also putzte Ilka erst mal den Boden und danach ihre in Mitleidenschaft gezogenen Stiefel.

Anschließend nahm sie weiter Kurs auf Xano C3. Sally hatte recht gehabt. Sie würden mitten durch das Gebiet der Hornets fliegen, den unangenehmsten unter den Piratae-Clans. Ilkas Kiefer spannte sich unwillkürlich an. Zu gerne würde sie den Arschlöchern einem nach dem anderen die Kehle zerfetzen. Doch nicht während dieser Mission. Sie hatte einen Auftrag zu erfüllen und konnte keine Zwischenfälle mehr riskieren.

Nachdem sie alle Reste von Sallys Mahlzeit entfernt hatte, gab sie die Zielkoordinaten in den Autopiloten ein, prüfte alle Systeme und legte sich dann im Pilotensitz zurück, um ein Nickerchen zu halten, noch immer den ätzenden Geruch von Magensäure in der Nase. Die Füße auf der Armatur, die Sohlen der schweren Stiefel dabei in Richtung der halbrunden Scheibe gewandt, machte sie es sich bequem.

Dort draußen war nichts als die unendliche Weite des Alls zu sehen. Im Inneren der XENA Rex war es endlich mal wieder so still, wie Ilka es schätzte. Nur das gleichmäßige Brummen und Surren der Belüftungseinheiten und der Fusionsreaktoren umhüllte sie nun. Diese wunderbare Einsamkeit war es gewesen, die sie damals dazu bewogen hatte, ihre Heimat zu verlassen und Pilotin zu werden. Die Einsamkeit war es auch, die sie später an ihrer Tätigkeit als Kopfgeldjägerin am meisten schätzte – sie konnte vor sich hin schweigen, in ihrem eigenen Tempo und ohne Störung tun und lassen was sie wollte, ohne ständig über Kleinigkeiten Rechenschaft ablegen zu müssen, ohne in ihren Gedanken unterbrochen zu werden. »Kleine Einsiedlerin« hatte Ilkas Vater sie immer genannt. Er hatte es von allen am besten verstanden, dass sie die Einsamkeit suchte – als Kind im Wald hinterm Haus und später in der Weite des Alls.

Die Monde steh'n über den Hügeln
die Zauwen singen ihr Lied
es wachen die duftenden Lüfte
damit dir auch ja nichts geschieht

Nun, da Sally schlief und die ständige Anspannung, die sie in den letzten vierundzwanzig Stunden verspürt hatte, endlich von Ilka abfiel, war sie plötzlich so müde wie schon lang nicht mehr. Ein kleines Nickerchen, direkt hier in ihrem Sessel, das war jetzt perfekt.

ZEHN

Ilkas Schläfchen war von kurzer Dauer. Knapp zwei Stunden, nachdem sie Kurs auf ihr nächstes Ziel genommen hatte, schreckte sie hoch, weil sie ein Geräusch vor der Cockpittür vernahm. Nur wenige Wimpernschläge später öffnete sich die Tür und Sally Gray stand im Eingang.

Ilka nahm die Beine herunter, richtete sich im Pilotensessel auf und drehte sich halb zu Sally um, die Instrumente nicht aus den Augen lassend. Ihre Augen fühlten sich sandig an und brannten ein wenig, ein Zeichen dafür, dass sie durchaus noch etwas mehr Schlaf hätte vertragen können.

Sally Gray sah dagegen erfrischt aus, das Leben war ein weiteres Mal in voller Blüte auf ihre Wangen zurückgekehrt. Der rote Haarschopf stand störrisch und wild nach allen Seiten ab, doch es schien sie nicht zu kümmern, wie sie aussah. In dem übergroßen Leinenhemd, das wie ein Nachthemd an ihr hing, wirkte sie kindlich, ausgeruht und voller Tatendrang. Ilka konnte riechen, dass Sally sich in der

Messe saubergemacht haben musste. Ihr haftete nicht mehr der Gestank von Erbrochenem an.

»Hey«, schickte sie einen vorsichtigen Gruß in Ilkas Richtung, und in ihren Augen mischte sich Unsicherheit mit Neugierde. »Ich glaube, mir geht es besser. Ich kann sogar wieder reden.«

Sie zeigte auf ihren breiten Froschmund und verzog ihn zu einem schiefen Grinsen.

Ilka brummte unwillig. Etwas mehr Schlaf hätte sie vertragen können, und die Frage, wie sie weiter mit Sally umgehen wollte, hatte sich leider während des Nickerchens auch nicht wie von Zauberhand erledigt. Und Teufel nochmal, eine Passagierin, die die Klappe halten konnte, wäre wirklich Gold wert. Allerdings war Sallys Redefluss gerade wirklich ihr kleinstes Problem.

»Na, prima.« Ihr Tonfall ließ kaum Interpretationsspielraum, doch Sally ignorierte den Sarkasmus.

Dann verfiel Ilka wieder in grüblerisches Schweigen und starrte auf den Monitor.

»Was ... äh ... ist denn jetzt mit mir?«, hakte Sally nach. »Ich meine, mit unserer ... Verbindung? Ich fühl mich gar nicht anders.«

Ilkas Blick blieb nach vorne gerichtet. »Tja, ich kann dich jetzt einfach fernsteuern.«

Tatsächlich hatte sie keinen Schimmer, woran sie die Verbindung überhaupt bemerken sollte, geschweige denn, wie sie auf diese Weise hätte kommunizieren können. Konnte ihr nur recht sein, sie wollte es am liebsten vergessen. Vielleicht war die Verbindung auch gar nicht zustande gekommen und der Linseneintopf war nicht mehr gut gewesen?

Ja, sicher, red dir das nur ein.

Sally stutzte. »Du kannst was?«

Ilka wollte sie auslachen, dass sie auf diesen Scherz reingefallen war. Doch sie tat es nicht. Wer wusste schon, wozu es gut sein mochte, wenn sie Sally in diesem Glauben ließ. Also beschloss sie, weiterhin zu schweigen.

Frustriert atmete Sally aus. »Mensch, echt jetzt, red doch mal mit mir. Glaubst du, mir macht das Spaß? Ich hab mir die Scheiße schließlich nicht ausgesucht.«

Jetzt fuhr Ilka herum. »Nicht ausgesucht? Wärst du in deinem Scheiß-Frachtraum geblieben, wäre die Kacke jetzt nicht so am Dampfen.«

Sie ballte die Hand zur Faust und schlug auf die Armlehne ihres Sitzes. Alles an diesem verfickten Auftrag ging schief. Dass sie den Wüstenhund im bewohnten Gebiet gerissen hatte, war ihr erster Fehler gewesen, und dann eine Scheiße nach der nächsten. Verfickt, sie wollte jemandem den Hals umdrehen, einfach nur, um Dampf abzulassen. Wieso war sie diesem dreckigen Wüstenköter überhaupt begegnet? Ein paar Ratten hätten es sicher auch getan.

Als hätte Sally ihre Gedanken gelesen, fragte sie: »Was wollten diese Leute eigentlich von dir?«

Ilka seufzte. »Hab versehentlich was kaputt gemacht, das ihnen gehört hat.«

»Oh. Verstehe.«

Sie schwiegen eine Weile. Ilka suhlte sich im Ärger darüber, dass sie es überhaupt hatte so weit kommen lassen. Blutsverbindung. Zu einer Zielperson. Wie ungeschickt konnte man eigentlich sein? Wenn sie wenigstens irgendeinen Nutzen daraus ziehen könnte, aber sie wusste ja nicht mal, was sie mit dieser Verbindung anfangen sollte. Wie man sie nutzte. Sie hatte es nie gelernt, nie lernen und nutzen wollen, obwohl Nneki es ihr hatte beibringen wollen. Andererseits war das hier auch nur eine vorübergehende

Sache, schließlich würde Sally Gray wahrscheinlich auf Gondas sterben.

Sally stand noch immer zwei Meter hinter Ilkas Sitz und schaute betreten auf die träge blinkenden Instrumente auf der Steuerkonsole. Irgendwann begann sie, nervös im Cockpit umherzulaufen. Vor einer der Seitenwände blieb sie stehen und betrachtete einige Bilder, die dort mit vom Alter porös gewordenen Streifen an die schwarze Kunststoffverkleidung geklebt waren.

»Du warst ... im Krieg?«, fragte sie plötzlich.

Ach, Scheiße, die Fotos.

Ilka seufzte. »Ja, ich war im Krieg.«

»In ... äh ... welchem Krieg genau?«, kam es zögerlich von hinten. »Diese Uniformen ... Sie sehen nicht nach Union aus.«

In den vergangenen dreihundert Jahren hatte es zahlreiche Kriege gegeben. Vor allem gegen Eddoxi und Marali, die sich der Kolonialisierung durch die Menschen nicht beugen wollten, schlug die Unionsregierung in aller Härte zu. Die einheimischen Spezies wurden nur geduldet, solange sie sich unterordneten. Außerhalb der ihnen zugesprochenen Territorien wollte die Union und deren Gefolgschaft sie nicht haben. Widersetzten sie sich oder wollten zu viele der Kolonien für sich beanspruchen, wurden sie mit der militärischen Übermacht der Regierung schlichtweg eliminiert. So war die Herrschaft der Menschen durch die harte Hand der Union über die Jahre immer wieder durchgesetzt worden – und nach der Einführung der freien Wahlen für Menschen ein Selbstläufer geblieben. Schließlich hatten zu viele Menschen Angst, eine Regierung von Souvs wäre nicht in der Lage, eine ähnliche Stabilität aufrecht zu erhalten, wie es die Unionsregierung tat. Eine zweifelhafte Stabilität freilich. Aufstände von Eddoxi und Marali gab es in der Folge immer seltener. Die in Pandorra VII heimischen Spezies hatten das Überleben gewählt. Die meisten nahmen zähneknirschend die Plätze ein, die die Union für sie vorsah.

»Hältst du mich denn für eine Unionistin?«

»Weiß nicht. Vielleicht?«

»Die Fotos stammen aus dem Unabhängigkeitskrieg. Beiden, um genau zu sein.«

Stille. Ungläubiges Schweigen.

Wie immer, wenn Ilka an den Krieg dachte, kam unwillkürlich all der Schmerz und Stolz zurück, den sie damals empfunden hatte. Auch wenn sie als Souv auf der verlierenden Seite gewesen war, erfüllte sie der Gedanke an ihren Kampf für die Freiheit der Spezies und der Souveränität der Welten auf Pandorra VII auch nach all dieser Zeit mit einem Gefühl, das sich warm und wohlig anfühlte. Selbst heute, wo sie müde und abgekämpft war, würde sie die Entscheidung, dafür in den Krieg zu ziehen, jederzeit wieder treffen. Damals war es so viel klarer gewesen, wofür sie kämpfte, was es zu gewinnen gab – und was zu verlieren. Es war so viel klarer, so viel direkter als ihr Versuch, über die Gilde an die Union heranzukommen. Sie hatte die Freiheit von Lusos ebenso versucht zu verteidigen wie die aller anderen freien Kolonien, in denen ein gleichberechtigtes Zusammenleben mit Eddoxi und Marali möglich war. Es ging um Autonomie, um Selbstbestimmung und Würde. Jetzt wusste sie manchmal selbst nicht mehr, worum es ihr eigentlich ging.

»Scheiße, ich wusste, du musst steinalt sein! Aber so alt ... Das ist ja dreihundert Jahre her.«

Ja, dachte Ilka, *das ist verdammt lang her, und ich habe nichts von dem vergessen, was damals war. Keine Kameradin, die ich im Schützengraben verloren habe, keine Truppe, die mir treu bis in den Tod gefolgt wäre – und die ich im Stich gelassen habe.*

»Also jedenfalls«, sagte Sally und riss Ilka damit aus ihren Gedanken, »heißt das, dass du eine Anhängerin der Souvs warst?«

Cleveres Mädchen.

»Spielt das eine Rolle?«, fragte Ilka.

Das Thema war gefährlich. Ihre Vergangenheit lag lange genug zurück, um Angie Dawson nicht ihre Loyalität zur Gilde hinterfragen zu lassen. Ein Hector Gray konnte das durchaus anders sehen, wenn er davon erfuhr. Das würde unangenehme Folgen haben, womöglich sogar ihren Plan durchkreuzen.

»Ich schätze nicht. Keine Ahnung. Ich interessiere mich nicht für Politik.«

Ilka lachte humorlos auf. *Wieso solltest du auch, bist ja auf der Sonnenseite geboren, mit einem goldenen Löffel im Mund.* Die Vorsicht, die sie eben noch bei dem Thema walten lassen wollte, verabschiedete sich durch die Hintertür.

»Wieso lachst du?«, fragte Sally.

Ilka drehte sich zu ihr um. »Hast du nicht gesagt, du verachtest deinen Vater und seine Geschäftspraktiken?«

»Ja. Und?«

»Das ist doch auch Politik. Überleg mal, welches System an seinem Unternehmen dranhängt. Wer von ihm profitiert. Von wem er profitiert.«

Sally runzelte die Stirn. Auch sie musste wissen, dass Hector Grays Karnisium-Ressourcen ausschließlich an die Union und unionstreue Unternehmen verkauft wurden. In den vergangenen Dekaden hatte sich die Union dank ihm einen großen technologischen Vorteil verschafft. Ihre Schiffe waren besser, schneller und vor allem mit Sternenätherantrieben ausgestattet, die weitaus leistungsfähiger waren als die der Souvs. Karnisium-Deuterium-Fusionsreaktoren galten als Zukunft der Energietechnologien. Ein Reaktor, der gleichzeitig Batterie war – die Entdeckung und Nutzbarmachung von Karnisium war ein technologischer Durchbruch gewesen. Hector Gray saß auf den einzigen bekannten Karnisium-Vorkommen in der Galaxie, und damit auf einer Goldgrube. Eine Goldgrube, die ausschließlich ihm und der Union zu Gute kam.

»Wer hat auf Gondas gelebt, bevor dein Vater kam?«, wollte Ilka von Sally wissen. Dabei beugte sie sich vor und stützte ihre Ellenbogen auf ihren Oberschenkeln ab. Ihr Kinn ruhte auf ihren ineinander verschränkten Händen.

»Red nicht mit mir wie mit einem dummen Kind. Ich weiß sehr wohl, dass Gondas von Marali besiedelt war.«

»So, das weißt du. Dann ist dir sicherlich auch bekannt, was mit denen passiert ist?«

»Ich ... äh .... Es gab Aufstände, die blutig niedergeschlagen wurden ... Weil sie ihr Land nicht hergeben wollten? Ich sagte ja, mein Vater ist kein guter Mensch. Offenbar wusstest du das also schon.«

»Jeder weiß das. Aber denkst du im Ernst, dein Vater hätte diesen Aufstand selbst niedergeschlagen?«

»Er hatte ja seine Leute ...«

»Seine Leute«, Ilka lachte gehässig auf, »konnten nicht mal eine Waffe richtig herum halten.« Sie senkte die Stimme und lehnte sich ein Stück weiter nach vorne. »Für den Völkermord an den Marali auf Gondas ist die Union verantwortlich. Sie haben ihre Truppen hingeschickt und kurzen Prozess gemacht. Sie haben Millionen umgebracht, innerhalb weniger Stunden. Giftgas, speziell auf die Atemwege der Marali zugeschnitten, für Menschen ungefährlich. Sie sind alle unter furchtbaren Krämpfen elendig erstickt. Auch die Kinder. Einfach alle. Willst du mir nochmal sagen, du interessierst dich nicht für Politik?«

Sally schluckte. »Mir … mir wurde immer gesagt, dass die Marali gegen meinen Vater konspiriert hatten und er sich nur gewehrt hatte. Ich habe vermutet, dass das nicht mit rechten Dingen zuging. Aber ich wusste nicht, dass so …« Sie verstummte.

»Hmm. Hab ich mir gedacht. Um es kurz zu machen: Ich habe für die Souvs gekämpft.«

Vorsicht, Ilka, überleg gut, was du sagst, du hast schon viel zu viel geredet.

»Aber das ist lange her. Ich nehme keine Seiten mehr ein«, schickte sie hinterher, doch es fühlte sich nicht an, als könnte sie damit irgendjemanden von ihrer Neutralität überzeugen.

»Wir sind nicht mehr weit von Xano C3 entfernt«, wechselte sie dann das Thema.

»Auf meinem Radar habe ich bisher keine unregistrierten Schiffe gesichtet. Das heißt aber nicht, dass wir nicht trotzdem auf Piratae treffen werden. Falls es der Fall sein sollte, müssen wir darauf hoffen, dass sie uns in Ruhe lassen. Würde aber nicht drauf wetten.«

»Können wir irgendwas tun, damit sie uns in Ruhe lassen?«

Ilka musste lachen. »Du hast nicht so viel Ahnung von Pirataerie, oder? Wir können nichts machen. Absolut nichts. Nur Glück haben.«

»Verstehe.«

Nein, ich glaube, du verstehst gar nicht besonders viel. Und vielleicht konnte sich Ilka das irgendwie zunutze machen. *Und vielleicht ist das auch ganz gut so …*

Erneut tigerte Sally im Cockpit hin und her. Verfickt, sie machte Ilka ganz nervös damit. Gerade wollte die Captain sie anschnauzen, sie solle endlich damit aufhören, da fragte Sally: »Was wollen Piratae denn so erbeuten?«

»Das ist je nach Clan unterschiedlich. Das hier ist Hornets-Gebiet. Die haben von allen am wenigsten Respekt vor irgendwem. Gehen ohne Plan vor, schauen einfach, was sie mitnehmen können. Manchmal sind das ganze Schiffe, manchmal Ladung oder irgendwelche Ausrüstung. Manchmal wollen sie auch einfach nur morden.«

Ilka zog die Nase kraus, was ihre Oberlippe ein Stück nach oben wandern ließ und ihre Eckzähne freilegte. Die Hornets waren ihr von allen Clans wahrscheinlich der verhassteste. Diese Würmer von Dyke Randalls Leuten hatten keinen Stil. Sie waren Abschaum, genau wie ihr Anführer, ihr »Vater«. Im Gegensatz zu den anderen Ersten mochte er es nicht, so genannt zu werden, doch er war genau das. Ein schlechter, brutaler, übergriffiger Vater. Einer von der Sorte, die man als Kind hassen lernt, um dann später selbst so zu werden, weil man es nicht besser gelernt hatte.

Sally beobachtete Ilkas Reaktion genau. »Wow, du findest diese Hornets richtig scheiße, was? Also, mit denen hast du wohl nichts zu tun, nehme ich an?«

Ilka musste laut auflachen. »Nein, von denen hält man sich fern, wenn man einen Funken Würde im Leib hat. Aber mit ihrem Chef, Dyke Randall, hatte ich bereits zwei Mal das zweifelhafte Vergnügen. Ekelhafter Typ, aus sehr vielen Gründen.«

Sie verzog ihr Gesicht zu einer hasserfüllten Grimasse, als sie daran zurückdachte, wie er ihr bei ihrer ersten Begegnung ungefragt die Hand auf den Hintern gelegt hatte. Auf ihre sofortige und absolut legitime Reaktion hin, nämlich ihm die Faust ins Gesicht zu rammen, hatte Nneki sie weggezogen und ihr zu verstehen gegeben, dass sie es lieber gut sein lassen sollte.

»Wie viele … Clans gibt es denn?«

In dem Moment fiel Ilka ein, wie wenig Sally wahrscheinlich über all diese Dinge wusste. In keiner Schule der Galaxie gab es Fächer wie »Geschichte des Vampirysmus«. Nur durch Erzählungen erfuhr man von den zehn Ersten, den Ureltern. Sally konnte nicht wissen, welche davon sich für ein Leben in der Gesetzlosigkeit entschieden hatten, mit Clans aus solchen, die sie selbst zu Blutsaugern gemacht hatten. Sollte sie Sally nun wirklich einen Crashkurs in Sachen Pirataerie geben? Sie war so müde. Nein, sie würde einfach nur die Frage beantworten, mehr nicht.

»Es gibt sieben Clans. Die meisten sind in unterschiedlichen Ecken der Galaxie unterwegs, die gehen sich untereinander meist aus dem Weg. Hier werden wir nur auf Hornets treffen. Ausgerechnet die widerlichste Brut von allen. Das sind wie gesagt ekelhafte, ehrlose, dreckige Mörder.«

Sie spürte, wie ihr Blut erneut in Wallung geriet und die Jahrhunderte alte Verachtung in ihr hochkochte.

»Die scheren sich nicht um Anstand, sie saugen dich leer, reiben sich zum Spaß mit deinem Blut ein und spielen Ball mit deinem Kopf, wenn sie Bock darauf haben.«

Sally Gray schluckte, die Augen vom Schreck geweitet. Ilka lehnte sich zu ihr vor. Sie musste zugeben, es bereitete ihr mit einem Mal diebisches Vergnügen, die Unbedarftheit der jungen Frau zu nutzen, um ihr einen Schrecken einzujagen. Damit waren der eigene Schrecken und die tiefe Abneigung gegen Dyke Randall und seine Bande irgendwie besser zu ertragen.

Im Flüsterton fügte sie hinzu: »Ich sagte ja: Du willst denen nicht begegnen. Also hoffen wir einfach, dass sie uns in Ruhe lassen, oder gerade anderswo ihr Unwesen treiben. Ok?«

Mit diesen Worten drehte sie sich zum Radar um, auf dem gerade mit einem Piepton einige Schiffe aufgetaucht waren, die sich als gelbe Punkte auf dem Monitor tummelten. Sie spürte, wie Sally sich hinter ihr verkrampfte.

»Keine Sorge«, murmelte sie nach einem kurzen Blick auf die Schiffssignaturen, und es war nicht eindeutig, ob sie mit Sally sprach oder mit sich selbst. »Das sind alles private Handelsschiffe, und das hier«, nun wandte sie sich doch an Sally und zeigte auf einen größeren weißen Punkt, »ist ein Schiff der Unionsflotte. Die sind alle auf dem Weg nach Xano C3. Wie viele andere holen sie hier Treibstoff, Fusionsmaterie und alles was sie sonst brauchen, bevor sie vom Sprungpunkt aus weiterfliegen.«

Sie winkte mit einer unbestimmten Handbewegung nach hinten. »Setz dich besser mal, wir sind bald da, und beim Landeanflug wird's holprig.«

Ilka blickte die junge Frau nachdenklich von der Seite an, während diese auf dem zweiten Sitz Platz nahm. Sie konnte ihr nützlich sein, nicht nur in ihrer Funktion als Zielperson, als Ware. Dessen war sich Ilka plötzlich sicher. Aber wie?

Dann nahm sie Kurs auf Xano C3.

ELF

Keine Normstunde später befanden sie sich im Anflug auf die riesige Station, die auch Tausende Klicks oberhalb des Planeten noch deutlich zu erkennen war. Nachdem der Gravitationsmodulator auf Planetenmodus gestellt war und Ilka die Rexkompressoren deaktiviert hatte, steuerte sie auf Xanos Oberfläche zu. Dabei verbriet sie einen Großteil des verbleibenden Treibstoffs. Die Triebwerke dröhnten. Wie sie das hasste. Die Rexkompressoren waren wie jeder Sternenäther-Antrieb so viel leiser, so viel eleganter.

Xano C3 war kein besonders großer Planet. Aus der Entfernung sah er aus, als wäre er aus Stahl zusammengenietet. Er hatte gar nichts Natürliches mehr an sich, sondern wirkte wie ein riesiger metallener Ball. Die hiesige Sonne war weit entfernt, deswegen war das Licht, das vom Metall auf seiner Oberfläche durch die dünne Atmosphäre zurückgeworfen wurde, zwar irritierend, es blendete aber nicht so stark, dass es in den Augen schmerzte. Trotzdem zog Ilka reflexhaft ihre große, schwarze Sonnenbrille aus der Brusttasche ihres Mantels und setzte sie auf. Helles Licht schmerzte, wieso also sich unnötig damit plagen? Außerdem gefiel es ihr, dass sie mit der Brille noch seltener von anderen Leuten belästigt wurde, als es ohnehin der Fall war. Sie drückten aus: *Bleib mir fern, ich lege keinen Wert auf Kontakt mit dir*.

Die XENA Rex war dank des Gravitationsmodulators auf einen Bruchteil ihrer Gravitationsmasse reduziert, um das Bremsmanöver zu vereinfachen. So schwebten sie langsam auf Xano C3 zu, der wie ein schlecht behauener Stahlball mitten im Nirgendwo hing. Nur wenige Flecken von tiefem, dunklem Grün, blauen Flussadern und dem hellem Braun von Feldern zeugten davon, dass es hier mal so etwas wie eine natürliche Landschaft gegeben hatte. Die Oberfläche war mittlerweile überwuchert von metallischen Strukturen, die Gebäude unterschiedlichster Größe und Form darstellten. Von oben hatten sie eine fast absurde Anmutung, wie von einer gewachsenen Landschaft aus hier mattem und dort blankpoliertem Stahl. Als hätte jemand alles mit flüssigem Metall überzogen. Ilka erinnerte sich an eine Zeit, zu der noch annähernd die Hälfte der Oberfläche von Natur geprägt gewesen war – ihrer Heimat Lusos nicht unähnlich. Der größte Unterschied war die ungünstige Atmosphäre, die die Siedler aus Xano C3 dazu zwang, ständig Sauerstoffmasken zu tragen. Eine Verdichtung der Atmosphäre war durch Terraforming möglich gewesen, doch der Sauerstoffgehalt war zu gering, für Menschen, Marali und Eddoxi gleichermaßen. Dafür war Wohnraum hier unfassbar billig.

»Da wohnen wirklich Leute drin?«, unterbrach Sally Ilkas Gedanken, als die Captain die XENA Rex mithilfe der schwenkbaren Triebwerke abgebremst hatte, und sie sich im langsamen Gleitflug der Oberfläche und dem enormen, chromglänzenden Bau der intergalaktischen Tankstelle näherten.

»Ich habe schon gehört, dass Xanos C3 einer der am dichtesten besiedelten Planeten überhaupt sein soll. Aber komplett unter metallenen Dächern und ganz ohne Natur ... Wie kann man nur so leben?« Fassungslosigkeit troff aus ihrer Stimme.

Ilka brummte kurz, wie eine Person, die sich auf eine Aufgabe konzentrieren musste und eigentlich keine Nerven für solche Gespräche hatte. Trotzdem konnte sie sich einen bissigen Kommentar nicht verkneifen.

»Und was genau ist an Gondas besser? Ein karger Steinplanet ist doch genauso wenig ästhetisch oder liebenswert wie diese Metallwüste.«

Sally schwieg getroffen. Nach einigen Augenblicken murmelte sie: »Ja, das ist wohl richtig. Nicht der einzige Grund, warum ich wegwollte, aber sicherlich ein guter.«

Volltreffer. Vielleicht hält sie jetzt wenigstens die Klappe.

»Xano C3-Y5, hier spricht XR 751/555363-IM«, sagte die Captain in einem Ilka-untypischen, sehr dienstlichen Tonfall. »Erbitte Landeerlaubnis auf der TPL.«

Einige Augenblicke geschah nichts, dann meldete sich ein knackendes Rauschen und eine helle, freundliche Computerstimme, die mitteilte: »XR 751/55535363-IM, Landeerlaubnis stattgegeben, bitte fliegen Sie Plattform 7/3 an.«

Captain McCree flog eine Schleife und wählte einen flacheren Anflugwinkel, so dass Sally vom Fenster aus fast senkrecht von oben auf die metallenen Dächer der Megapolis Xanolon blicken konnte. Aus diesem Winkel und der verringerten Höhe war deutlich zu sehen, dass es sich keineswegs um eine einheitliche Decke aus Metall handelte. Vielmehr wurde immer klarer erkennbar, dass sich kleine, mittelgroße bis riesige Gebäude mit stählernen Dächern aneinanderdrängten und jeder kleinste Durchgang von blanken oder bearbeiteten Platten überdacht war. Kleinere blau schimmernde Elemente wurden zwischendrin sichtbar.

»Natürlich«, murmelte sie halblaut neben Ilka. »Solarzellen. Sie versuchen jedes bisschen Energie zu nutzen, das ihnen die Sonne liefert, damit sie nicht wertvollen Treibstoff zur Energiegewinnung verheizen müssen. Und Metall ... heizt sich zudem gut auf.«

Obwohl sie die Worte an sich selbst gerichtet hatte, kommentierte Ilka die Erkenntnis mit einem herablassenden: »Du bist ein cleveres Mädchen, Miss Gray.«

Sally setzte zu einer gereizten Antwort an, doch der Anblick des riesigen, chromschimmernden Kolosses vor ihnen raubte ihr den Atem und zog sie völlig in den Bann. Der enorme Bau stand auf massiven, stählernen Stelzen und überragte alle anderen Gebäude um mehrere Hundert Meter. Der langgezogene, flache Komplex, der so über der Stadt schwebte, glich einem Bahnhof, auf dem mindestens hundertfünfzig Spuren nebeneinander lagen, doch es war nach oben so viel Platz, dass auch größere Raumschiffe ohne weiteres in der seitlich durch metallene Wände begrenzten Halle einfliegen und landen konnten. Die Landebahnen waren viele Hundert Normmeter lang und endeten in den eigentlichen Tankstraßen. Zwischen ihnen ragten Zapfsäulen empor, die so hoch waren, dass sie oben bis zum Dach reichten, und dieses sogar überragten. Nach unten setzten sie sich durch den Boden der Plattform fort, wo sie parallel zu den stabilen Stelzen bis auf den Erdboden reichten. Es handelte sich dabei um Treibstoffspeicher, und zwar von solcher Größe, wie sie Sally, so vermutete Ilka, noch niemals gesehen hatte. Ilka kniff die Lippen zusammen und schoss mit konzentrierter Miene geradewegs auf die Öffnung zu, über der riesenhaft die Ziffer 7 prangte.

Im Landeanflug bemerkte Ilka, wie Sally mit einer fast kindlichen Hingerissenheit das Innere der Halle bestaunte, in der zahlreiche weitere Raumschiffe verschiedener Größen, Formen und Zustände zu sehen waren. Nur wenige Personen waren in dem Komplex unterwegs. Alles in dieser, auch innen chromverkleideten Halle lief vollautomatisch ab. Natürlich tat es das. Das hier war kein ranziger kleiner Handelshafen mit Tankmöglichkeit wie auf Lemides. Hier ging es hochprofessionell zu, täglich wurden Tausende Raumschiffe betankt und abgefertigt.

Ilka schaute starr durch ihre Sonnenbrille auf die Landebahn und steuerte Tankstation 7/3 an. Holpernd kam die XENA Rex auf dem Boden auf, und Sally wurde so durchgeschüttelt, dass Ilka im Augenwinkel den Oberkörper der Rothaarigen nur so herumschlackern sah, und sogar Wirbel zu knacken hören glaubte.

Hoffentlich kein Schleudertrauma, dachte die Captain, doch sie verkniff sich einen Kommentar.

Für Ilka waren Landungen seit langer Zeit Routine. Das erste, was sie während ihrer Ausbildung zur Handelspilotin für SySe gelernt hatte, war, sich auf den Moment des Aufkommens mit erhöhter Körperspannung vorzubereiten. Sich anzuschnallen, die andere Basisanforderung, hatte sie hingegen schon bald aufgehört, weil sie es für unnötig hielt. Gurte nervten sie, und wie viel konnten ihr ein paar Verletzungen schon anhaben? Gar nichts, um genau zu sein. Dass sterbliche Mitreisende eine andere Konstitution mitbrachten und ihren Körpern etwas mehr Vorsicht entgegengebracht werden musste, vergaß sie dabei gerne mal. Schließlich war sie den Großteil der Zeit komplett alleine unterwegs. Ein kurzer Seitenblick verriet ihr jedoch, dass

Sally wohlauf war. Sie schaute nur etwas angestrengt und presste die Lippen aufeinander, als müsse sie gegen Übelkeit ankämpfen.

Sie waren in der Nähe einer der riesenhaften Zapfsäulen zum Stehen gekommen. Statt aufzustehen und das Schiff zu verlassen, blieb Ilka sitzen, was Sally mit einem fragenden Blick quittierte.

»XR 751/55535363-IM auf Plattform 7/3, bitte einmal Treibstoff RP-7 auffüllen«, gab die Captain stattdessen durch.

Aus der Zapfsäule neben der XENA Rex fuhr ein langer, metallener Arm hervor, ein moderner Einfüllstutzen, der an einem flexiblen Schlauch hing, und bewegte sich auf die Tanköffnung zu, die sich an der der Säule zugewandten Seite des Schiffes befand.

Kurz darauf erklang eine menschliche Stimme mit leicht irritiertem Unterton aus dem Bordlautsprecher. »XR 751/55535363-IM, an Ihrer Tanköffnung befindet sich ein ... Objekt, mutmaßlich die Überreste eines alten Tankschlauches. Ersuche Genehmigung, das Objekt zu entfernen und zu entsorgen.«

Ilka stutzte, dann fiel es ihr wieder ein. »Scheiße, stimmt ja, Lemides.« Dann drückte sie auf den grünen Knopf und erklärte: »Entfernung genehmigt, Xano C3-Y5, vielen Dank.«

So musste sie wenigstens nicht aussteigen und den Schrott, diese Erinnerung an die überstürzte und unbefriedigende Abreise auf Lemides, selbst entsorgen.

Es dauerte keine zwei Normminuten, bis sie wieder starten konnten. Sally hatte die komplette Zeit mit offenem Mund das Interieur der riesenhaften Tankstellenhalle bestaunt. Ein reges, aber zugleich ruhiges und kontrolliertes Treiben herrschte hier, wo von der kleinen Rostlaube bis zum bulligen, hochmodernen Handelstransporter alles heranflog und am anderen Ende der Halle wieder in die offene Weite rauschte.

Gerade als durch den Cockpit-Lautsprecher das Signal kam, das auf den abgeschlossenen Tankvorgang hinwies, fragte Sally: »Wo tanken die ganz Großen?«

Ilka schob die Sonnenbrille nach oben auf ihr krauses, schwarzes Haar und blickte Sally fragend an.

»Die großen Weltraumkreuzer passen hier nicht rein. Wo tanken die, wenn sie von hier aus zum Sprungpunkt und weitermüssen?«, hakte die junge Gray nach.

Nun verstand Ilka. Wortlos richtete sie den Blick zur Decke und zeigte mit dem linken Zeigefinger ihrer rauen, narbigen Hand nach oben. Sally folgte dem Fingerzeig mit ihrem Blick, verstand aber nicht. »Da oben?«

»Ja, da oben. Auf dem Dach. Die großen Schiffe halten im Schwebflug über der Plattform und werden von dort betankt und beliefert.«

Sally nickte, in ihren Augen eine Mischung aus Ehrfurcht und: *Das hab ich mir doch gleich gedacht.*

Es knackte im Lautsprecher. »XR 751/55535363-IM, der Tankvorgang ist abgeschlossen. Bitte um zügige Freigabe der Plattform 7/3. Andere wollen auch Treibstoff haben.«

Der letzte Satz war keine automatisierte Ansage, sondern persönlich von einer Mitarbeitenden der Plattform an sie gerichtet worden.

Ilka grinste zerknirscht und beugte sich nach vorne, als sie den grünen Knopf drückte. »Ja, äh, sorry! Bin schon weg. XR 751/55535363-IM out.«

Dann startete sie ihre XENA Rex, diese treue Seele, die sie schon so viele Jahre begleitete, hob ein Stück ab und schwebte unter lautem Getöse der Triebwerke am anderen Ende der Plattform hinaus.

Sally saß neben ihr und musterte sie von der Seite, so eindringlich, wie sie zuvor die Tankhalle inspiziert hatte. Ilka ignorierte den Blick angestrengt.

Wieso hatte sie Sally überhaupt hier im Cockpit geduldet? Sie hätte sie einfach zurück in den Frachtraum bringen sollen. Kein Gequatsche, keine Anbiederungsversuche, keine hoffnungsvollen Blicke von der Seite. Sie beschloss, Sally wieder hinunterzubringen, sobald sie den Sprungpunkt passiert hatten.

Sie gab mehr Schub auf die Triebwerke, sobald sie die unmittelbare Umgebung der Station verlassen hatten. Das Raumschiff flog nun senkrecht nach oben und vollführte dann eine elegante Kurve, den metallenen Ball von Planeten hinter sich lassend.

»So, nun kommen wir auf jeden Fall bis nach Gondas«, erklärte Ilka, wohlwissend, dass es genau das nicht war, was Sally jetzt hören wollte.

Die Bemerkung verfehlte ihre Wirkung nicht. Sally schwieg und machte für eine ganze Weile keine Anstalten mehr, ein Gespräch in Gang bringen zu wollen.

Auch gut, dachte Ilka, *wenn sie mich nicht vollquatscht, bluten mir wenigstens die Ohren nicht, bis ich sie runterbringe.*

Sobald sie weit genug oben waren, stellte die Captain wieder auf Sternenäther-Antrieb um. Der zweite Fusionsreaktor wurde gestartet und gab Energie auf die ersten acht der zwölf Rexkompressoren.

Auf dem Radar erschienen erneut einige Punkte, gelbe und weiße gleichermaßen. Allerdings waren diese Schiffe alle recht weit entfernt, und je weiter sie auf freier Strecke flogen, desto mehr dieser anderen Schiffe fielen aus dem Radarbereich. Als sie Xano C3 bereits einige Hunderttausend Klicks hinter sich gelassen hatten und keine Raumschiffe mehr auf dem Radar zu sehen waren, lehnte sich Ilka zurück und kratzte sich ausgiebig an der Nase.

»Wie weit ist es noch bis zum Sprungpunkt?«, wollte Sally wissen, die sie nun von der Seite ansah.

»Wenige Hunderttausend Klicks«, antwortete Ilka, den Blick weiterhin nach vorne gerichtet. »Dauert nicht mehr lang.«

Sprungpunkt P37-5 war ein weniger stark frequentierter Punkt mit einer eher kleinen Raumstation, die sich um Wartung, Verteidigung und Koordination der Sprünge kümmerte. Trotzdem hatte die dortige Crew die Sicherheit im Umkreis des Sprungpunkts gut im Griff. Wenn sich Piratae in der Nähe des Punktes aufhielten, wurden sie von Kampffliegern mit Feuerkraft zurückgeschlagen. In der jüngeren Vergangenheit hatte die Union hier und da begonnen, den kleineren Sprungpunktstationen Gelder zu streichen, woraufhin es an Feuerkraft und Besatzung mangelte. Sie hoffte einfach, dass P37-5 in der Lage war, das Gebiet pirataefrei zu halten und die Schiffe im Transitbereich zu schützen.

Das Letzte, was ich jetzt brauche, ist ein Zusammenstoß mit Dyke Randalls Arschlöchern.

In dem Moment tauchte ein weiterer Punkt auf dem Radar auf, begleitet von einem hektischen, hellen Piepsen. Der Punkt blinkte rot.

ZWÖLF

Ilka und Sally sahen sich an. Die Atmosphäre im Cockpit war zuvor schon angespannt gewesen, nun hätte ein Funke ausgereicht, um alles zum Explodieren zu bringen. Beide starrten auf den Monitor und beobachteten, wie sich der rote Punkt langsam in ihre Richtung bewegte. »Verdammte Scheiße. Das hat uns gerade noch gefehlt«, fluchte Ilka McCree. »Da sind sie, die Arschlöcher.«

Sally schluckte hart. »Piratae?«, fragte sie.

»Dyke Randalls Riesenarschloch-Piratae«, antwortete Ilka grimmig, schlug einmal mit der rechten Faust auf die Armlehne und wandte sich dann wieder der Steuerkonsole zu. »Kein Zweifel, die haben es auf uns abgesehen. Na dann«, sie holte tief Luft und startete zwei weitere Rexkompressoren, »legen wir mal einen Zahn zu.«

Sie beschleunigte auf die maximal mögliche Geschwindigkeit, die mit zehn aktiven Kompressoren möglich war, ohne die letzten beiden zünden zu müssen. Ihr Blick war angespannt auf die Instrumente gerichtet.

Bitte lass die Reaktoren das mitmachen. Die XENA Rex war ein schnelles Schiff, doch die beiden Fusionsreaktoren waren nicht mehr die jüngsten. Wenn einer von beiden ausfallen würde, stand den Rexkompressoren nicht mehr genug Energie zur Verfügung, da der zweite weitgehend für die Lebenserhaltungssysteme und Comms benötigt wurde. Zehn im Betrieb befindliche Kompressoren verkraftete das System gerade so. Die letzten beiden hatte sie seit langer Zeit nicht mehr zu zünden gewagt. Eigentlich müsste mindestens ein neuer Reaktor her. *Kommt auf die Ersatzteilliste.*

Sally krallte ihre Finger in die Armlehne, während sich der rote Punkt auf dem Radar dennoch unaufhaltsam näherte. Auf Ilkas Stirn bildete sich ein leichter Schweißfilm, der ihr einen Glanz verlieh, als sei sie mit einer Speckschwarte eingerieben worden. Der Schweiß sammelte sich in einem kleinen Bach in der hellrosa Narbe, die ihre Stirn spaltete. Sie versuchte mit zusammengekniffenen Augen abzuschätzen, ob es ausreichen würde, den Sprungpunkt zu erreichen, bis das Pirataeschiff bei ihr war. Es war knapp, sehr knapp. Die letzten beiden Rexkompressoren zu zünden, könnte ihre einzige Chance sein.

Also atmete sie tief durch, sagte: »Halt dich fest, wir drehen hoch«, und aktivierte mit einer Berührung die beiden letzten Kompressoren. Die Belastungsanzeige des ausschließlich für den Sternenäther-Antrieb zuständigen, größeren Fusionsreaktors sprang von Gelb auf Rot.

»*Achtung, Reaktorauslastung bei 100 Prozent*«, informierte der Systemcomputer.

Aus dem Augenwinkel sah Ilka, wie Sallys Finger sich noch tiefer in die Armlehnen gruben, den Blick schreckstarr nach vorne gerichtet.

Wenige Augenblicke später war der rote Punkt vom Radar verschwunden. Ilka betätigte die gleichen Sensoren erneut und drehte die Triebwerke um 180 Grad, um die XENA Rex abzubremsen. »Computer, Rexkompressoren 9 bis 12 auf Standby«, befahl sie.

Dann schaute sie zu Sally. »Wir müssen die Geschwindigkeit reduzieren, wir sind zu nah am Sprungpunkt.« Sie tippte auf den zweiten Monitor. Deutlich war ein blau markiertes Areal zu erkennen.

»Das ist der Sprungpunkt?«, fragte Sally.

Ilka nickte. »Das Hyperraumtor zu zahlreichen anderen Sprungpunkten. Wenn wir es rechtzeitig dorthin schaffen, bevor diese Weltraumclowns nachrücken, haben wir es ohne einen hässlichen Zusammenprall geschafft.«

»Zusammenpra…?«, begann Sally mit fragender Stimme, doch Ilka fiel ihr ins Wort: »Aufeinandertreffen. Du weißt schon. Begegnung. Kein fetter Rumms.«

Sally verstand und nickte.

Erneutes helles Piepsen erklang. Unweit von ihnen tauchte ein weiteres Mal der rote Punkt auf dem Radar auf. Und diesmal hätten sie das Radar nicht mal gebraucht. Das Pirataeschiff war so nah, dass sie Sichtkontakt hatten. Vor ihnen zeichnete sich in der Ferne ein rot beleuchteter, unförmiger Fleck ab.

»Scheiße!«, brüllte Ilka, und ihre Stimme drückte mehr Zorn aus als Sorge. »Diese Arschgeigen sind gesprungen.«

»Willst du damit sagen, die haben einen eigenen Sprunggenerator?« Sally ächzte auf. Mittlerweile war sie sichtbar durchgeschwitzt. Ilkas übergroßes Leinenhemd klebte an ihrem Oberkörper und ließ sie wie eine armselige Vogelscheuche aussehen. Sprunggeneratoren waren außerhalb von Unionsschiffen und deren Verbündeten nicht sehr verbreitet. Natürlich wusste das auch Sally. Gerade Sally Gray. Der Betrieb der Generatoren erforderte hohe Energiezufuhr, die nur von wenigen Materialien dauerhaft gespeichert werden konnte. Karnisium war eines davon – ein Grund, wieso ihr Vater, Hector Gray, mit dem Betrieb der Karnisium-Minen so unfassbar reich und mächtig geworden war.

»Natürlich haben sie einen Sprunggenerator. Das sind verfickt nochmal Piratae. Was denkst du wohl, was die so den lieben langen Tag erbeuten? Kekse?«

Ilka hämmerte hektisch auf einigen Knöpfen herum, um zu berechnen, ob sie die verbleibenden Rexkompressoren nicht doch wieder aus dem Standby holen könnte. »Wir müssen versuchen, den Sprungpunkt zu erreichen, bevor sie bei uns sind.«

Sprunggeneratoren waren seit der Entdeckung des Sternenäthers immer mehr aus der Mode gekommen, doch die Technologie wurde immer noch hier und da genutzt. Wo Sprungtore die Möglichkeit waren, enorme Strecken wie die zwischen Sonnensystemen über künstlich geschaffene Wurmlöcher zu überwinden, hatte man Sprunggeneratoren für sehr kurze Distanzen geschaffen. Im Vergleich zum Sternenätherantrieb war das Reisegefühl allerdings ziemlich beschissen. Für Piratae allerdings hatten die Dinger einen enormen Vorteil: Sie waren perfekt für Überraschungen.

Das Tor und die dazugehörige Raumstation waren mittlerweile nicht mehr nur auf dem Radar zu sehen, sondern auch in Sichtweite. Wie ein riesenhafter Reifen hing das Tor in der Schwärze des Raums. Die langgezogene, flache Raumstation war daneben positioniert. Es waren keine anderen Schiffe zu sehen. Nicht mal kleine Fighter. *Kaputtgesparte Verteidigung*, dachte Ilka. *Ist da überhaupt noch jemand zu Hause auf dieser verdammten Raumstation?* Dass sich die Union nicht besonders um dieses Gebiet scherte, war auch daran zu erkennen, dass das Sprungtor nicht von offizieller Seite geschützt wurde. Vermutlich war das Innenleben der Station auch ziemlich marode, und völlig unterbesetzt. *Tja, damit hätte ich wohl rechnen müssen.*

McCree versuchte, die Verfolger mit einem scharfen Ausweichmanöver auszutricksen. Doch das Pirataeschiff passte sich der Kursabweichung an.

Es war ein schwarzes, insektenhaft aussehendes Schiff, alles andere als groß. Die Besatzung konnte kaum mehr als zehn Mann fassen, wahrscheinlich weniger. An der Außenhülle war ein Fortsatz befestigt, der aussah wie die eingeklappten Beine einer riesenhaften, toten Spinne.

»Fuck, die rücken uns echt auf die Pelle. Du musst die Zielkoordinaten an die Station übermitteln, kannst du das?« Ilka schrie fast. Sie stellte auf manuelle Steuerung um und versuchte, das Schiff so in Bewegung zu halten, dass die Piratae nicht mit Waffen darauf zielen oder mit den Greifarmen zupacken konnten. Wie schon so oft war sie froh um die Wendigkeit, die die Rexkompressoren dem Schiff verschafften.

»Kannst du das?«, schrie sie, als Sally nicht sofort reagierte.

»Äh, ja, kann ich. Ich muss nur die Koordinaten wi…«

»Q63-9«, unterbrach Ilka sie. Findest du sofort.«

»Ok«, antwortete Sally, wischte auf dem Comms-Schirm vor sich herum und übertrug die Sprunganfrage an die Station. Keine zehn Sekunden später kam die Bestätigung: »Sprungkoordinaten freigegeben, Sprung vorbereiten.«

»Scheiße!«, schrie Ilka. Die Piratae hatten sich zwischen

die XENA Rex und die Einflugschneise des Sprungpunkts geschoben.

Den Weg abschneiden ließ sich Ilka nun wahrlich nicht gerne.

»Computer, Kompressor 9 und 10 aktivieren«, befahl sie per Sprachsteuerung und riss den Steuerknüppel herum. Daraufhin zog ihr Schiff auf einem eleganten Bogen nach rechts, um das Pirataeschiff herum. Doch bevor sie es an dem schwarzen Schiff vorbei geschafft hatten, schob sich das fiese Insekt erneut in den Weg.

»Ihr wollt mich wohl verarschen!«, fluchte Ilka und riss den Steuerknüppel nach oben.

»Rexkompressoren 11 und 12 aktivieren!«, brüllte sie erneut per Sprachsteuerung.

Neben ihr stockte Sally der Atem, sie begriff, dass Ilka direkt auf das feindliche Schiff zuflog.

»Was machst du da?« Sallys Stimme klang so gepresst, als hätte sie seit Tagen schlimme Verstopfung und säße nun endlich auf der Schüssel.

Ilka antwortete nicht. Ihr ganzer Körper war angespannt. Sie fixierte das vor ihnen liegende Schiff wie eine wandesische Federkatze eine Horan-Ratte. Immer dichter rasten sie darauf zu. Sie spürte, wie Sally neben ihr tiefer in den Sitz rutschte, die Hände voller Entsetzen vors Gesicht geschlagen.

Mach dir nicht ins Hemd, das ist noch gar nichts, dachte sie, doch ihre Konzentration ließ nicht zu, dass die Worte ihr auch über die Lippen kamen. Stattdessen behielt sie den Kurs bei, bis ihre Instrumente begannen, Alarm zu schlagen. Rote Warnlampen blinkten auf.

»Kollisionsgefahr, bitte sofort Kurs wechseln«, meldete das System.

Ilka atmete flach. Eine Schweißperle lief ihr von der

Stirn in den linken Augenwinkel, wo sie ein kurzes Brennen verursachte.

»Achtung, höchste Kollisionsgefahr.«

Neben ihr machte Sally ein würgendes Geräusch. Hoffentlich kotzte sie ihr nicht vor lauter Aufregung auf die Armatur.

»Achtung. Kollision in 10 … 9 … 8 …«

»Was machst du denn da?!«, kreischte Sally, die nun nicht mehr an sich halten konnte. »Willst du uns umbringen?«

»4 … 3…«

Ilka riss mit aller Kraft den Steuerknüppel nach unten. Um Haaresbreite schlüpften sie unterhalb des Piratae-schiffes durch. Für den Bruchteil einer Sekunde schwebte das Insekt direkt über ihren Köpfen, das rote Licht an dessen Unterseite tauchte die Kommandobrücke der XENA Rex in unheilvolles Leuchten. Dann ließen sie die Piratae hinter sich und steuerten mitten in den Sprungpunkt hinein. Ilka atmete tief aus. Ihr Körper entspannte sich etwas. Sie deaktivierte die Rexkompressoren. Sie glitten ins Zentrum des Sprungtors. Die Piratae blieben hinter ihnen zurück.

Sie schlüpften auf der anderen Seite aus dem Ring heraus, in einem anderen Quadranten, an einem völlig anderen Ende der Galaxie. Captain Ilka McCree tätschelte die Konsole vor sich und begann zu lachen. Es war ein lautes, dröhnendes Lachen, bei dem es sie nur so schüttelte. Sally Gray starrte sie entgeistert an.

»Du bist völlig wahnsinnig«, stellte ihre Gefangene fest. »Du bist eine Verrückte. Du hättest uns fast umgebracht!« Ihrer Stimme war überdeutlich anzuhören, dass Sally nichts an der Situation auch nur annähernd amüsant fand.

Ilka lachte weiter, bis ihr die Tränen kamen. Irgendwann hörte sie auf, wischte sie sich mit der Hand über die

Augen. Dann dreht sie den Kopf zu Sally und lächelte sie mit einer so unschuldig-kindlichen Freude an, dass sie diese ganz offensichtlich irritierte.

»Ich weiß schon, was ich tue«, sagte sie, bevor sie sich wieder der Steuerkonsole zuwandte.

Dann tauchte direkt neben ihnen das schwarzrote Insekt wieder auf.

DREIZEHN

»Scheiße. Verdammte Scheiße, wie haben die unsere Koordinaten abgegriffen?«

Hektisch wanderte Ilkas Blick zur Systemanzeige. Beide Reaktoren waren überhitzt. Wenn sie ein weiteres Manöver versuchen würde, bestand die Gefahr, dass ihr nicht nur der größere um die Ohren flog. Das bedeutete, dass sie auch die Waffensysteme nicht würde benutzen können, denn die hatten einen hohen Energiebedarf. Die Reaktoren von ursprünglich für den Transport von Waren vorgesehenen Schiffen wie diesem hier taten sich mit aufgerüsteten Systemen manchmal schwer. Vor allem, wenn die Reaktoren schon einige Jahrzehnte auf dem Buckel hatten.

»Shit«, zischte Ilka. Es würde mindestens zehn Minuten dauern, bis die Reaktoren ausreichend abgekühlt waren.

Sally hielt den Atem an. Das Pirataeschiff glitt von rechts immer näher an sie heran, das konnten sie durch die gewölbte Scheibe des Cockpits deutlich sehen. Das rote Leuchten drang in den dunklen Raum und warf lange Schatten in den hinteren Bereich der kleinen Kommandozentrale. Ilka spürte, wie sich Sally verkrampfte. Noch während Ilka mit leisem Murmeln die Reaktoren beschwor, um entweder die Rexkompressoren oder die Waffensysteme wieder hochfahren zu können (»Komm schon, Baby, lass mich nicht im Stich!«), schwebten drei lange, schwarze Spinnenbeine in einem grotesken Tanz über die XENA Rex hinweg, näherten sich von oben – und schnappten mit einem lauten, blechernen Geräusch zu.

Sie saßen im Klammergriff des schwarz-roten Insektraumers.

»Fuck!« Ilka sprang auf, und Sally tat es ihr nach, obwohl ihrem Blick zu entnehmen war, dass sie nicht verstand, was gerade geschah. Mit hartem Griff packte Ilka ihren Oberarm und bugsierte die junge Frau in Richtung der Latrinenkammer.

»Du versteckst dich da drin«, befahl ihr die Captain. »Hier draußen bist du nicht sicher.«

»Was ... was passiert jetzt?«, wollte Sally wissen, die zwar um den Ernst der Lage wusste, nicht aber um das, was im Detail folgen würde. Es war ihre erste Begegnung mit Piratae, was sollte Ilka da erwarten können. Ilka zog Sally ganz nah zu sich heran, auf der Schwelle der Latrinenkabine stehend, so nah, dass sie den säuerlichen Schweißgeruch der rothaarigen Frau deutlich riechen konnte.

»Sie werden als nächstes ein Loch in den Bauch dieses Raumschiffs schneiden«, presste sie zwischen den Zähnen hervor. »Sie machen sich nämlich nicht die Mühe, die Vordertür zu nehmen, wenn sie nicht das ganze Schiff haben wollen. Und so ein altes Schiff wie das hier ist für sie nicht von Wert. Danach kommt hier eine Horde extrem gefährlicher Blutsauger reinmarschiert, die alles umbringen, was nicht bei drei irgendwo versteckt ist. Wenn es nicht zu viele sind, werde ich mit ihnen fertig. Aber ich werde keine Zeit haben, auch noch Kindermädchen für dich zu spielen, also bleib gefälligst hier drin.«

Damit schubste sie Sally in den engen Raum, der in Sachen Wohlgeruch und Sauberkeit beileibe schon bessere Zeiten gesehen hatte, und marschierte dann vom Cockpit in Richtung Küche. Dort blieb sie stehen und lauschte kurz.

Einen Moment später ertönte das Geräusch, auf das sie gewartet hatte. Ein dumpfes, dröhnendes Vibrieren. Es kam aus dem unteren Bereich. Sie würden durch die leerstehenden Mannschaftsräume kommen. Verächtlich schnaubend drehte Ilka sich um, rückte ihren Gürtel zurecht und rannte über die schmale Treppe nach unten. Währenddessen steckte sie die Sonnenbrille wieder in die Brusttasche, die sie bis eben noch auf dem Kopf getragen hatte.

Die Vibration wurde stärker, das Dröhnen lauter. Am Fußende der abgenutzten Metallleiter angekommen wandte sich Captain McCree nach rechts, wo sich ihre Kabine befand. Mit einem gezielten Griff an die Wand neben ihrem Schlaflager fasste sie die Schrotflinte. Nur für alle Fälle. Im Grunde vertraute sie ihren Fähigkeiten, auch ohne jegliche Waffen gegen eine Handvoll Durchgeknallte mit zu großem Ego anzukommen. Aber sicher war sicher.

Im Laufschritt bewegte sie sich auf das Ende des gerade mal anderthalb Meter schmalen, schwach mit gelblicher Notbeleuchtung ausgeleuchteten Gangs zu, wo sich gegenüber von zwei leerstehenden Kabinen mit verschlossenen Metallschiebetüren die Außenwand des Raumschiffes befand. Hier war der Lärm unerträglich. Die Stahlwand der XENA Rex war bereits halbrund aufgefräst, Funken sprühten in den Korridor.

Ilka hörte die Piratae auf der anderen Seite laut lachen und rufen, während einer von ihnen mit der Fräse den Kreis schloss. Einen Moment lang geschah nichts, dann trat von außen jemand dagegen. Mit einem lauten Scheppern fiel ein etwa zwei Meter im Durchmesser großes, kreisrundes Stück verbeultes Metall in den Korridor, prallte an der gegenüberliegenden Wand ab und schlitterte Ilka bis vor die Füße.

Drei wild aussehende Kerle mit weit aufgerissenen Augen und eine ebenso durchgedreht aussehende Frau sprangen unter lautem Gejohle ins Innere. Das rote Leuchten, das aus der Metallröhre drang, durch die sie gekommen waren, verlieh ihnen ein gespenstisches Aussehen.

Alle vier waren Menschen, zumindest waren sie mal welche gewesen. Das war zu erwarten gewesen. Dyke Randall war dafür bekannt, dass er andere Völker für unrein und unwürdig hielt, die (vermeintliche) Reinheit vampiryschen Blutes und damit einen Ritterschlag für ihre Existenz erfahren zu lassen. *Ein Unionist, wie er im Buche steht. Kein Wunder, dass sie ihn damals für das Experiment ausgewählt haben.* Loyale Supersoldaten, der feuchte Traum der Union. Einer, der dann gewaltig schiefgegangen war.

Die vier Abgesandten des widerlichen Anführers trugen Klamotten, die aussahen, als seien sie aus ehemals schwarzen, aber zu staubgrauen Tüchern ausgebleichten Fetzen mit groben Stichen zusammengenäht. Man hätte glauben können, sie seien einfach nur unzivilisiert und legten keinen Wert auf ihre Kleidung, doch Ilka wusste es besser. Die scheinbar achtlos zusammengenähten Stoffstücke wurden von grobem, rotem Garn gehalten, das einerseits Blut symbolisierte und andererseits die Verbindung, die zwischen allen Mitgliedern des Hornets-Clans bestand. Die Fetzen standen für die verschiedenen Piratae, das Garn für die Blutsbande, die ihr weiteres Schicksal für ewig miteinander verwob. Die Gewänder jedoch, so wenig sich die einzelnen Elemente glichen, ergaben ein Ganzes, das einem höheren Zweck diente, als nur die Summe seiner Einzelteile zu sein.

Immer noch so geschmacklos und hässlich wie damals, stellte Ilka fest.

Diese erstaunlich tiefgründige Symbolik war typisch für Pirataeclans aller Couleur, doch Ilka betrachtete sie grundsätzlich als albern, peinlich und unnötig. Wer wirklich verbunden war, das war ihre Überzeugung, hatte eine derartige Verkleidung nicht nötig. Darüber hinaus war es um die handwerklichen Fähigkeiten der Hornets nicht sonderlich gut bestellt, und die Kleidung saß bei keinem von Randalls Leuten gut. Dass es tatsächlich die Hornets waren, erkannte McCree nicht nur an ihrer »Uniform«, sondern auch an den ikonischen – und ebenso lachhaften – Stacheln, die alle von ihnen auf der Stirn trugen.

Die Tatsache, dass sich bei Hornissen der Stachel nicht auf der Stirn, sondern am Hinterleib befand, hielt Dyke Randall seit Hunderten von Jahren nicht davon ab, jedem neuen Mitglied seiner vampiryschen Pirataehorde höchstpersönlich ein metallenes Horn auf der Stirnplatte zu implantieren. Das Ergebnis war selten ansehnlich, aber für diejenigen, die mit dem Anblick nicht rechneten, war es sicherlich erschreckend. Und genau das war der Effekt, den die Hornets erzielen wollten: Angst und Schrecken zu verbreiten.

Auf Ilka übte all das keinerlei Wirkung aus, außer, dass sie sich ärgerte, die lästige Plage an Bord ihres Schiffes zu haben. Außerdem wurmte es sie, dass die XENA Rex nun auch noch repariert werden musste, und sie hatte weder ein Schweißgerät an Bord, noch große Lust, so eine Arbeit zu verrichten. Dass ihr Leben, und vor allem das ihrer Mitreisenden bedroht sein könnte, darüber dachte sie in diesem Modus nicht nach. Sie war bereit, zu kämpfen und zu töten, um ihre Existenz und ihr Eigentum zu beschützen.

Die Eindringlinge mit ihren spitzen, etwa zehn Zentimeter langen Metallhörnern auf dem Kopf stutzten kurz, als sie Ilka erblickten. Sie stand seelenruhig und siegessicher wie ein Baum in der Mitte des Ganges, groß, muskulös, selbstbewusst und mit allen Wassern gewaschen. Den Mantel hatte sie ein Stück nach hinten geschoben, so dass die zwei Waffen am Gürtel deutlich sichtbar waren.

Für den Bruchteil einer Sekunde und um wenige Millimeter ließen die Hornets überrascht ihre halbautomatischen Waffen sinken. Einer knurrte wie ein Tier, das sich bedroht fühlte.

McCree nutzte den Moment der Überraschung und Verwirrung.

»Herzliches Nicht-Willkommen, ihr Arschlöcher«, rief sie laut in die vorübergehend aufgetretene Stille hinein – und ging dann zum Angriff über.

Sie sprang mit einem Satz über die kreisrunde Metallplatte, die ihr einen neuen, unerwünschten Zugang ins Raumschiff beschert hatte. Dann stürmte sie auf die völlig verblüfften Eindringlinge zu. Die zwei, die zuvorderst in den Gang gesprungen waren, einer klein, drahtig, kahl und glutäugig, der andere groß, blass, blond. Der Kleinere verlor vor Überraschung das Gleichgewicht, taumelte und fiel der Piratin mit der langen, schmutzig-braunen Lockenmähne in die Arme. Beide stürzten rücklings zu Boden, und die Frau schnauzte: »Du Trottel, steh auf und mach die Schlampe fertig!«

Ilka hatte innerhalb eines Wimpernschlags den blonden Piraten erreicht. Er war ein massiger und muskulöser Kerl, und so schnell, dass er sich bereits wieder gefangen hatte und in Position gegangen war. Offenbar ein erfahrener Kämpfer. Er zielte mit seiner Halbautomatik auf die Captain und zog beide Mundwinkel hoch, so dass sie seine spitzen Eckzähne sah, die mindestens einen Zentimeter über sein schiefes Gebiss hinausragten. Ein Lächeln umspielte Ilkas Mundwinkel, als sie ihm mit einem gezielten Tritt die Waffe aus der Hand schlug. Unter ihrer Stiefelsohle hörte sie mindestens einen seiner Fingerknöchel brechen. Der Pirat brüllte auf wie ein wütendes Tier und griff mit der anderen, riesenhaften Hand nach ihr, doch Ilka hatte sich bereits dem nächsten Angreifer zugewandt. Der vierte Pirat, ein schlaksiger, älterer Kerl mit halblangem schütteren Haar und ungefähr von Ilkas Größe hatte sich eben noch im Übergang von der Einstiegsluke zur XENA Rex befunden. Nun richtete er seine Waffe auf sie und war im Begriff, abzudrücken. Das rötliche Licht aus dem Zugangsschlauch hinter ihm umrahmte seine Erscheinung und ließ ihn bedrohlicher wirken, als er in Wirklichkeit war. Ilka konnte seine Angst riechen. Ja, sie war sich sicher, er hatte bereits begriffen, dass er es mit seinesgleichen zu tun hatte. Er stank nach dem beißenden Schweiß, den nur Angst hervorbrachte.

McCree ließ sich aus der Bewegung heraus rücklings zu Boden fallen, während sie gleichzeitig ihre Pistole aus dem Halfter in ihre Hand gleiten ließ und abdrückte. Ein Schuss, noch einer, noch einer. Wie angewurzelt blieb der Pirat, auf den sie geschossen hatte, stehen. Natürlich würden ihn die Kugeln nicht umbringen. Doch der Moment der Überraschung verschaffte ihr wertvolle Zeit.

Die anderen drei waren noch beschäftigt, einer suchte auf dem Boden nach seiner Waffe, die beiden Gestürzten rappelten sich gerade wieder auf. Der vom Rückstoß kurz überrumpelte Pirat blickte ungläubig an sich hinunter, wo Blut aus zwei Bauch- und einer Brustwunde quoll. Dann richtete er den Blick wieder auf Ilka, die in der Hocke saß, bereit zum nächsten Sprung, und verzerrte das Gesicht zu einer wutentbrannten Grimasse. Er umklammerte die

Waffe, die er immer noch in der Hand hielt, richtete sie in Ilkas Richtung und drückte zweimal ab. Eine Kugel flog knapp an McCree vorbei und schlug hinter ihr eine Delle in die metallene Wand der XENA Rex. Die zweite Kugel traf Ilka in die linke Schulter. Sie spürte einen heißen, reißenden Schmerz, als das Projektil ihr Muskelfleisch zerfetzte und in der Schulter steckenblieb. Doch sie hatte nicht erst als Vampiry gelernt, solche Schmerzen lediglich als Störrauschen wahrzunehmen.

Sie sprang mit einer katzenhaften Bewegung aus der Hocke hoch, zog mit der freien Hand ein langes Messer aus der Seite ihres Stiefels, stieß nach oben und rammte es dem Gegner bis zum Schaft ins Herz. Der Getroffene riss die Augen auf und sah sie an, als wolle er etwas sagen, doch aus seinem Mund drang nur ein von viel Blut begleiteter, hässlich-gurgelnder Laut. Neben den drei Schusswunden, die sich bereits wieder zu schließen begonnen hatten, sickerte nun ein steter Strom Bluts aus der Stichwunde, die sein Herz tödlich verletzt hatte. Es rumpelte laut und unelegant, als der sterbende Vampiry wie ein nasser Sack zu Boden stürzte, rücklings in den Zugangstunnel hinein, durch den er und seine Mitstreitenden gekommen waren. Einen gezielten Stich durchs Herz konnten auch überdurchschnittliche Selbstheilungskräfte nicht schnell genug reparieren. Das alles geschah innerhalb weniger Sekunden, ein heftiger, nahezu stiller Kampf, der nur von grunzenden Lauten begleitet war.

Neben Ilka hatten sich die Frau mit den wilden Locken und der kleine, drahtige Glatzkopf mit der hellbraunen Haut und den durchdringenden schwarzen Augen wieder aufgerappelt und hielten ihre Waffen im Anschlag.

»Schön stillhalten!«, schrie die Frau. »Lass die Waffe fallen!«

Beide waren etwa zwei Armlängen von Ilka entfernt und standen breitbeinig vor ihr. Die kräftigen Arme der Hornet-Vampiry zitterten, so sehr spannte sie ihre Muskeln an. Die Mündung der Waffe jedoch bewegte sich keinen Millimeter. McCree war geradezu beeindruckt von so viel Präzision und Körperbeherrschung. Das hier war keine Anfängerin. In einem anderen Leben hätten sie beide sich gut verstanden. Doch die Lady hatte sich leider für die falsche Seite entschieden.

In diesem Moment riss der große Blonde Ilka aus ihren Gedanken. Er hatte seine Waffe wieder zu fassen bekommen und näherte sich von der linken Seite. Rechts von Ilka drang gespenstisches rotes Licht aus dem Korridor zum Schiff der Hornets herüber. Drei bewaffnete Blutsauger gegen eine, das sah nicht besonders gut aus. Doch Ilka McCree ließ sich nicht aus der Ruhe bringen. Sie hatte brenzligere Situationen gemeistert.

Während alle vier Anwesenden breitbeinig und mit höchster Anspannung stillstanden, sich mit zunehmender Nervosität gegenseitig ansahen, scannte Ilka die Gesichter der drei anderen, sah die unausgesprochenen Fragen, die darin auftauchten.

»Du bist eine von uns«, zischte die Frau und zeigte ihre Eckzähne. »Ich kann es riechen. Da ist Menschenblut, aber darunter rieche ich es ganz deutlich.«

»Nein«, korrigierte Ilka sie, »ich bin ganz bestimmt keine *von euch*. Ihr«, sie machte eine Pause und blickte in die Runde, »seid Abschaum.«

Die Frau stieß ein gefährliches Fauchen aus. Der große Blonde knurrte wie ein Tier.

»Du bist eine Vampiry«, stellte der Kerl rechts fest, als wollte er Ilka erklären, was seine Partnerin gemeint hatte.

Seine Glatze warf das rote Licht des Tunnels zurück. Angstschweiß saß in Perlen darauf.

»Ach, daaaas meint ihr! Sag das doch gleich«, scherzte Ilka.

»Was sollen wir mit ihr machen?«, fragte der Typ seine beiden Crewmitglieder.

»Ja, gebt Arschgesicht hier mal eine Antwort«, sagte Ilka. »Was sollt ihr wohl mit mir machen?« Dabei setzte sie ein so breites, überfreundliches Strahlen auf, dass sie förmlich spüren konnte, wie der Vampiry gegenüber bald der Kragen platzte.

VIERZEHN

Es fühlte sich wie eine Ewigkeit an, die sie sich gegenüberstanden, die drei Hornets und sie, die Captain der XENA Rex. Drei halbautomatische Waffen waren auf sie gerichtet, sie wiederum zielte mit ihrer Pistole auf den Glatzköpfigen. Ihre Blicke zuckten zwischen den dreien hin und her.

Insgeheim schätzte sie ab, wie groß die Wahrscheinlichkeit war, alle drei in einem Nahkampfangriff zu zerfetzen, ihnen einfach die Kehlen aufzureißen. Es würde sie möglicherweise nicht töten, doch so lange außer Gefecht setzen, bis Ilka ihr Messer aus der Vampiryleiche gezogen hatte, die rechts neben ihr den Durchgang zum Schiff der Piratae blockierte.

»Wir sollten sie zu Dyke bringen«, schlug der Blonde vor.

»Oh, das ist eine tolle Idee«, zwitscherte Ilka.

»Halt die Klappe!«, blaffte die Frau sie an. Dann richtete sie sich an ihre Kumpane. »Das wird das Beste sein. Aber vorher schauen wir, ob sie brauchbare Ladung hat.«

»Wir sollten sie umlegen«, knurrte der Glatzköpfige. Offenbar war er nicht erpicht darauf, eine Vampiry an Bord zu haben, deren Fähigkeiten sie nicht einschätzen konnten.

Kann's dir nicht verübeln, Kleiner.

»Spinnst du?«, zischte die Frau. »Dyke reißt uns den Arsch auf, wenn er das rauskriegt. Vampiryblut wird nicht vergossen, du kennst die Regeln!« Ihr Blick zuckte kurz zu ihrem toten Kumpel, der dem Kampf bereits zum Opfer gefallen war.

»Das ist ja super«, hakte Ilka ein, »dann können wir jetzt alle die Waffen runternehmen?«

»Schnauze!«, blaffte diesmal der Blonde. »Wir sind doch nicht blöd.«

Darauf würde ich nicht wetten, Schätzchen.

»Na gut«, gab der Glatzkopf nach. »Wir bringen dich zu unserem Anführer, der soll dich begutachten. Gut möglich, dass er dich für nützlich befindet.« Er stieß ein öliges, abstoßendes Drecksack-Lachen aus, und die anderen fielen prompt ein.

»Ja«, ätzte die Frau mit den wilden Locken, wobei sie ihre Waffe keinen Millimeter senkte. »Vielleicht können wir dich ja noch gebrauchen.«

Ich kann euch jedenfalls gerade gar nicht gebrauchen.

»Genau. Wenn wir was von deinem Schiff wollen, nehmen wir es uns einfach. Und wenn dir dich wollen, dann tun wir das ebenfalls.« Der Glatzköpfige lachte wieder, offenbar sehr angetan von der Zweideutigkeit des Gesagten, doch er verstummte schnell, als er sich einen bösen Blick seiner Begleiterin einfing.

Ilka schmunzelte in sich hinein, als sein Lachen mitten im Atemzug erstarb, er sich stattdessen räusperte und nach Worten rang. Er entschied sich für den Befehlston: »Du wirst uns jetzt erst mal sagen, wie viele Personen sich noch auf deinem Schiff befinden.«

Ilka gab sich den Anschein, überrascht zu sein. Ihr Pokerface würde sie auch diesmal nicht im Stich lassen. »Ich bin Captain dieses Raumschiffes und zugleich die ganze Crew. Hier ist außer mir niemand.«

Wie zur Bestätigung zeigte sie mit einer Kopfbewegung den Gang entlang. »Ihr seid im Mannschaftsbereich gelandet. Wie ihr unschwer sehen könnt, sind alle Räume ungenutzt, bis auf den letzten da vorne. Das ist meine Kabine.«

Die drei wechselten kurz ein paar Blicke.

Dann herrschte die Frau den Blonden an: »Jim, du durchsuchst das Schiff nach weiteren Personen. Und nach Waren und Equipment, eben alles, was wir brauchen können.«

Dann wandte sie sich an Ilka. »Und du kommst mit uns. Los, steck deine Waffe weg, die bringt dir eh nichts. Und dann Hände hoch! Du gehst voran.« Die Vampiry fuchtelte mit der Waffe vor Ilkas Nase herum, gab ihr zu verstehen, dass sie sich in Bewegung setzen sollte.

Ilka überlegte kurz. Sie würde das Spielchen ein wenig mitspielen müssen, um den richtigen Moment abzupassen. Also steckte sie, betont langsam, ihre Pistole wieder ins Halfter und nahm die Hände hoch.

»Ihr braucht eure Waffen auch nicht, genau genommen …«, begann sie.

Die Frau unterbrach sie mit scharfem Tonfall. »Das kann dir scheißegal sein.«

Dann wies sie Ilka an, sich umzudrehen und über die Leiche hinweg in die metallene Röhre zu steigen, durch die die Eindringlinge gekommen waren. Dem blonden Vampiry nickte sie kurz zu, woraufhin der sich auf den Weg nach oben machte.

Mehrere Gedanken gleichzeitig schossen McCree durch den Kopf. Hoffentlich war Sally Gray diesmal ihrem aufsässigen Naturell nicht gefolgt und hatte sich wirklich in der Latrine verbarrikadiert. Und hoffentlich würde sie ihr intensiver Geruch nach sterblichem Menschen nicht verraten. Zum ersten Mal hoffte sie, dass der Gestank der Latrine so aufdringlich war, dass er jeden anderen Geruch überdecken würde. Wie etwa menschliche Ausdünstung.

Kurz zuckte sie, wollte ihm hinterherrufen, er solle bloß die Finger von der Konsole im Cockpit lassen, doch sie fing sich rechtzeitig. Er würde dann erst recht alles mit seinen schmutzigen Griffeln betatschen. Also schwieg sie, während er sich mit schweren Schritten entfernte und alle Türen im Mannschaftsbereich aufriss, kurz hineinblickte, und dann mit einem Grunzlaut die Leiter nach oben bestieg.

Nun würde sich Ilka beeilen müssen, denn sein Rundgang konnte nicht lange dauern.

Bitte lass ihn so blöd sein und im Frachtraum anfangen.

Scheinbar zögernd wandte sie sich zur Metallröhre um, durch die die Eindringlinge gekommen waren und stieg langsam mit einem großen Schritt über den am Boden liegenden toten Vampiry. Einen Meter in den Gang hinein lag eine Handfräse, das Werkzeug, mit dem diese Durchgeknallten ihr schönes Raumschiff einfach aufgeschnitten hatten.

Sie bewegten sich einige Meter durch die Röhre hindurch, auf das rote Licht zu, das vom Schiff der Hornets aus herüber strahlte. Die Röhre war schmal, gerade so breit, dass eine Person durchpasste. Die beiden bewaffneten Hornets hinter ihrem Rücken mussten also hintereinander gehen. Das war ihre Chance, zumal sie nicht wusste, wie viele von Randalls Leuten auf der anderen Seite noch warteten. Besser, diese beiden hier schon ausgeschaltet zu haben, bevor sie es mit der nächsten Truppe zu tun kriegte. Falls es eine Funkverbindung der Hornets zum Cockpit gab, hatte der Kampf den Rest der Crew alarmieren müssen. Sie musste mit allem rechnen.

Der Glatzkopf war gerade mal einen Meter hinter ihr, sie konnte seinen schlechten Atem riechen und versuchte, den Gedanken an verwesende Nagetiere zu verdrängen. Sie blieb abrupt stehen, drehte sich mit Schwung um und zog dabei ihren rechten Haken so hart hoch, dass sein Kiefer nur so krachte, als ihre Faust ihn traf. Ein gedämpfter Laut drang aus seinem Mund, als er nach hinten taumelte und – wie beim ersten Angriff – gegen die Frau fiel. Diesmal jedoch gingen die beiden nicht zu Boden, sie reagierten schnell.

Die Frau riss ihre Waffe wieder hoch und schoss innerhalb des Bruchteils einer Sekunde an ihrem Mitstreiter vorbei auf Ilkas Bauch.

Natürlich, sie wollen mich ja nicht umbringen. Himmel, ihr seid wirklich nicht besonders helle.

Ilka ließ die Waffen stecken und stürzte sich auf die beiden. Mit der linken Hand bekam sie die Waffe der Frau zu greifen und verbog ihr so ruckartig das Handgelenk, dass es laut knackte und die Piratin aufschrie. Gleichzeitig packte sie den kleinen Mann an seinem metallenen Horn, das wie ein Griff mitten auf dem Kopf saß und geradezu darum bettelte, gegen ihn verwendet zu werden. Er schrie und wand sich unter McCrees eisernem Griff, der ihm keinerlei Chance ließ, seinen Kopf zu bewegen. Die Frau hatte eine zweite Waffe aus dem Holster gezogen und feuerte voller Wut eine weitere Salve ab. Sie traf Ilka nur mit einem einzigen Streifschuss. McCree spürte ihn kaum.

»Lass los, du Schlampe«, presste der kleine Glatzkopf hervor und drückte ihr den Lauf seiner Halbautomatik direkt auf die Brust. Wenn er jetzt abdrückte, würde er sie ins Herz treffen. Sie zögerte, ärgerte sich über sich selbst. Sie war zu langsam gewesen und hatte schlampig gearbeitet.

»Ich mach dich kalt, wenn du nicht loslässt!«, zischte der Hornet, als sie ihn an seinem Horn zog und ihn dadurch Richtung Boden zwang.

»Nein«, ermahnte ihn die andere Vampiry. »Wir sollten sie Dyke bringen. Könnte uns eine Belohnung einbringen.«

»Ist mir scheißegal, die macht zu viel Ärger!« Er verzog seinen Mund zu einer hässlichen Grimasse, die irgendwo zwischen Schmerz, Angst und rasender Wut lag.

Ilka konnte seine langen Eckzähne sehen, die er komplett entblößt hatte. Schweiß lief über sein hellbraunes Gesicht. Und während die Pirataebrut darüber stritt, ob sie leben oder sterben sollte, beschloss sie, die Sache zu beenden.

Mit der freien Hand schlug sie blitzschnell die Waffe von ihrer Brust. Mehrere Schüsse zerfetzte ihren Oberschenkel, doch in dem Moment spürte sie nichts außer Verachtung. Ruckartig riss sie den Kopf des kleinen Piraten an seinem Stirnstachel nach oben, dass seine Nackenwirbel knirschten, vergrub ihre Zähne in seinem Hals und zerfetzte seine Kehle. Sie ließ seinen Stachel los, und er sank mit einem gurgelnden Laut zu Boden.

Die Piratae mit den wirren Locken hatte sich hinter ihrem Kollegen in Position gebracht. Ihre dunklen Augen weiteten sich ungläubig und wurden kurz darauf zu schmalen Schlitzen. Im Bruchteil einer Sekunde hatte McCree verstanden, dass diese Frau, die eben noch ihr Leben verschonen wollte, versuchen würde, einen tödlichen Schuss auf sie abzufeuern. Dafür gab es zwei Möglichkeiten: Mitten ins Herz oder mitten in den Kopf. Ilka ging in die Hocke und wich ein paar Handbreit zur linken Seite aus.

Die Schüsse zischten an ihr vorbei. Noch in der Ausweichbewegung zog Ilka ihre Schrotflinte, entsicherte und schoss. Der Kopf der Vampiry explodierte förmlich. Die Kugeln traten von unten durch das Kinn ein, so dass ein Teil des Gehirns der Frau an die Decke der Röhre geschleudert wurde und dort zusammen mit blutigen Schädelsplittern kleben blieb. Eine solche Verletzung überlebte auch eine Vampiry nicht. Der leblose Körper der Piratae sackte über ihren toten Begleiter.

Ilka spitzte die Ohren, horchte, ob der letzte im Bunde bereits wieder im unteren Teil der XENA Rex angekommen war. Er musste die Kampfgeräusche gehört haben. Jede Person auf einem der beiden Schiffe musste das gehört haben, ob vampirysche Sinne oder nicht.

In ihrem Rücken, wo sich das Schiff der Hornets befand, rührte sich nichts. Hatte das Team doch keine Funkverbindung gehabt? Vielleicht waren Dyke Randalls Leute über die Jahrzehnte so von sich eingenommen worden, dass sie jegliche Sicherheitsvorkehrungen von Bord geworfen hatten? Wie dem auch sei, Gefahr drohte von dieser Seite im Moment offenbar nicht.

Aus Richtung der XENA Rex hörte sie allerdings, wie sich schnelle, schwere Schritte näherten. Jim, oder wie er hieß. Er sprang gerade die Leiter herunter, nur noch wenige Meter von dem Loch entfernt, das die Hornets in Ilkas Raumschiff gefräst hatten. Mit einem gewaltigen Sprung nach vorn hechtete McCree über die Leichen hinweg zu dem Vampiry, den sie als ersten erledigt hatte. Mit einer zügigen Bewegung zog sie das Messer aus seiner Brust, das dort immer noch steckte. Immerhin war es ihr Messer, und sie ließ ungern ihr Eigentum in fremden Leichen stecken.

Jim war nur noch wenige Schritte entfernt. Ilka lauerte

in der Hocke und wartete, bis er in ihrem Blickfeld auftauchte.

»Susan? Terry?«, rief er.

Noch drei Schritte, zwei, dann abruptes Abbremsen. Noch bevor seine Augen das Schlachtfeld im Inneren des Tunnels erfassen konnten, schleuderte McCree ihm mit einem harten Wurf das Messer entgegen. Selbst seine äußerst guten Vampiry-Reflexe konnten aus diesem Hinterhalt nicht schnell genug reagieren. Die Überraschung im Blick des blonden Vampirys, als das Messer in seiner Brust einschlug, war es, die Ilka eine merkwürdige Befriedigung verschaffte. Er war so überrumpelt, dass er für einen Moment sogar vergaß, seine Waffe abzufeuern, obgleich er nicht sofort tot war. Mit weit aufgerissenen Augen starrte er sie an, brachte ein: »Du ...«, hervor. »Was ... hast du ... get...«

Dann wanderte sein Blick seine Brust hinunter und er stieß ein fast schon hauchzartes »Oh« aus. Blut lief aus seinem Mundwinkel, als er wieder zu ihr schaute. Dann endlich regte sich die Erinnerung an seine Waffe in ihm. Die Hand hebend drückte er ab, doch seine Kräfte verließen ihn, und so feuerte er die Salve in den Gang mit seinen toten Kumpanen, dass Fetzen von deren Kleidung mitsamt Haut und Fleisch nur so herumspritzten. Dann knickte er seitlich ein, als habe ihm jemand einen Handkantenschlag in die Flanke verpasst. Stöhnend fiel er in sich zusammen und landete zur Hälfte auf seinem Gefährten, der zuerst gefallen war.

Mit der Gewissheit, dass auch dieser Gegner tot war, erhob sich Ilka langsam aus der Hocke, ging einige Schritte auf ihn zu und rollte ihn herum, indem sie ihn mit dem Stiefel an der Schulter anschob. Sie betrachtete sein Gesicht. Ein junger Kerl musste er gewesen sein, als sie ihn zum Vampiry gemacht hatten, voller Hoffnungen und Träume. Armer Teufel.

Ilka zog das Messer aus seiner Brust, wischte es an ihrem Hemd ab und steckte es wieder in den Stiefel. Dann stieg sie über die toten Hornets hinweg in deren Raumschiff hinein, aus dem es nach wie vor schwach rot heraus leuchtete.

FÜNFZEHN

Sie stand in einer Schleuse, von der ein einziges, metallenes Schott abging, das verschlossen war. Die Schleuse war mit groben Metallplatten eingefasst, zwischen denen im Abstand von einem Meter jeweils ein längliches, rechteckiges und milchiges Kunststoffpaneel angebracht war, hinter dem es glomm. Von dort wurde der Raum mit dem roten Licht beleuchtet, was ihm einen unwirklichen Eindruck verlieh, wie in einem dieser schlechten, alten Horrorfilme, die Ilka so gerne schaute, wenn ihr auf langen Touren langweilig wurde.

Was jetzt, Captain? Sie musste einen Weg finden, die XENA zu befreien, den Tunnel abkoppeln, die Greifarme lösen. Ihr war klar, dass das nicht einfach sein würde. Von der XENA Rex aus wahrscheinlich sogar unmöglich.

Wenn's sein muss, fliege ich eben mit diesem Monstrum im Gepäck bis nach Gondas und lass es dann wegschneiden. Trotzdem musste sie zuerst sicherstellen, dass von den Hornets keine Gefahr mehr ausging. Also rein!

Bevor sie den Öffnungsmechanismus neben dem Durchgang betätigte – ein einfacher, flacher Knopf, der in die Wand eingelassen war – zögerte sie einen kurzen Moment. Ob sie zuvor nachsehen sollte, dass mit Sally alles in Ordnung war? Zwar war Jim vermutlich bei seinem Rundgang durch die XENA Rex nicht einmal bis zur Kommandozentrale vorgedrungen, doch so wie sie Sally mittlerweile kannte, war es ihr durchaus zuzutrauen, dass sie entgegen ihrer Anweisung aus ihrem Versteck herausgekommen und durch den oberen Teil des Schiffs gegeistert war. Nein. Ilka musste zusehen, dass sie alle Hornets erwischt hatte, jegliche Gefahr von der anderen Seite dieser Tür und eventuelle Verstärkung mussten gebannt sein. Außerdem hatte Jim kein Geruch angehaftet, der auf Sallys Blut schließen ließ. Ihre Gefangene sollte also sicher sein.

Als sie darüber nachdachte, befiel sie ein merkwürdiges Gefühl, eines, das ihr gänzlich unbekannt war. Es war nur ein ganz sanftes Kitzeln an ihrem präfrontalen Cortex, ganz leicht und so flüchtig, dass sie es ignoriert hätte, wäre ihm nicht ein Gedanke gefolgt, der sich wie eine Gewissheit anfühlte. Sie vermutete plötzlich nicht nur, dass es Sally gutgehen müsste, sie *wusste* es. Irritiert blinzelte sie und runzelte die Stirn. Die Verbindung …

Oh Scheiße. Diese Nanobots haben wirklich eine Quantenverbindung zueinander. Verfickt nochmal, das hab ich echt nicht gebraucht.

Dann rief sie sich selbst zur Ordnung. *Du kannst dir später darüber den Kopf zerbrechen. Jetzt musst du die restlichen Arschlöcher erledigen.*

Mit einer fließenden Bewegung zog Captain Ilka McCree die Schrotflinte und öffnete die Tür mit einem festen, bestimmten Druck gegen den Druckknopf. Gleichzeitig machte sie einen Schritt zur Seite, um einem möglicherweise drohenden Frontalangriff zu entgehen.

Der erste Blick verriet ihr, dass sich jenseits der Schleuse ein langer, schmaler Korridor befand, von dem links und rechts Türen abgingen. Er war ebenfalls in ein fahles, rotes Licht getaucht, und Ilka fragte sich, ob das eine bewusste stilistische Entscheidung von Randall gewesen war, weil es besonders bedrohlich wirkte, oder purer Zufall war. Neu und gepflegt war hier jedenfalls nichts. An Wänden und Decke führten marode aussehende Rohre entlang, lose Kabelenden hier und da zeugten von defekter Elektrik.

Am Ende des mehrere Meter langen Ganges befand sich ein breites Schott, das trotz seines heruntergekommenen Zustands bedeutender aussah als die anderen. Das musste die Kommandozentrale sein. Wenn noch irgendjemand an Bord war, dann dort.

Auf leisen Sohlen schob sich Ilka Stück für Stück durch den Gang. An jeder Tür, die sie passierte, hielt sie kurz inne und lauschte, ob sie im Inneren jemanden hören konnte. Nichts. Dieser Bereich wirkte wie ausgestorben, was angesichts der Tatsache, dass es ein Raumschiff von Menschen mit übernatürlich hoher Lebenserwartung war, wie Hohn wirkte.

Ilkas Stiefel quietschte leise.

Um sie herum rührte sich nichts, was das Quietschen des Stiefels noch lauter erscheinen ließ. Als sie vor dem Schott zur Kommandozentrale angekommen war, hörte sie plötzlich ein lautes, metallenes *Klonk* hinter sich. Es schien von der Schleuse zu kommen, und klang fast wie … *Verdammte Scheiße.*

Auf dem Absatz fuhr Ilka herum und begann zu rennen. Ihre Stiefel knarzten nun nicht mehr, ganz, als wären sie fürs Schleichen einfach nicht gemacht, sondern nur für schwere, polternde Schritte. Schweiß trat ihr auf die zerfurchte Stirn. Wie hatte sie nur so unvorsichtig sein können? Da war sie so versessen darauf gewesen, feinsäuberlich die ganze Pirataebrut auf dem feindlichen Schiff ausmerzen zu wollen, dass sie so unbedacht gewesen war? Natürlich war ein Teil der Crew auf dem feindlichen Schiff zurückgeblieben. Und selbstverständlich war den verbleibenden Piratae nicht entgangen, was mit ihren Leuten passiert war. Wäre sie an deren Stelle gewesen, hätte sie wahrscheinlich auch Reißaus genommen, hätte sich schnellstmöglich vom überfallenen Schiff abgekoppelt und das Weite gesucht. Wobei, vielleicht auch nicht, aber das war eher Ilkas rachsüchtigen Wesen geschuldet und ihrem unbedingten Drang, die Dinge zu Ende bringen zu wollen. Hornets waren dumm und grausam, aber sie waren auch eine feige Meute.

Sie schoss aus dem Gang hinaus in die rot beleuchtete Schleuse, als gerade der Countdown begann. »*Abkopplung in zehn Sekunden*«, tönte eine neutral-freundliche geschlechtslose Computerstimme, und die rote Beleuchtung hinter den milchigen Paneelen begann zu blinken. Am inneren Ende des metallenen Tunnels begann eine breite Lippe um die Öffnung zu surren und sich zu drehen. Es war ziemlich eindeutig, was als nächstes geschehen würde. Der Tunnel würde wieder eingefahren, der Abdockmechanismus des Schiffs von der XENA Rex war bereits initiiert. Die Verbindung, mit der sich der Tunnel wie ein Rüssel an der äußeren Hülle ihres Raumschiffs festgesetzt hatte, würde gekappt und der metallene Fortsatz wieder eingezogen. Auf der Kommandobrücke des feindlichen Schiffs hatte also tatsächlich jemand über die Funkverbindung mit den vier Piratae verfolgt, was geschehen war und beschlossen, dass Ilka McCree es nicht bis zur Brücke des Hornets-

Schiffes schaffen sollte. Abzukoppeln und die XENA Rex mit einem großen Loch in der Außenhülle sich selbst zu überlassen, war aus Sicht der verbleibenden Mannschaft sicherlich die weiseste Entscheidung. Damit, dass sich Ilka gar nicht mehr auf ihrem eigenen Raumschiff befand, hatten sie offenbar nicht gerechnet.

Ilka keuchte. Sie musste sich beeilen, um sich, ihr Schiff und Sally Gray zu retten. Wenn sie es nicht schaffte, rechtzeitig auf der XENA Rex zu sein und den Mannschaftstrakt von oben luftdicht abzuriegeln, hätten sie ihre Impulsivität und Unbedachtheit tatsächlich das Leben gekostet.

»*Acht ... sieben ... sechs ...*«

Ilka sprintete durch den metallenen Schlauch, setzte mit einem weiteren mächtigen Sprung über die Leichen hinweg und hastete den Korridor entlang in Richtung Treppe. »*Vier ... drei ...*« hörte sie es aus der Entfernung, während sie drei Stufen auf einmal nahm. Gleich war sie oben, nur noch wenige Stufen. » *... zwei ... eins ... Achtung, Verbindung wird entkoppelt.*«

Ein Ruck ging durch die XENA Rex, just in dem Moment, in dem Ilka das obere Ende der Treppe erreicht hatte. Hastig griff sie nach der Klappe, mit der sie die Treppe und den unteren Teil des Schiffes, wo sich ihre Kabine befand, verriegeln konnte. In dem Moment spürte sie auch schon den Sog des Unterdrucks. Mit aller Gewalt zerrte sie an der Stahlklappe, die sie seit Ewigkeiten nicht mehr bewegt hatte. Mit einem altersschwachen Ächzen setzte die Klappe sich in Bewegung, knarzte wie eine rostige Maschine, die sich widerwillig in Gang setzte. Dann fiel sie donnernd zu und verschloss den Zugang zur Treppe.

»Was zum Henker war das?«

Ilka fuhr herum. Sie hatte nicht bemerkt, dass Sally hinter ihr aufgetaucht war. Wut stieg in ihr auf, die sie nicht hätte erklären können. »Hab ich dir nicht gesagt, du sollst in dem scheiß Klo bleiben?«, schrie sie Sally entgegen, die stirnrunzelnd im Gang stand, die offene Cockpit-Tür im Rücken. Erstaunlicherweise ließ Ilkas Wutausbruch sie völlig ungerührt.

»Vor wenigen Minuten ist hier oben noch jemand rumgeschlichen, der mir wahrscheinlich schneller das Herz rausgerissen hätte, als ich hätte sagen können, dass mein Kopf einen Haufen Credits wert ist«, sagte sie nüchtern. »Als er plötzlich wieder nach unten gerannt ist, konnte ich mir ziemlich sicher sein, dass das was mit dir zu tun hat, und ich hier oben nicht mehr so viel zu befürchten habe.«

Ilka funkelte Sally an. »Ich hab vier von den Arschlöchern ins Nirwana befördert«, zischte sie. »Aber da unten ist ein fettes Loch in meinem Schiff, und die Feiglinge, die noch auf dem Schiff da drüben sind, haben offenbar die Hosen gestrichen voll. Sie haben uns abgekoppelt, ich hab's gerade noch rüber geschafft. Da unten«, sie deutete mit dem Daumen Richtung Klappe, »herrschen vorerst ziemlich unfreundliche Bedingungen. Und zwar, bis ich das Baby hier irgendwo gelandet und mich um den Schaden gekümmert habe.«

»Scheiße«, flüsterte Sally. »Du hast also wirklich ein Loch im Schiff?«

»Allerdings, und zwar eins, durch das wir beide locker zusammen rausgesaugt werden würden. Die Klappe bleibt also zu, ist das klar? Sonst sind wir beide Geschichte.«

Sie marschierte los in Richtung Cockpit.

Hoffentlich reißt der Unterdruck da unten nicht die Tür zu meiner Kabine ab. XENA, Baby, tu mir den Gefallen und halte noch ein bisschen durch. Ich lass dich reparieren, sobald ich kann.

Ein Ruck ging durch das ganze Schiff, so dass Ilka und Sally beide kurz schwankten.

»Was war das?« Sallys Stimme überschlug sich fast. McCree lauschte kurz, doch es war nichts zu hören.

»Komm mit«, befahl die Captain der jungen Gray und lief ins Cockpit.

SECHZEHN

Ilka McCrees Vermutung war richtig gewesen. Als sie ins Cockpit kamen, bewegte sich ein großer Schatten über das Raumschiff hinweg. Durch die Scheibe konnten sie und Sally sehen, wie sich die große, insektenartige Kralle von der XENA Rex wegbewegte, die sie zuvor fest im Griff gehalten hatte. Die Erschütterung musste in dem Moment erfolgt sein, als die Hornets die Kralle geöffnet hatten. Nun schwebte das feindliche Schiff fast friedlich neben ihnen, während sich die mehrgliedrige Kralle langsam zusammenfaltete und wieder an das Pirataeschiff schmiegte wie die Beine an einen toten Käfer.

Ilka schwang sich wortlos in ihren Sessel. Ihre Wunden an Schulter und Oberschenkel hatten sich mittlerweile wieder geschlossen und lediglich hässliche Löcher in Hose und Hemd hinterlassen. Für einen Moment ärgerte sie sich, denn die Kugeln steckten noch in ihrem Körper, und sie würde sie später entweder selbst oder durch die Ärzte der Gilde herausoperieren lassen müssen. Nicht gefährlich, aber zweifelsohne schmerzhaft und anstrengend.

Allerdings war das gerade ihre geringste Sorge. Wenn die Reaktoren sich in der Zwischenzeit nicht erholt hatten, war sie sowieso am Arsch.

»Computer, Zustandsreport Fusionsreaktoren«, schnarrte sie.

»Fusionsreaktoren überhitzt. Notversorgung aktiv.«

»Immer noch. Scheiße.«

Ok, was tun? Die Energieversorgung entlasten, wo auch immer es ging.

Lebenserhaltungssysteme, schoss es ihr durch den Kopf. *Worauf kann ich verzichten?*

McCree schaltete die Sauerstoffversorgung im Mannschaftstrakt ab. Der Unterdruck dort würde sonst dafür sorgen, dass die Belüftungssysteme übermäßig belastet würden. Brauchen würde die da unten gerade ohnehin niemand. Was konnte noch weg?

Wasseraufbereitung, brauchen wir gerade nicht.

Sie beschloss, alles auf ein Minimum zu reduzieren, so dass lediglich Cockpit, die Messe und der Korridor dazwischen weiter mit Luft und Wärme versorgt wurden.

»Verdammt«, fluchte sie. Nicht nur, dass die Reaktoren immer noch Überhitzung anzeigten – auf dem großen Monitor vor ihr blinkten nun auch noch zwei rote Anzeigen auf. Das Autopilotsystem war ausgefallen. »Ich hab es befürchtet.«

Sie schlug mit der Faust so plötzlich und heftig auf die Armlehne, dass ihr Sitz vibrierte. Ein Piepsen ertönte von der Konsole, als wolle es sie zur Raison rufen.

»Gibt es ... ein Problem?«, fragte Sally vorsichtig, als befürchte sie eine weitere Ohrfeige, wenn sie zu neugierig war. Dabei trat sie nervös von einem Bein aufs andere, als müsse sie dringend aufs Klo.

»Reaktoren überhitzt. Alles, was uns helfen könnte, ist offline«, schnaubte McCree, und ihre Kiefer mahlten.

»Heißt das, wir können nicht weiterfliegen?« Sally schluckte hörbar.

Ilka lachte auf. »Solange ich zwei funktionsfähige Hände habe, kann ich das Baby überallhin fliegen. Ich muss allerdings alles selbst steuern, der Autopilot ist ausgefallen.« Sie schielte hinaus, wo das Schiff der Hornets direkt vor ihnen im Raum schwebte.

Sally stand jetzt schräg hinter Ilka und sah ihr über die Schulter.

»Setz dich gefälligst hin, ich kann es nicht leiden, wenn jemand hinter mir steht«, zischte Captain McCree, woraufhin Sally Gray sich zerstreut mit der Hand durch ihre kurze, rote Lockenmähne fuhr und sich dann wortlos auf dem Sitz für die Copilotin niederließ.

Dann ergoss sich eine Salve Schüsse auf die XENA Rex. Gutes, altes MG-Feuer.

»Fuuuuck!«, schrie Ilka. »Die versuchen uns zu perforieren!« Neben ihr kreischte Sally auf.

Eine weitere Salve prasselte gegen das Schiff. Auf Ilkas Systemmonitor blinkten mehrere rote Anzeigen gleichzeitig auf.

»*Achtung, Treffer an den äußeren Geschützen. Geschütze außer Gefecht gesetzt.*«

Die Waffen. Sie haben meine Waffen ausgeschaltet. Ilka starrte wie betäubt auf das Hornets-Schiff, das sich langsam von der XENA Rex wegbewegte.

»Die wollen uns fertigmachen«, presste Sally hervor. Ihr Gesicht war kalkweiß.

Eine weitere Salve traf das Schiff. Noch mehr Lämpchen blinkten auf. Eine Liste der Beschädigungen lief über den Monitor. Und noch eine Meldung:

»Reaktoren wieder auf Betriebstemperatur. Notsystem deaktiviert.«

Ilka wollte einen Freudenschrei ausstoßen, doch dann fiel ihr ein, dass ihr trotzdem nur die Flucht blieb. *Geschütze außer Gefecht. Shit, shit, shit.*

»Können wir denn gar nichts machen?«, schrie Sally, und ihre Stimme kippte dabei.

Die Hornets hatten aufgehört, MG-Feuer auf sie einprasseln zu lassen und bewegten sich weiter weg. Hätte Ilka es nicht besser gewusst, hätte sie sich außer Gefahr gesehen. Auf diese Entfernung war MG-Feuer keine Gefahr. *MGs nicht. Aber Raketen.*

»Achtung, Zielerfassung durch gegnerische Rakete erfolgt.«

Sally starrte Ilka mit entsetzt aufgerissenen Augen an.

»Wir kommen hier nicht rechtzeitig weg, oder?«, flüsterte sie.

»Nein.« Ilka schüttelte den Kopf. »Bis wir außer Reichweite wären, hätten sie uns komplett zu Schutt und Asche gebombt.«

Noch während sie das sagte, stand sie auf und machte sich auf den Weg auf die rückwärtige Seite des Cockpits, gerade so, als wolle sie es verlassen. Statt die Tür zu öffnen, blieb sie neben ihr stehen, den Blick zur Wand gerichtet. Sie hatte keine Wahl. Wenn die Waffensysteme down waren und die Reaktoren nicht genug Energie zur Flucht bereitstellen konnten, musste sie die Sache selbst in die Hand nehmen. Selbst zur Energiequelle werden.

»Was ... äh ... machst du da?«, wollte Sally wissen. Panik lag in ihrer Stimme.

Captain McCree warf ihr über die Schulter einen Blick zu, den sie nicht deuten konnte. »Ich rette uns den Arsch. Mit dem Anderson-Kompensator kann ich mich selbst in den Äther einhaken. Mit anderen Worten: Ich öffne das *Tor zur Hölle.*«

Sally schaute so verständnislos wie panisch. Sie öffnete den Mund, um etwas zu erwidern, doch die Worte blieben ihr im Hals stecken. Unter anderen Umständen hätte sie wahrscheinlich gelacht, doch sie schien zu spüren, dass es Ilka verdammt ernst meinte. Das unheimliche rote Blinken der Monitore, die die Schadensberichte der XENA anzeigten, und die angespannte Atmosphäre verliehen der Situation einen Ernst, der mehr als greifbar war.

»Wenn ich ohnmächtig werden sollte, verpass mir einen Tritt«, wies Ilka Sally an.

»Was mei…«

»Tu es einfach, ok? Wenn dir dein Leben lieb ist, solltest du tun, was ich dir sage, ist das klar?«

Sally schluckte und nickte hastig.

Ilka stand vor dem flachen, schwarzen Panel, das unscheinbar an der Wand neben dem Zugang zum Cockpit angebracht war. Sie hatte es lange, sehr lange nicht benutzt, und das hatte seine Gründe. Selbst sie, die mehr gesehen hatte als die meisten lebenden Geschöpfe in der Galaxie, hatte großen Respekt davor, was mit ihr geschehen könnte, wenn sie dieses Register zog. Doch angesichts der Lage hatte sie schlichtweg keine Wahl. Es nicht zu benutzen, würde einem Todesurteil gleichkommen. Sie selbst würde es vielleicht sogar überleben, ihre Gefangene auf keinen Fall. Ganz zu schweigen von ihrem Stolz. Grausamen, elitär denkenden Flachwichsern wie den Hornets zum Opfer zu fallen wäre die größte Demütigung von allen. Es war keine Option. Absolut gar keine. Eher würde sie das Risiko eingehen, sich, ihr Schiff und Sally zu zerstören. Das widerliche Pack würde sie aber auf jeden Fall mit in den Tod nehmen. Ihre Entscheidung war klar.

Die rot blinkenden Lichter der Monitore warfen Ilkas Schatten lang und gespenstisch an die Wand. McCree machte sich an dem Panel zu schaffen, das kaum größer war als ihre starke, vernarbte Hand, und nahm die Klappe ab. Ein einzelner, mattschwarzer, runder Knopf befand sich auf der Innenseite. Man hätte ihn übersehen können, da er noch dazu im Schatten lag. Doch sie wusste, dass er da war, kannte ihn nur zu gut. Mit dem Zeigefinger ihrer rechten Hand drückte sie ihn. Erst hakte er ein wenig, als würde er ihr noch eine Chance geben wollen, es sich anders zu überlegen. *Bist du dir wirklich sicher, dass du das tun willst?* Dann gab er unter dem Druck nach.

Ein tiefes Brummen durchdrang den Raum. Es klang wie das Grollen eines uralten, riesenhaften Ungeheuers, in dessen Bauch sie sich befanden. Der Ton ging durch Mark und Bein. Ilka drehte sich um und ging auf die Mitte des Cockpits zu. Dort blieb sie stehen. Sally sah Ilka mit fragendem Blick an, doch sie wagte nicht zu sprechen. Wagte sich nicht vom Fleck. Sie saß einfach nur gebannt da und beobachtete, was vor ihren Augen passierte.

Im Boden, direkt vor Ilkas Füßen, öffnete sich eine Klappe. Eine Apparatur fuhr heraus, wuchs wie ein missgestalteter Baumstumpf heraus, dessen schwarze, verdrehte Astgabeln nach ihr griffen. Die organisch geformten Greifarme, deren undefinierbare Farbe eher einem Nichts glich als irgendetwas, das man mit Worten beschreiben konnte, umschlangen Ilkas Beine, ihre Hüften und ihren Oberkörper. In dem Moment öffneten sich drei weitere Klappen. Links und rechts an der Wand schlängelten sich biegsame, tentakelartige Gebilde von seidig-mattem Schwarz heraus, gerade so, als wären sie lebendig. Ilka streckte beide Arme seitlich auf Schulterhöhe aus und empfing die Tentakel wie alte Freundinnen, mit denen sie eine innige Hassliebe verband. Mit einem schlüpfrigen Geräusch wickelten sich die Enden der flexiblen Tentakel um Ilkas ausgestreckte Hände, während sich direkt über ihrem Kopf eine kleine Klappe in der Decke öffnete. Was sich von oben abseilte, glich eher feingliedrigen, metallenen Spinnenbeinen, drei an der Zahl. Zwei dockten an Ilkas Schläfen an, bohrten sich direkt hinein. Das dritte Spinnenbein hielt einige Zentimeter vor ihrer Stirn inne, klappte einen spitzen Fortsatz aus und rammte diesen in ihre Stirn. Ilka, die in Erwartung dieses widerlichen, wenn auch kurzen Schmerzes ihre Zähne zusammengebissen hatte, stieß ein dumpfes Grunzen aus.

Mit dem Moment, da sie die Apparatur komplett umschlungen hatte, versank Ilka in einem bläulich leuchtenden Nebel, von dem sie nicht hätte sagen können, ob er das Cockpit erfüllte oder sich nur in ihrem Kopf befand. Wie durch eine Wolke nahm sie noch wahr, dass die Hornets in dem Moment die Rakete auf die XENA Rex abfeuerten und Sally aufschrie. Dann betrat Ilka McCree den Sternenäther.

Um sie herum wurde alles schwarz. Sallys Schrei weitete sich aus, dehnte sich, ging über in Schreie aus tausenden und abertausenden Seelen, die sich in ihrem Kopf vor Agonie wanden – oder war es das Raumschiff, das diese Geräusche von sich gab? Vor Ilkas Augen schlugen Flutwellen von Blut aneinander, brachen sich an Knochenbergen, sich windendem, schleimigem Fleisch und ineinander verschlungenen Gliedmaßen, faulenden Körpern. Aus der Bugwelle der Energie heraus drängten sich schwarze Spitzen, Formen, die so kantig und gleichförmig und zugleich nicht von dieser Welt schienen. Sie schoben sich durch Ilkas Bewusstsein und legten sich um die XENA Rex wie ein schützender Mantel. Nur war nicht klar, ob das, vor dem er schützen sollte, sich drinnen oder draußen befand.

Ilka musste würgen. Eine durchdringende Kälte erfasste sie nun. Der ganze Raum, ihr Kopf und jede Faser ihres Körpers war vom Flüstern von Abermillionen Wesen erfüllt, die nicht auf dieser Welt weilten und deren Stimmen sich wie ein Teppich unter die Schreie legte. Das Flüstern der längst Vergessenen, der Toten, und der niemals Geborenen. Sie stand inmitten des Cockpits, die Tentakel umklammernd wie eine Ertrinkende. Ihr Gesicht war schmerzverzerrt und in grotesker Pose nach oben gerichtet, ihr ganzer Körper angespannt. Sie zitterte am ganzen Leib.

Mit dem ersten Griff bekam sie es zu fassen. Das Projektil, das die Hornets auf die XENA Rex abgeschossen hatten, zerbarst, kurz bevor es das Schiff erreicht hatte, allein durch ihren Willen. Sie spürte es in ihrer linken Hand, in der die Rakete einfach zerbröselte, pulverisierte. Dann legte sich Ilka als unheilvoller, blutroter Schatten über das Hornets-Schiff. Sobald sie es spüren konnte, rammte sie beide Hände mitten hinein, riss dabei den kragenartigen Fortsatz ab, der wie ein verlorenes Spielzeug durch die Schwärze des Alls davon trudelte. Die Außenhülle des Schiffs zerbarst. Mit einem Ruck öffnete Ilka beide Hände, in denen sich eine brennende Hitze gesammelt hatte. Das Schiff zersprang in tausend Stücke, die in alle Richtungen davonflogen. Da waren sie. Zwei Hornets waren noch übrig, der Rest der Besatzung. Ilka konnte sie nicht sehen, aber sie konnte sie spüren. Ihre wilde Panik und ihre schiere, erbärmliche Existenz versetzte Ilka in Raserei. Sie wollte nur noch zerstören, sie war eins mit dem Sternenäther.

Es war kinderleicht, in die beiden verbliebenen Hornets hineinzuschlüpfen. Im Inneren war es kalt und heiß zugleich. Angst, sie hatte lange nicht mehr so pulsierende

Angst gespürt. Mit einem explodierenden Gefühl von Hochgenuss und Macht zerfetzte sie die Pirataebrut, riss sie in viele kleine, blutige Matschklumpen und hörte sich selbst dabei aus vollem Halse lachen. Der Blutrausch war tief in ihr drin, SIE war der Blutrausch. Ihre Sinne zogen weiter, kehrten in ihren eigenen Körper zurück und krochen durch ihre Eingeweide, diese warme, weiche Masse. Oh, wie gerne würde sich einfach nur weiter wüten. Ein seidener Faden war es, der sie zurückhielt. *Bleib hier, du darfst dich nicht zu sehr gehen lassen. Bring dich nicht selbst in Gefahr!* Ach, was sollte das alles, sie war im Rausch und unzerstörbar. *Nein, bist du nicht, konzentrier dich.*

Sie lehnte sich von innen gegen die XENA Rex, spürte, wie das alte Schiff unter ihrer Macht ächzte und knarzte, wie die Nahtstellen bersten wollten. *Komm zurück, du gehst zu weit.* Nein, sie konnte tun und lassen, was sie wollte.

Sally stand wie angewurzelt mitten im Cockpit, so weich und warm und ... sterblich. Sie würde sie einfach mit schierer Gedankenkraft zerquetschen, so zerbrechlich menschlich wie sie war. Wie schön ihr roter Schopf platzen würde, so klein und zierlich ...

Das Flüstern in Ilkas Kopf wuchs zu einem Tosen an, das die millionenfachen Schreie übertönte. Schon umschlang sie ihre Gefangene mit dunklen, kalten Fingern, spürte das Pulsieren, das unbändige Leben unter den Fingerkuppen. *Kehr zurück Ilka, dreh um. Du darfst nicht ...*

Sally schrie auf, ein hoher, spitzer, langgezogener Ton, der sich in Ilkas Kopf bohrte. Im nächsten Moment versank sie in Dunkelheit. Die Tentakel zogen sich ebenso schnell von ihren Armen zurück wie die metallischen Spinnenbeine ihren Kopf freigaben. Die scharfkantigen geometrischen Strukturen verschwanden, das Flüstern und das Schreien hörten auf. Der Eindruck sich windender Leiber, von

Fleisch und Fäulnis, Blut, Schleim und Schwärze waren schlagartig verschwunden, wie ein Albtraum, den sie niemals mehr erleben wollte.

Wie ein nasser Sack fiel Ilka auf den Boden und blieb dort regungslos liegen.

Sally stand noch immer an der gleichen Stelle und starrte fassungslos auf das, was Ilka angerichtet hatte. In der tiefen Weite und der undurchdringlichen Finsternis des Weltalls schwebten Bruchstücke des Schiffs, von dem sie soeben noch angegriffen worden waren. Sie trieben friedlich dahin, als wären sie schon immer da gewesen. Im Cockpit war es totenstill. Nur das leise Summen der Lüftung war zu hören.

SIEBZEHN

Ilkas Kopf dröhnte, als sie erwachte. Es war ein harter, pulsierender Schmerz. Sie fühlte sich seltsam schwach und schwummerig. Mit einem heftigen Blinzeln öffnete sie die Augen. Sie lag mitten in ihrem Cockpit auf dem Boden. Als sie versuchte, sich aufzurappeln, stellte sie fest, dass sie weder ihre Arme noch ihre Beine bewegen konnte.

Sie setzte sich ruckartig auf, was ohne die Zuhilfenahme der Arme gar nicht so einfach war, und sah an sich herunter. Um ihre Fußknöchel und die Handgelenke schnitten Kabelbinder ein.

Dann fiel ihr Blick auf ihren linken Arm. Der Ärmel ihres Hemds war bis zum Oberarm aufgeschnitten worden. In ihrer Armbeuge, oder vielmehr in der dort befindlichen Vene steckte ein Kabel. Ein Kabel? *Was zum ...?*

Sie drehte den Kopf noch ein Stück weiter. Dort, am Ende des Kabels, sah sie Sally auf dem Boden liegen. Die junge Frau lag auf der Seite, die Augen geschlossen und den Mund halb geöffnet. Das etwa dreißig Zentimeter lange Kabel war aus ihrem blutverschmierten Mund herausgerutscht. Sally war nicht bei Bewusstsein. Aus dem Kabel sickerte dunkelrotes Blut. Venöses Blut. Blut aus Ilkas Vene.

Ein verficktes Kabel. Dieses kleine Arschloch hatte die Isolierhülle eines Kabels benutzt, um sich einen verschissenen Strohhalm daraus zu basteln. Die Werkzeugkiste, die ihren festen Platz links neben dem Pilotensessel hatte, stand geöffnet neben Sally. Zwei Zangen und eine Hand voll unbenutzte Kabelbinder lagen ebenso daneben wie ein Seitenschneider, eine Rolle Kabel und ein abgetrenntes Stück Draht.

Du Miststück, du hast es wirklich gewagt ... Es war ein Fehler gewesen, Sally zu sagen, dass sie sie lebend abliefern musste. Ein weiterer Fehler in einer beschissenen Reihe von dummen Entscheidungen.

Unter einigen Verrenkungen schaffte Ilka es, sich die Kabelhülle aus der Armbeuge zu ziehen. Ihr war schwindlig. In ihrem Kopf pochte es schlimmer. Das Loch in der Vene begann sofort, sich zu schließen, nachdem die behelfsmäßige Kanüle entfernt worden war. Sie ließ das dünne Stück Plastik auf den Boden fallen. Eine kleine Pfütze bildete sich an dessen Ende.

Sie sah zu Sally, die reglos dalag. In Ilkas Bauch krampfte sich etwas voller Wut zusammen. Wut und Fassungslosigkeit über so viel Unverschämtheit. *Du verdammte kleine Hexe.*

Was nun? Sie hatte gute Lust, Sally einfach die Kehle aufzureißen. Dazu brauchte sie keine Hände. Nach vorne beugen und der kleinen Kröte einfach die Zähne in den entblößten Hals rammen. Wie gut das tun würde. Wie süß das Blut schmecken ...

Nein, rief sie sich selbst zur Raison. *Ich darf nicht, scheiße nochmal. Die kleine Kackbratze wollte mir ans Leder*

- *und ich* darf *sie nicht in Stücke reißen!* Der Auftrag ging vor.

Sie hatte das Bedürfnis, sich wie ein wütendes Kind auf dem Boden herumzuwerfen und ihren Frust hinauszuschreien. Am liebsten hätte sie Sally einen festen Tritt gegeben. Die junge Gray lag so provokativ tiefenentspannt und von Ilkas Blut volltrunken auf der Seite. Sie hatte sich allen Ernstes mit vampiryschem Blut volllaufen lassen. Dabei hatte Ilka ihr doch gesagt, dass sie auf diese Art nicht zur Vampiry werden konnte, was also hatte sie ... Dann dämmerte es Ilka. Dafür braucht es auch Transmutan, das hatte sie Sally verraten. Und dass Transmutan auch später noch notwendig ist, um Vampiry zu bleiben.

Ach du Scheiße. Sie hat gedacht, dass ich Transmutan an Bord habe, weil ich das Zeug selbst noch brauche. Fuck. Dass man das Zeug nach über 300 Jahren nicht mehr nehmen muss, hab ich nicht dazu gesagt. Bei dem Gedanken lachte Ilka kurz auf. Ihr Lachen klang heiser und trocken, als hätte sie ihre Stimme lange nicht benutzt. Wie lange war sie weggetreten gewesen?

Ok, Ilka, du musst die Fesseln loswerden. Wenn die Kleine aufwacht und versucht, dich mit einem Schraubendreher zu erstechen, wird es hässlich. Nicht unbedingt für dich, aber für den Auftrag.

Der Auftrag ... McCree hoffte, dass es das alles wert war und sie ihrem angestrebten Ziel weiterhin näherkommen würde.

Sie rollte sich auf die Seite und kam umständlich auf die Knie. Dann rutschte sie über den Cockpitboden hinüber zum Werkzeug, das Sally in ihrer Hast achtlos verstreut hatte herumliegen lassen. Dafür musste sie sich komplett um Sally herum arbeiten. Deren Beine waren lang gestreckt, sie befand sich in ziemlich instabiler Seitenlage. Dem

Geruch nach hatte sie einen Teil von Ilkas Blut bereits wieder erbrochen. Mindestens eine der blutigen Pfützen um sie herum stank erbärmlich nach bitteren Magensäften. Das hätte Ilka ihr vorher sagen können, wenn sie zuerst gefragt und dann gehandelt hätte.

Wie eine Raupe mühsam auf Knien und Ellenbogen rutschend, bewegte sich Ilka voran. In dem Moment war sie trotz aller Wut ein wenig belustigt. Es musste völlig bescheuert aussehen. Im Grunde passte diese Situation wie ein Kacke-Krönchen auf all den Scheiß, der vorher passiert war. Als wäre dieser ganze Auftrag verflucht.

Als sie etwa zur Hälfte um Sally herumgekrochen war, regte sich die junge Gray plötzlich und murmelte etwas. Schlief sie etwa doch nur? Ilka hatte angenommen, dass sie bewusstlos geworden war. Eine Überdosis Vampiryblut konnte, ohne weitere Behandlung mit Transmutan, sogar lebensbedrohlich werden. In den meisten Fällen jedoch versuchte der Körper, den Saft wieder loszuwerden, und wurde in einen Schockzustand versetzt. In den meisten Fällen führte der zur Bewusstlosigkeit. Vielleicht hatte die erste Dosis Sally bereits abgehärtet. Ob sie gewusst hatte, dass es nicht nur taktisch unklug, sondern auch gefährlich gewesen war, Ilkas Blut zu trinken?

Das Murmeln hörte wieder auf, Sally schlief weiter. Ilka hatte gute Lust, ihr einen Schlag zu verpassen. *Gleich. Erstmal wirst du die Fesseln los.*

Sie erreichte das überall verstreute Werkzeug. Mit den gefesselten Händen bekam sie den Seitenschneider zu fassen. Er war blutverschmiert. Himmel, hatte Sally ihr damit etwa die Vene geöffnet, um die Kabelhülse einzuführen? Das war wahnwitzig.

Es dauerte nicht lange, bis sie unter einigen Verrenkungen den Kabelbinder um ihre Handgelenke durchgeknipst hatte. Nachdem sie auch ihre Fußknöchel befreit hatte, trat sie Sally gegen die Flanke. Die junge Frau reagierte nicht. Ein weiterer Tritt, diesmal fester, gerade so, dass sie keine Rippe damit brechen würde. Sally stöhnte vor Schmerzen auf und machte Geräusche wie eine Volltrunkene, die in Ruhe ihren Rausch ausschlafen wollte.

Die Wut rauschte wie eine Welle über Ilka hinweg. Sie packte Sally am Kragen und zerrte sie mit einem Ruck auf die Füße. Gray riss sofort die Augen auf.

»Was is'n ... Oh.« Sie verstummte. Schluckte.

»Du beschissenes, kleines Arschloch«, zischte Ilka. »Du weckst mich nicht, obwohl ich es dir befohlen habe? Stattdessen versuchst du mich *auszusaufen*? Hat dir jemand *in dein verficktes Hirn geschissen?*«

Sally schwankte wie betrunken, obwohl Ilka sie noch immer am Kragen festhielt. Sie öffnete den Mund, um etwas zu sagen. Das einzige, was herauskam, war ein weiterer Schwall Blut, der sich über ihr Kinn auf das Hemd ergoss.

Ilka stieß Sally von sich weg, und Sally landete rücklings auf dem Boden.

»Du denkst wohl, du bist verdammt clever«, sagte Ilka, während sich Sally wieder aufzurappeln versuchte. »Hast du wirklich gedacht, mein Blut würde dich stärker machen? Das, meine Liebe, ist ein weiterer Mythos. Tja, da muss ich dich enttäuschen. Vampirysches Blut verleiht keine Superkräfte, du heilst nur schneller. Und wenn du zu viel davon abbekommst, verreckst du einfach daran.«

Sally röchelte und hustete. Einmal mehr erbrach sie Blut.

»Wolltest du was sagen?« Ilka baute sich vor ihr auf, riss sie dann erneut hoch, um ihr Gesicht ganz nah an Sallys heranzubringen. »Ich kann dich nicht verstehen.« Ihre Stimme war ein leises, gefährliches Zischen.

Die junge Frau rang nach Worten, doch sie musste gar nichts sagen. Ilka hatte es ja geahnt. Sie lachte laut auf, immer noch fassungslos über so viel Unwissenheit und Frechheit.

»Hast du ernsthaft geglaubt, dass du zur Vampiry werden könntest, wenn du nur genug von meinem Blut säufst?«

Sie spürte Sally unter ihrem harten Griff zittern. Die Tatsache, dass sie keine Antwort gab, war Ilka Antwort genug. Sie schüttelte den Kopf und schleuderte Sally mit einer verächtlichen Bewegung quer durchs Cockpit. Krachend landete sie an der mit schwarzem Kunststoff verkleideten Wand, rutschte daran herunter und sackte ächzend auf dem Boden zusammen. Ilka kam mit langsamen, großen Schritten auf sie zu und baute sich wie ein Berg vor ihr auf.

»Ist gut, ist gut, bitte hör auf. Es tut mir leid. Ich dachte ... ich dachte ...«

Sally hatte nichts zu ihrer Verteidigung vorzubringen. Was hätte sie schon sagen sollen?

Sie ließ den angefangenen Satz in der Luft hängen, doch McCree hatte ohnehin nicht warten wollen, bis sie fertig gesprochen hatte. Mit der rechten Faust packte die Captain Sally ein weiteres Mal am Kragen ihres eigenen Hemds und zerrte sie so ruckartig vom Boden hoch, dass die Nähte der Kleidung leise knackten.

»Du dachtest, du findest Transmutan an Bord, damit du es durchziehen kannst, richtig?«

Sallys Füße hoben vom Boden ab, als Ilka sie zu sich heranzog. Mit hochgezogener Lippe und freigelegten Eckzähnen zischte die Vampiry: »Du hattest eine Chance, würdevoll durch die ganze Angelegenheit durchzukommen. Die hast du dir so dermaßen verkackt, Schätzchen, dass meine Latrine nicht für die Menge an Scheiße ausreichen würde, in der du jetzt steckst.«

Sally schluckte und starrte Ilka mit aufgerissenen Augen an. Ihr blutverschmierter Mund war schmerzverzerrt, und ihre Arme baumelten an ihrem Körper wie bei einer Stoffpuppe. Jegliche Spannung war aus ihr gewichen. Ilka hatte genug gehört, und Sally hatte nichts mehr zu sagen. Die Situation war so klar, dass es keiner weiteren Worte mehr bedurfte.

Mit stählernem Griff zerrte McCree ihre Gefangene aus dem Cockpit. Dann schleifte sie die junge Frau durch den schmalen, dunklen Korridor auf die Messe zu, die sich im Herzen des Oberdecks befand. Allerdings gedachte sie nicht, dort zu bleiben, denn sie drosselte ihr Tempo nicht. Mit schweren, großen Schritten ging sie weiter, Sally konnte in der unnatürlich verdrehten Position mit Ilkas unnachgiebigem Griff am Kragen kaum mithalten und stolperte mehr, als dass sie lief.

Im Vorbeigehen fiel Ilkas Blick auf die schummrig beleuchtete Ecke, in der das alte Sofa stand – der Ort, an dem Sally fast ihr Leben ausgehaucht hatte. Hier schien die Zeit stehengeblieben zu sein. Noch immer lagen blutbesudelte Tücher neben der halb vollen Schnapsflasche auf dem kleinen Tischchen neben der Couch. Ein Geruch nach Schweiß und Blut lag in der Luft. Es war fast, als könne man den Stress und die Verzweiflung riechen, die Sally durchlebt hatte. Es fühlte sich an, als sei das eine Ewigkeit her.

»Bitte«, stammelte Sally, »es tut mir leid!«

»Halt dein Maul. Du hast versucht, mich zu linken. Sei froh, dass ich dir nicht die Kehle aufreiße.«

Dieses Miststück weiß genau, dass du sie wegen des Auftrags nicht umbringen darfst, dachte Ilka bei sich. *Und sie hat es gnadenlos ausgenutzt. Denk dir was aus, was ihr richtig weh tut, sie aber nicht umbringt.*

Rasch marschierte sie weiter, die Messe hinter sich lassend, durch den Korridor, der in der Treppe nach unten mündete. Die Treppe zum Frachtraum. An den Wänden lagen Kabel und Rohre offen, eine einzelne Lampe blinkte nach wie vor in roter Warnung, dass das Schiff getroffen worden war, und tauchte alles in ein unwirkliches Licht. Ilka hoffte, dass der Angriff der Hornets den Frachtraum nicht auch noch in Mitleidenschaft gezogen hatte. Andernfalls würde sie Sally in der Messe einsperren, und so viel Komfort gönnte Ilka ihr in ihrer Wut nicht.

Schon vom oberen Ende der Treppe konnte McCree sehen, dass im Bereich vor dem Frachtraum die Beleuchtung komplett ausgefallen war. Sally, die im Dunkeln nicht so gut sehen konnte wie eine Vampiry, stolperte auf der Treppe ein paar Mal, so dass Ilka sie festhalten musste. Sie hätte sie ebenso gut einfach hinunterstürzen lassen können.

Sally hatte den ganzen Weg hierher keinen Widerstand geleistet. Kreideweiß und schwer angeschlagen fügte sie sich ihrem Schicksal. Ilka hätte damit gerechnet, dass sie sich wehrhaft zeigen würde, doch jeglicher Kampfgeist schien aus der mageren rothaarigen Frau gewichen.

Ab sofort bleibt sie eingesperrt und macht mir keine Schwierigkeiten mehr, bis wir auf Gondas ankommen. Ich hatte wirklich genug Scherereien mit ihr.

Ilka spürte, wie erneut eine Welle der Wut in ihr hochkroch und musste sich selbst daran erinnern, die Contenance zu bewahren. Am Frachtraum angekommen, riss sie mit der freien linken Hand die Tür auf. Der Raum schien intakt, und er war sogar beleuchtet. Es war nur eine einzelne rote Lampe, die Notbeleuchtung, die den ganzen Raum gleichzeitig viel größer und kleiner, beengender wirken ließ.

Doch selbst wenn es hier stockfinster gewesen wäre, hätte die Captain keine Skrupel gehabt, Sally einzusperren, bis sie an deren Endstation angelangt waren. Ilka ließ Sallys Kragen los und stieß sie mit einem Hieb zwischen die Schulterblätter in den Frachtraum hinein. Die junge Frau taumelte und konnte sich gerade so fangen, bevor sie wieder stürzte. Dann blieb sie mit dem Rücken zu Ilka stehen und ließ die Schultern hängen.

»Nur, dass du es weißt: Diese Scheißaktion hätte niemals gutgehen können. Ich brauche schon lange kein Transmutan mehr. Und ich würde mir das Zeug auch niemals an Bord holen. Du hast also völlig umsonst mit deinem Leben gespielt.«

Kurz bevor sie sich zum Gehen wandte, fiel ihr noch etwas ein.

»Und vergiss eins nicht, Sally Gray«, ergänzte sie, »dein geliebter alter Herr wäre bestimmt untröstlich zu hören, dass du bei einem Überfall durch Dyke Randalls Leute hopsgegangen bist. Möglicherweise würde er mir trotzdem einen Teil meines Honorars zahlen. Denk mal in Ruhe drüber nach. Bis Gondas hast du ja noch ein Weilchen Zeit – falls du so viel Glück hast, dass ich mir nicht unterwegs etwas anderes für dich überlege.«

Sie würde diese Drohung nicht wahrmachen. Sie konnte es gar nicht, ohne ihren Plan zu gefährden. Ihr Ziel war es, Sally genug Angst zu machen, dass sie diese Sperenzchen endlich sein ließ. Das war das mindeste.

Sally stand wie betäubt in der Mitte des Frachtraums, der an beiden Seiten von Stahlträgern gesäumt war. Hier drin hatten viele Kubikmeter Fracht Platz. Oder mindestens dreißig Matratzen als Schlafstätten für lebende Beute. Sally sank auf die Knie und kotzte eine weitere handtellergroße Pfütze Blut auf den schmutzigen Boden. Ilkas Blut. McCree schnaubte nur verächtlich. Dann ging sie in eine Ecke, schnappte sich den alten Eimer, der dort für größere und kleinere Geschäfte vorgesehen war, und warf ihn Sally scheppernd vor die Füße.

»Kotz hier nicht auf meinen Boden, ist das klar?!«

Die junge Gray blickte nicht auf. Sie sah aus wie eine Frau, der schmerzlich bewusst wurde, dass sie es komplett versaut hatte.

Nicht, dass du mich jemals dazu gebracht hättest, dich nicht *auszuliefern*, dachte Ilka.

Nachdem Ilka den Frachtraum verriegelt hatte, drehte sie sich auf dem Absatz um und stapfte die Treppe wieder ins Obergeschoss. Mit einem Blick zurück vergewisserte sie sich, dass die Verriegelung des Frachtraums auch wirklich aktiv war. Dieser Fehler würde ihr kein zweites Mal unterlaufen.

ACHTZEHN

Als sie wieder im Cockpit war, trat Ilka neben ihren Pilotensitz. Durch das rote Leuchten der Systemanzeige hindurch sah sie nach draußen. Die Überreste des Hornets-Schiffes drifteten unaufhaltsam weiter in die Stille des Weltraums hinaus.

Captain McCree ließ sich in ihrem Sitz nieder und startete eine erneute Systemdiagnose. Sie musste wissen, was an der XENA noch funktionsfähig war und ob sie ein Notsignal über die Comms würde schicken müssen. Alles, bloß das nicht. Die Unionschiffe, sollten welche in der Gegend sein, verursachten ihr dabei weniger Bauchschmerzen. Ihr quasi diplomatischer Sonderstatus war ein Privileg der Gilde, das sie sehr genoss.

Nein, die Unionisten waren gerade ihre geringste Sorge, auch wenn das nicht einer gewissen Ironie entbehrte. Doch da draußen war eine Menge anderes Geschmeiß unterwegs. Die Hornets waren nur eine Spielart der Widerwärtigkeiten, die weder Recht noch Gesetz achteten, und viele hatten in den letzten dreihundert Jahren unangenehme

Zusammenstöße mit Captain Ilka McCree gehabt. Die wenigsten dieser Begegnungen waren freundlich abgelaufen, und so hatte sich Ilka mit der Zeit zahlreiche Feinde gemacht. Die Wahrscheinlichkeit, genau hier und jetzt auf welche davon zu treffen, war zwar statistisch gesehen verschwindend gering, doch sie musste sich eingestehen, dass ihr das Glück in letzter Zeit nicht besonders hold gewesen war.

Die Systemdiagnose stand bei 86 Prozent, als Ilka klar wurde, dass die XENA Rex zwar noch flugfähig war, aber nur mit einem Reaktor. Der zweite war in die Knie gegangen. Damit konnte sie zwar den Sternenätherantrieb nutzen, aber mit maximal zwei der Rexkompressoren. Mehr hätten den Reaktor überlastet.

»Scheiße«, zischte sie. »XENA Rex, bestes Modell ihrer Klasse, 12 Rexkompressoren für das schnellste Flugerlebnis, das Sie ohne Sprunggeneratoren finden können – und die Dinger fallen aus, wenn man nur einen Reaktor zur Verfügung hat? Ihr wollt mich wohl verarschen!«

Ihre Faust fuhr wütend auf die Armatur nieder, so dass die Anzeige auf dem Monitor kurz flackerte. An der Stelle, die sie getroffen hatte, dellte sich die Kunststoffverkleidung ein wenig ein. Noch immer blinkte die Schadensanzeige auf dem Systemmonitor ihr stummes, rotes Lied.

Ilka ließ sich nach hinten in den Sitz fallen und atmete tief durch, wartete, dass sich die unbändige Wut wieder legte. Kein einfaches Unterfangen, vor allem, wenn sie hungrig war. Es hätte Zeiten gegeben, da hätte sie in dieser Stimmung das gesamte Cockpit kurz und klein geschlagen, bis kein Monitor mehr funktionsfähig gewesen wäre und kein Knopf mehr dort, wo er hingehörte. Doch sie hatte lernen müssen, ihre Wut zu zügeln. Nicht zuletzt in der Militärakademie wäre sie sonst niemals als Rekrutin genommen worden, geschweige denn, dass sie es in den Rang einer Leutnantex geschafft hätte.

Die Monde steh'n über den Hügeln
die Zauwen singen ihr Lied
es wachen die duftenden Lüfte
damit dir auch ja nichts geschieht

Einige tiefe Atemzüge später war sie ruhiger, gefasster. In ihrem Kopf formierten sich wieder klare Gedanken, die sogar den nagenden Hunger und das leichte Schwindelgefühl zur Seite drängten.

»Ok, denk nach, Ilka«, murmelte sie vor sich hin. »Die meisten Rexkompressoren sind down, du bist also langsamer. Wie lange bis Gondas?«

Die Berechnung der schnellsten Route lieferte wenige Augenblicke später ein Ergebnis. Zweiunddreißig Standardstunden. Dann endlich würde sie ihren Auftrag abschließen können. Ein leises Grollen entwich ihrer Kehle, als hätte sich ein Teil ihrer unterdrückten Wut auf Sally selbständig gemacht.

Zweiunddreißig Stunden, aber nur unter der Voraussetzung, dass die Maschinen auf absolutem Minimum liefen und keine Systeme mehr ausfielen.

»Alles klar, alte Lady«, seufzte Captain McCree ihrem Schiff zu, »halt durch, wir schaffen das.«

Auf der Systemanzeige bot sich ein Bild des Schreckens. Von außen musste die XENA Rex völlig ramponiert aussehen. Von mechanischer Munition zersiebt, mit einem menschengroßen Loch im Bauch. Ohne funktionsfähige Waffen. Ein leichtes Ziel.

Fast zärtlich klopfte sie mit der flachen Hand auf die Armatur der XENA und sagte, als müsse sie ein Kind beruhigen: »Wenn wir da sind, bring ich dich sofort zur Reparatur, versprochen.«

Sie startete die Triebwerke und wartete einen Moment, bis die Anzeige ihr bestätigte, was sie ohnehin wusste: *Flugsysteme bereit, Leistungskapazität 30 Prozent, Verteidigungssysteme down, 10 von 12 Rexkompressoren offline.*

Vorsichtig lenkte sie die XENA Rex manuell durch das Trümmerfeld, das die Zerstörung des Hornets-Schiffs hinterlassen hatte. Im Durchfliegen glaubte sie, den hageren Vampiry zu erkennen, der sie mit seiner Truppe im Durchgang zur XENA überraschen hatte wollen. Der Unterdruck hatte ihn aus dem Schiff herausgesogen. Nun trieb er mit von sich gestreckten Gliedern ganz ruhig durch sein eiskaltes Grab und würde nie wieder irgendjemanden überfallen.

»Bye-bye, Arschloch«, raunte Ilka, bevor sie das Tempo der XENA Rex erhöhte und die Überreste von Dyke Randalls Leuten und deren Schiff hinter sich ließ.

Nachdem die XENA Rex auf Kurs gebracht war, konnte Ilka sich zurücklehnen. In den nächsten paar Stunden würde sie nicht viel machen können, außer zu warten.

Plötzlich fühlte sich Ilka sehr müde. Die Anstrengungen zollten ihren Tribut. Der zusätzliche Blutverlust hatte sein Übriges getan. Nicht zuletzt war sie nicht mehr die Jüngste, und den Anderson-Kompensator zu bedienen saugte selbst Vampiry fast sämtliche Lebensenergie aus. Natürlich, sie kamen besser mit der Nutzung von Sternenäthertechnologie durch den eigenen Körper zurecht als Sterbliche, aber es laugte sie trotzdem mehr aus als zwei Standardwochen ohne anständige Nahrung.

Ihr beschissenen kleinen Bots habt mir mal wieder den Arsch gerettet. Und mich dabei mal wieder völlig abgefuckt.

Sie war erschöpft und hungrig. Ihre letzte Mahlzeit hatte sie auf Lemides zu sich genommen, wo sie diesen armen Wüstenhund ausgesaugt hatte. Ein großer Fehler, wie sich später herausgestellt hatte. Vielleicht wäre es einfacher gewesen, sich in einem ruhigen Winkel des Raumhafens einen heruntergekommenen Eddox zu schnappen, der dort seinen schlecht bezahlten Dienst tat. Den hätte im Gegensatz zu dem Köter vermutlich für eine ganze Weile niemand vermisst. Jetzt, da sie so drüber nachdachte, wie lang das schon her war, schlug der Hunger mit voller Wucht zu. Ihr Magen krampfte sich so zusammen, dass er ein lautes Knurren ausstieß. Ihr Kopf fühlte sich leicht an. Zu leicht.

Ilkas Gedanken wanderten zu dem Miststück im Frachtraum, dem sie das Leben gerettet hatte – wenn auch nicht uneigennützig – und das die bodenlose Frechheit besessen hatte, sie übers Ohr hauen zu wollen. Sie wäre eine leicht verfügbare Mahlzeit, und es wäre nicht abwegig, zu behaupten, sie sei dem Überfall durch die Hornets zum Opfer gefallen. Rasch schüttelte Ilka den Gedanken wieder ab.

Nein, immer noch keine Option. Hector Gray ist dein Schlüssel zum goldenen Schloss, das Union heißt. Du hast so lange auf deine Chance gewartet, den Wichsern einen Strick zu drehen. Du bist so nah dran, eine Lösung zu finden. Verkack das nicht, Ilka.

McCree ging auf ihren Kühlschrank zu, ihre Blutbank, die sie ausgerechnet dieses Mal vergessen hatte, vor ihrem Aufbruch aufzufüllen. Die blutverschmierten Tücher auf dem kleinen Couchtisch in der Messe versuchte sie ebenso zu ignorieren wie den durchdringenden Geruch nach menschlichem Lebenssaft, der in der Luft stand. Es war für eine hungrige Vampiry schon schwer genug, einem lebenden Menschen gegenüberzustehen, durch dessen Adern deutlich hörbar köstliches Blut rauschte, leise pulsierend im Rhythmus des Herzschlags. Doch offen vergossenes Blut zu riechen, war eine Herausforderung, die besondere Disziplin erforderte. Nur zu gerne hätte Ilka nun ihren Instinkten freien Lauf gelassen und wäre zum Frachtraum marschiert, um Sally ihren zarten jungen Hals mit einem gezielten Biss zu öffnen und ihr das Leben literweise aus der Arterie zu saugen. McCree merkte, wie sich beim Gedanken daran ihr Mund trocken zusammenzog, und sie spannte alle Muskeln an, um sich selbst zur Vernunft zu bringen. Hastig riss sie die Tür des alten Kühlschranks auf. Seine einst durchsichtige Tür war dreckverschmiert und angelaufen, so dass der Inhalt von außen nicht zu erkennen war. Als sie die Tür öffnete, stellte sie fest, dass im Inneren die Beleuchtung ausgefallen war.

Nach einigem Herumtasten fand sie, was sie darin vermutet hatte. Ilka zog einen ungeöffneten, milchig-weißen Beutel hervor, durch den eine dunkelrote Flüssigkeit schimmerte. Mit hochgezogener Augenbraue studierte sie das Etikett.

»Hm, abgelaufen, aber geht wahrscheinlich noch. Könnte einen Versuch wert sein«, murmelte sie.

Weil sie keine Lust hatte, später über der Schüssel zu hängen und alles wieder auszukotzen, nahm sie jedoch ein Glas aus dem Schrank und füllte den Inhalt des labberigen Beutels um. Dabei beobachtete sie ganz genau, ob sie irgendwelche Verklumpungen oder anderes Verdächtiges in dem Blut bemerkte.

Nichts, sah alles sauber aus. Sie schnupperte kritisch an dem Glas, leckte einen Tropfen vom Rand, doch es schmeckte nicht ungewöhnlich. Verdorbenes Blut war in der Regel sehr eindeutig zu erkennen. Es begann zu gerinnen, bildete widerliche kleine, schwarze Klumpen und stank nach Verwesung, zumindest aber nach einsetzender Fäulnis. Dieser Beutel A+ war zwar ein paar Monate drüber, aber gut gekühlt gelagert worden. Er würde den schlimmsten Hunger stillen und ihr die Möglichkeit geben, wieder klar zu denken, ohne ihre Gefangene in Stücke reißen zu wollen – oder in ihrer hungrigen Wut auf andere Weise unüberlegt zu handeln.

Ilka McCree setzte das Glas an die trockenen Lippen und trank die etwas zu kalte Flüssigkeit mit langen, gierigen Zügen. Es dauerte nur wenige Sekunden, bevor sie das leere Glas wieder vor sich abstellte. Sie wischte sich mit dem Handrücken über den Mund, ließ den Blick noch einmal über das Sofa gleiten, wo sie Sally mit stümperhaften Methoden die Kugel aus dem Bauch operiert und ihr anschließend ihr eigenes Blut verabreicht hatte.

Noch immer brodelte das Bedürfnis in ihr, sich an Sally zu rächen. Es mochte ein kindisches Bedürfnis sein, doch sie hatte vor langer Zeit aufgegeben, sich gegen diese Impulse zu wehren. Sie waren Teil von ihr, und Vergeltung war nicht zuletzt manchmal das einzige, was sie antrieb, ihren Weg weiter zu gehen. Es war ihr nicht genug zu wissen, dass sie Sally gegen ihren Willen in ein Leben zurückbrachte, in dem sie nicht sein wollte. In dem sie nicht überleben würde, zumindest wenn man ihren Erzählungen Glauben schenken durfte.

Es sei denn …

Natürlich! Wieso komme ich erst jetzt darauf? Ilka schlug sich gegen die narbige Stirn. *Der Schlüssel hat mindestens zwei Schlösser. Und ich kann beide ausprobieren.*

Mit einem Mal sah sie völlig klar. Sie hatte nicht viel zu

verlieren, aber vielleicht alles zu gewinnen. Mit einem siegessicheren Lächeln auf den spröden Lippen drehte sie sich um und ging mit forschen Schritten zur Treppe, die zum unteren Deck führte.

Im Vorraum des Frachtbereichs blieb sie stehen und lauschte. Im Inneren des Frachtraums war nichts zu hören, kein wütendes Poltern oder Tritte an Wände und Tür, kein aufgebrachtes Gebrüll oder wilde Flüche. Ilka trat einen Schritt näher an die Tür, so dass ihr Ohr nur noch wenige Zentimeter vom Stahl entfernt waren. Ihre Sinne waren geschärft, ihre Ohren so gut, dass sie gehört hätte, wenn sich dort drin irgendwas gerührt hätte, was lauter gewesen wäre als ein flaches Atmen. Doch Sally verhielt sich vollkommen still.

Sie hat aufgegeben. Ilka konnte es spüren, wie sie zuvor hatte spüren können, dass Sally nicht in die Fänge dieses dreckigen Hornets-Vampirys geraten war. *Sie hat aufgegeben, und damit ist sie genau da, wo du sie haben willst.*

NEUNZEHN

Sally saß mit angezogenen Knien auf der alten Matratze, die seit dem Start von Lemides ihr Nachtlager war. Mit dem Rücken hatte sie sich ganz dicht in die hinterste Ecke des Frachtraums gedrängt. Es sah gerade so aus, als wolle sie eins werden mit der Wand. Als Ilka den Raum betrat, sah sie kurz auf, legte dann aber die Stirn wieder auf ihren Knien ab.

Die Captain trat vor sie und musterte sie. Sally zeigte keine Reaktion. Ganz still und klein zusammengefaltet saß sie da und schaute nicht mal auf, als Ilka vor ihr stehenblieb.

»Ich werde dir jetzt ein Angebot machen«, sagte Ilka, nachdem sie ein paar Augenblicke einfach nur dagestanden hatte, »und ich werde es dir nur ein einziges Mal unterbreiten.«

Aus trüben Augen sah Sally zu ihr hoch, doch sie schien durch sie hindurch zu blicken. Das rote Haar stand ihr wirr vom Kopf ab.

»Was?«, fragte sie, als habe sie eben für einen Moment

nicht zugehört, als wäre sie mit den Gedanken woanders gewesen.

»Du hast mich genau verstanden.« Ilkas Stimme war kalt und schneidend. Sie hätte sich setzen können oder in die Hocke gehen. Stattdessen blieb sie stehen, ragte wie ein Turm über Sally auf.

Sallys Blick wurde wacher, aufmerksamer. Ilka hatte diesen Blick bei Leuten gesehen, die im Todeskampf ein letztes Mal die Hoffnung schöpften, es doch noch irgendwie zu schaffen. Kurz bevor sie ihnen den Rest gegeben hatte.

Genau so, Schätzchen. Außer mir wird dir keiner helfen können.

»Was für ein Angebot soll das sein?«

»Willst du leben?«

»Das ist eine ziemlich blöde Frage.«

»Ach so, du willst lieber Streit mit mir? Gut, wenn das so ist …« Ilka wandte sich zum Gehen.

»Nein! Warte!«

Ein leises Lächeln zupfte an Ilkas Mundwinkeln, als sie sich wieder zu Sally drehte. Ihre Augenbrauen hoben sich einige Millimeter. Ihre Gefangene hatte sich auf ihre Füße gekauert und den Oberkörper gestrafft. Das blutige Hemd klebte an ihrem Bauch, als sei sie in einen roten Regen geraten.

»Ich will leben. Natürlich will ich leben. Deswegen kann ich nicht zurück nach Gondas. Er wird mich töten.«

»Warum denkst du, dass er das tun wird?«

»Weil ich sein Unternehmen nicht haben will. Weil ich seine Pläne durchkreuzt habe, sein Lebenswerk weiterzuführen. Das hab ich dir doch gesagt.«

»Und wenn du es einfach tust?«

»Ich verstehe nicht ….«

»Natürlich verstehst du mich. Was, wenn du sein Unternehmen übernimmst?«

»Ich werde aber nicht ...«

»Was. Wenn. Du. Es. Übernimmst?« Ilkas Augen funkelten. »Wenn du nach Hause kommst und er seinen Willen bekommt? Wird er dich dann immer noch umbringen wollen?«

»Ich ...« Sallys Stimme erstarb. In ihrem Gesicht wechselten sich Unglaube, Abscheu und Fassungslosigkeit ab. »Ich schätze nicht, dass er mir das glauben würde.«

»Gehen wir mal davon aus, jemand würde ihm glaubhaft versichern, dass du es todernst meinst.«

»Und diese Person wärst dann du?«

Ilka hob die Augenbrauen und die Schultern.

Sally starrte sie an. »Warum solltest du das tun?«

»Weil du dann überlebst?«

»Das kann dir doch völlig egal sein.«

Ilka stieß ein hartes, kurzes Lachen aus. »Das ist es mir auch. Aber dir nicht. Und damit lässt sich arbeiten.«

Verwirrt fuhr sich Sally durchs Haar. »Warte, nochmal zum mitschreiben. Du willst meinem Vater weismachen, ich würde Gray Inc. nun doch übernehmen wollen. Und das tust du, damit er mich am Leben lässt. Aber spätestens, wenn er merkt, dass ich ihn linke, bringt er mich doch um. « Sie zuckte die Achseln.

Nun beugte sich Ilka nach vorne, sprach leiser, aber mit Nachdruck. »Du wirst es aber tun. Du wirst Gray Inc. übernehmen.«

»Ich will aber nicht!«, trotzte Sally.

Ilka richtete sich wieder auf und seufzte entnervt. »Pass mal auf. Du hast zwei Optionen. Nummer eins: Dein Vater macht dich kalt, weil du ihm seinen ach so wichtigen

Herzenswunsch nicht erfüllst. Warum auch immer er jemanden wie dich zur Firmenchefin würde machen wollen.« Abschätzig zog sie die linke Augenbraue hoch. Sally verdrehte die Augen und presste die Kiefer aufeinander.

»Option Nummer zwei«, fuhr Ilka fort, »ist deine Chance zu überleben: Du wirst Firmenchefin und verschaffst mir ein paar Kontakte.«

»Ich ... was?«

»Ach ja, stimmt. Ich hab noch was vergessen. Option drei: Du stirbst, bevor ich dich bei deinem Daddy abliefern kann. Verstehst du, da war dieser Zwischenfall mit den Piratae im Quadrant P37. Wirklich eine schlimme Tragödie. Schade, dass ich dich nicht retten konnte. Ich kann von Glück reden, dass ich selbst gerade so mit dem Leben davongekommen bin. Es tut mir wirklich sehr leid, Mr. Gray.« Mit der unschuldigsten Miene, die Ilka in der Lage war, aufzusetzen, klimperte sie einige Male mit den Wimpern. »Ich bin untröstlich. Selbstverständlich bin ich bereit, auf mein Honorar zu verzichten.«

Sally sah aus, als würde sie gleich aufspringen wollen und davonrennen. Nur dass sie keinen Ort hatte, an den sie würde flüchten können. »Nein«, flüsterte sie. »Das würde er dir nicht glauben. Er würde dich umbringen, weil er wissen würde, dass du es getan hast!«

Ilka lächelte. »Glaubst du im Ernst, ich wüsste nicht genau, wie ich es anstellen muss, damit er mir glaubt?« Dann beugte sie sich erneut vor, zwinkerte Sally zu und raunte: »Ich mache diesen Job schon ein bisschen länger, musst du wissen.«

»Das würdest du nicht tun. Du hast gesagt, dass du das nicht tun würdest. Dein Auftrag lautet, mich lebend abzuliefern!« Sallys Stimme wurde schrill.

Tja, dachte Ilka, *so sicher bist du dir da plötzlich wohl nicht mehr. Gut so.*

Nun ging Ilka in die Hocke, um Sally direkt in die Augen sehen zu können. Mit hochgezogener Oberlippe und frei gelegten Eckzähnen präsentierte sie das diabolischste Lächeln, das sie auf Lager hatte. Und es verfehlte seine Wirkung nicht. Sallys Gesicht verlor nun auch den letzten Rest Farbe.

»Du hast meine Meinung geändert. Das ist schon eine Leistung, das muss ich dir lassen. Normalerweise bin ich ganz schön stur. Glückwunsch!«

Ilka hörte, wie Sallys Puls weiter in die Höhe schoss und grinste in sich hinein. *Ich schätze, ich hab sie so weit.*

»Also«, lenkte die Gefangene mit zittriger Stimme ein, »mal angenommen, ich würde auf das Angebot eingehen und die Geschäfte übernehmen. Was willst du dann von mir?«

»Ganz einfach. Du musst mir lediglich ein paar Kontakte zur Union verschaffen. Ich weiß, dass dein Vater sehr enge Verbindungen dorthin pflegt. Du wirst das weiterführen. Und du bringst mich als eine deiner Geschäftspartnerinnen da rein.«

Ilka hatte keine Ahnung, wie sich die Machtverhältnisse verändern würden, wenn Sally anstelle ihres Vaters das Unternehmen leitete. Sicher, die Union würde weiterhin die Rohstoffe in Anspruch nehmen, aber ob die Geschäftsverbindungen so eng blieben? Nun, sie konnte es nicht wissen, sondern nur darauf hoffen, dass sich auf diese Art eine weitere Tür öffnete. Dass es ein weiteres Einfallstor in die Führungsriege der Union geben würde.

Nun lachte Sally. Laut und fast hysterisch kicherte sie los. »Du willst meine Geschäftspartnerin sein? Das ist ein schlechter Scherz!«

»Nein«, antwortete Ilka betont ruhig, »ich will nicht deine Geschäftspartnerin sein, ich will, dass du so *tust*, als wäre ich deine Geschäftspartnerin.«

»Um mit den Unionsoberen Kaffee zu trinken?«

»Sowas in der Art.«

Sally kicherte wieder. »Warum?«

»Nicht dein Problem. Du verschaffst mir nur den Kontakt.«

Nun beugte sich Sally vor. »Und was, wenn ich das nicht tue? Vielleicht erzähle ich meinem Vater davon, dass du mich erpresst hast. Dann bekommst du eine Menge Ärger.«

Ilka grinste schief. »Denk mal kurz drüber nach, was wohl passiert, wenn dein Daddy erfährt, dass du das Unternehmen gar nicht wirklich übernehmen wolltest. Was meinst du, wer dann welche Art von Ärger bekommt? Hast du vorhin doch selbst gesagt.«

Sally schluckte, dachte offenbar nach.

»Ich weiß, was du denkst«, sagte Ilka, auch wenn sie in Wirklichkeit nur raten konnte. »Aber glaub mir, es gibt da kein Schlupfloch für dich.«

»Ach ja? Willst du mir nicht mehr von der Seite weichen, um dafür zu sorgen, dass ich tue, was du mir befohlen hast?« Sally lehnte sich zurück und verschränkte die Arme vor der Brust.

Ein Lächeln breitete sich über Ilkas ganzes Gesicht aus. »Mein Blut«, sagte sie, und zeigte erst auf sich und dann auf ihr Gegenüber, »in deinem Körper.«

Stirnrunzeln huschte über Sallys Gesicht. Dann schien sie zu begreifen. »Die Verbindung. Die scheiß Nanobots. Nein, das ist nicht möglich.« Ihre Stimme war nur noch ein ersticktes Flüstern. »Shit.« Offenbar erinnerte sie sich wieder an Ilkas Behauptung, sie könne Sally über diese Verbindung überwachen. *Gut gepokert, Ilka.*

McCree nickte zufrieden. »Wie ich sehe, verstehen wir uns jetzt. Also? Was sagst du zu meinem Angebot?«

»Habe ich denn eine Wahl?«

Die Captain legte den Kopf schief. »Natürlich. Wie gesagt. Drei Optionen.«

Sally fuhr sich mit beiden Händen übers Gesicht und dann mit den Fingern durch die Haare. Dort verharrte sie, die Hände am Hinterkopf, die Ellenbogen nach vorne zeigend. Einen Moment lang befürchtete Ilka, sie würde ihr Pokerspiel durchschauen. Was, wenn Sally sie aufforderte, sie sofort zu töten, es einfach hinter sich zu bringen? *Möglicherweise hast du dich ein bisschen weit aus dem Fenster gelehnt. Nein, Unsinn. Sie will leben, das hat sie vorhin deutlich gemacht.*

»Stell dir mal vor, du könntest das Lebenswerk deines Vaters zerstören. Von innen. Alles, was du dafür tun musst, ist mitspielen. Als geläuterte Rebellin auftreten und zurückgekrochen kommen.«

An Sallys Reaktion sah Ilka, dass sie damit auf der richtigen Spur war. *Wusste ich es doch. Das ist genau das, was du willst, du willst ihn dort treffen, wo es am meisten weh tut. Davon kriegst du zwar deine Mutter nicht zurück und auch nicht, dass du unter einem Tyrannen aufgewachsen bist. Aber das kannst du sowieso nicht.* Mit schmerzlichen Verlusten leben zu müssen, damit kannte sich Ilka aus.

»Aber ... er wird nicht einfach dabei zusehen, wie ich sein Unternehmen zerstöre. Das ist völlig unrealistisch. Sobald er das spitz kriegt, bringt er mich um.« Die junge Frau schüttelte den Kopf.

»So wie ich dich erlebt habe, bist du clever genug, um mit etwas Raffinesse vorzugehen«, sagte Ilka. Als sie Sallys geschmeichelten Blick bemerkte, schob sie schnell ein »Aber lass dir das mal nicht zu Kopf steigen“ hinterher.

Ein leises Schnauben entfuhr Sally. Dann Schweigen. Ilka wartete, brachte so viel Geduld auf wie sie nur konnte, während sie Sally Zeit ließ, sich mit dem Gedanken anzufreunden. Nach einer gefühlten Ewigkeit sah Sally zu ihr auf.

»Also gut. Ich mach's.«

Jawohl! Jackpot, Baby.

Fast wären Ilkas Züge zu einem freudig überraschten Ausdruck entgleist. Im letzten Moment konnte sie das noch verhindern. Unter größter Willensanstrengung behielt sie eine reglose Miene. Lediglich mit einem kurzen Nicken nahm sie Sallys Antwort entgegen.

»Gut. Ich wusste, dass du klug genug sein wirst, zu kooperieren«, konstatierte sie. Dann drehte sie sich um und marschierte Richtung Ausgang.

»Halt, warte!«, rief ihre frisch gebackene Geschäftspartnerin ihr hinterher. »Willst du mich jetzt einfach hier lassen? Wo wir doch jetzt ... zusammenarbeiten?«

Ilka verlangsamte ihren Schritt und blieb stehen. Ohne sich umzudrehen lachte sie laut heraus, doch es lag keine Freude in diesem Lachen.

»Solange wir unterwegs sind, bleibst du hier. Du wirst keine weitere Gelegenheit bekommen, mich zu hintergehen.« Dann ging sie zur Tür.

»Bekomme ich ... wenigstens neue Klamotten? Oder wie willst du meinem Vater erklären, wieso ich voller Blut bin und stinke wie eine seit drei Wochen verwesende Leiche?«

Erneut blieb Ilka stehen. Natürlich hatte Sally recht. Doch die Art und Weise, wie sie mit Ilka redete, sprach Bände. *Du musst auf der Hut sein, Ilka. Unterschätze die Kleine nicht.*

»Sicher«, antwortete McCree frostig. »Bei Gelegenheit. Wir müssen uns ohnehin noch absprechen. Deinem Vater sollten wir schließlich nicht unvorbereitet gegenübertreten.«

Dann verließ sie den Frachtraum und stellte sicher, dass die Tür von außen verriegelt war.

ZWANZIG

Bis Gondas war es weder ein besonders weiter noch ein komplizierter Weg. Die einzige Hürde, die Ilka McCree nehmen musste, war der Asteroidenschwarm im Karudo-System. Es war eine Weile her, dass Ilka direkt durch ein Asteroidenfeld hindurchsteuern musste, und eine Mischung aus Aufregung und Vorfreude machte sich in ihr breit – eine angenehme Abwechslung zu dem Ärger, mit dem sie sich seit der Ergreifung von Sally Gray hatte herumschlagen müssen. Hochkonzentriert durch ein Feld von Geröll durchmanövrieren war genau die Art von Spiel, die sie jetzt gebrauchen konnte. Mit einem tiefen Seufzer ließ sie sich in den Sessel zurücksinken und schmiegte ihre rechte Hand um den Steuerknüppel. Ein leises Kribbeln machte sich freudig in ihrer Magengrube breit.

»Ist eine Weile her, dass wir hier zusammen trainiert haben, was?«

Ilka schrak auf und blickte nach rechts zum Sitz der Copilotin. Rachel lächelte sie an. Ihr kantiges Gesicht war fahl, die großen, braunen Augen blickten so traurig, dass sich Ilkas Herz zusammenkrampfte.

»Und du hast mich lange nicht besucht«, antwortete sie.

Rachel nickte nur. »Du hast nicht oft an mich gedacht in letzter Zeit.«

»Ich weiß.« Es war nicht so, dass sie gar nicht an ihre Freundin gedacht hatte. Seit Rachel, Micky, Warren und Alex auf Trorisidee im Giftgas umgekommen waren, war kaum ein Tag vergangen, an dem Ilka nicht Schuldgefühle geplagt hatten. Doch diese Gefühle waren über die letzten drei Jahrhunderte so sehr Teil von ihr geworden, dass sie sie kaum noch bewusst wahrnahm. So wie Rachel, die engste Vertraute, die sie je gehabt hatte, waren sie auf ewig mit ihr verwoben.

»Weißt du noch, wie viel Spaß wir hier hatten?« Rachel kicherte leise.

Bei dem Gedanken daran, wie die beiden ihr Flugtraining im Karudo-System absolviert hatten, huschte ein warmes Gefühl durch Ilka, und sie musste unwillkürlich lächeln. »Das war vielleicht die beste Zeit meines Lebens.«

Rachel nickte. »Ja«, sagte sie leise, »so geht's mir auch.«

Gemeinsam schwiegen sie eine Weile, und Ilka genoss einfach nur das vertraute Gefühl der Freundin an ihrer Seite. Wie in alten Zeiten. Bevor sie diese fatale Fehlentscheidung getroffen hatte, ihre Truppe in ein Kriegsgebiet zu bringen, das schon als verloren galt. Bevor sie die ihr engsten Personen in den sicheren Tod geschickt hatte.

»Du glaubst wirklich, dass du die Union stürzen kannst, oder?«, fragte Rachel nach einer Weile.

»Ich muss es zumindest versuchen. Glaubst du denn nicht, dass ich das schaffe?«

Das warme Lächeln Rachels tat so gut, dass Ilka am liebsten ihre Hand nach ihr ausgestreckt und sie berührt hätte. Sie tat es aber nicht. Jedes Mal, wenn sie das versucht hatte, war Rachel verschwunden. Und sie wollte nicht, dass sie ging.

»Ich glaube, dass du alles schaffen kannst, wenn du es wirklich willst.«

»Bin mir nicht so sicher manchmal«, murmelte Ilka.

»Aber ich. Und du wirst wie immer einen guten Job machen. Viel Glück, Ilka. Und bis bald.«

Noch bevor Ilka sagen konnte, sie solle noch nicht gehen, war Rachel fort. Der zweite Sitz war so nackt und leer wie zuvor.

»Bis bald«, flüsterte sie und schluckte. Dann atmete sie tief durch und konzentrierte sich auf das Asteroidenfeld, durch das sie im Militärtraining so oft mit Rachel geflogen war.

Mit der wendigen XENA Rex war es ein absolutes Kinderspiel, diesen paar Gesteinsbrocken auszuweichen. Sie war nicht so klein wie die Fighter, doch sie reagierte schnell, selbst in ihrem momentan ziemlich ramponierten Zustand.

Trotzdem sie das kurze Gespräch mit Sally und alles, was zuvor geschehen war, nachdenklich machte, genoss Ilka den Flug. Wenn man Jahr für Jahr, über Dekaden und Jahrhunderte immense Strecken von absolutem Nichts im Weltraum überwinden musste, um irgendwo Kriminelle, flüchtige Geschäftspartner oder Schuldnerinnen aufzutreiben, war ein Spiel wie dieses ein absolutes Reise-Highlight. Und so fädelte Ilka ihr treues, wenn auch schwer angeschlagenes Schiff in vielleicht etwas zu hohem Tempo durch das Meer von Felsbrocken, die nur wenige Lichtstunden von Gondas entfernt durchs schwarze Nichts trieben.

. . .

Ilka lehnte sich zurück und verfolgte die letzten an ihr vorbeiziehenden Gesteinsbrocken mit den Augen, bis diese außer Sichtweite und dann aus der Ortung verschwunden waren. Von hier aus war freie Sicht auf Gondas, die Heimat von Hector Gray, dem Karnisium-Mogul – und seiner Erstgeborenen Sally. Einen Moment lang betrachtete McCree den vor ihr liegenden Planeten, wie er grau und unwirtlich vor ihr im Weltall hing, von einem kleinen, beinahe eiförmigen Mond umrundet, der ebenso trostlos wirkte. Eine wenig einladende Gegend, und sicherlich kein Ort, an den man wieder zurückkehren wollte, hatte man ihn einmal verlassen.

Sie beschloss, den Schaden an der XENA Rex erneut durch den Systemcheck erfassen zu lassen, damit sie den detaillierten Statusreport sofort an eine geeignete Reparaturstätte übermitteln konnte. Sie vermutete, dass es auf Gondas Montage-Profis gab, die ihr das Schiff im Handumdrehen wieder auf Vordermann bringen konnten – und würden. Sie war ein besonderer Gast des wichtigsten Mannes des Planeten, dem faktischen Eigentümer. *Hector Gray, König von Gondas,* dachte sie spöttisch.

Nachdem der Systemcheck durchlaufen war, öffnete McCree einen Kommunikationskanal direkt zum zentralen Raumhafen von Gondas. »Gondas, hier spricht Captain McCree, Raumfahrzeug XR 751/55535363-IM, bitte kommen.«

Ein Rauschen und Knacken ging durch die Lautsprecher, dann erklang eine helle, fast zu freundliche Stimme, die einem jungen Mann gehören mochte. Er sagte »XR 751/55535363-IM, hier Zentraler Raumhafen Gondas, wir hören Sie. Ihre Ankunft wurde bereits erwartet. Wir weisen Ihnen einen Landeplatz zu.«

»Gondas, mein Schiff hat erheblichen Schaden erlitten.

Ich übermittle Ihnen eine Liste der Ersatzteile und Reparaturen, die ich benötige. Ich erbitte Informationen, wo ich es unverzüglich reparieren lassen kann.«

»Kann die Einleitung der Reparatur bis nach Ihrem Termin in der Gray-Zentrale warten?«

»Nein, das ist dringend. Ich möchte Gondas nach meinem Termin so schnell wie möglich wieder verlassen. Ich habe ... Anschlusstermine.« Stimmte zwar nicht, aber sie wollte tatsächlich nicht länger als nötig auf diesem tristen, steinigen Planeten verweilen.

Einige Momente war es still in der Leitung, dann ertönte die junge Stimme erneut. »Captain McCree, wir schicken Ihnen die genauen Koordinaten einer Werkstatt, die sich um Ihr Schiff kümmern wird. Wir senden Ihnen einen Transporter, der Sie dann in die Gray-Zentrale bringen wird.«

»Verstanden«, seufzte Ilka. »Over and out.«

Irgendwie war ihr bei diesem ganzen Deal nicht wohl, und sie konnte nicht genau sagen, was ihr dieses Gefühl verschaffte. Gray war nicht nur wahnsinnig mächtig, sondern auch extrem gefährlich, das wussten alle, die ein bisschen über den Horizont des eigenen Planeten hinausdachten.

Wenn nur einer eine falsche Bewegung macht, reiß ich ihnen allen den Brustkorb auf, schwor sich Ilka. Gleichzeitig war sie sich sicher, dass auch ihr Ruf ihr durchaus vorausgeeilt war. Niemand würde es wagen, sie übers Ohr zu hauen. Nicht, wenn denjenigen das eigene Leben lieb war.

Wenig später bewegte sich Ilka mit der angeschlagenen XENA Rex auf einen Bereich auf Gondas zu, der von oben kaum als zivilisierte Gegend zu erkennen war. Damit fügte er sich nahtlos ins Gesamtbild ein. Als sie sich nur noch wenige Kilometer oberhalb der Oberfläche befand, sah sie endlich die langgezogene Halle, deren dunkelgraues Dach sich in die felsige Landschaft schmiegte.

Sie öffnete einen Kommunikationskanal. »Gondas 2-33, hier spricht Captain McCree, XR 751/55535363-IM. Befinde mich im Landeanflug, erbitte Genehmigung zu landen. Mein Schiff ist beschädigt und bedarf der Reparatur.«

Lange Sekunden nur ein leeres Rauschen in der Leitung.

»Gondas 2-33, können Sie mich hören? Hier spricht XR 751/55535363-IM. Erbitte Erlaubnis für Landeanflug.«

Wieder nichts. Dann, als Ilka schon abdrehen wollte, weil sie der Einflugschneise zu nahe kam, meldete sich eine kratzige Stimme, die einer sehr alten Person gehören mochte.

»... is'n das für ein Stress hier?«, knarzte diese. »Ja, ja, ist gut, XR 751 ... wie auch immer. Können landen, einfach einfliegen. Over.«

Dann Stille in der Verbindung. Ilkas linke Augenbraue stieß fast an ihrem Haaransatz an.

»Okaaayyyy..., na dann ...«, sagte sie leise zu sich selbst und machte sich daran, die XENA so sanft wie möglich auf dem staubigen Felsboden von Gondas abzusetzen. Sie aktivierte den Gravitationsmodulator, um beim Anflug möglichst wenig Treibstoff zu verbrauchen. Wer wusste schon, ob und wie viel sie hier würde tanken können. Ein hektisches Piepsen und eine Warnanzeige wiesen sie darauf hin, dass nun auch der erste Fusionsreaktor an die Grenzen seiner Belastbarkeit stieß.

»Achtung, Fusionsreaktor überhitzt. Gravitationsmodulator schaltet sich in zehn Sekunden ab. Not-Aus vorbereiten.«

Ilka schnaubte. Jetzt musste sie sich beeilen. Ohne den

Gravitationsmodulator würde sie deutlich mehr Schub auf ihren konventionellen Triebwerken brauchen, sonst drohte der XENA Rex eine Bruchlandung. Hektisch gab sie die Befehlssequenz ein.

»*Not-Aus in 5 … 4 … 3 … 2 …*«

»Komm schon, Baby, mach schneller …«

Gerade war die XENA Rex noch gemütlich in Richtung Planetenoberfläche geglitten. Als der Gravitationsmodulator ausfiel, ruckte es, und sie fiel wie ein überdimensionaler Stein Richtung Boden.

»Scheiße, verdammt!«, brüllte Ilka und dann: »Triebwerke auf vollen Schub!« Sie war sich nicht sicher, ob das alles noch reichen würde, um nicht unten in Einzelteile zerlegt zu werden. Die Oberfläche war schon bedrohlich nah.

Doch es schien zu funktionieren. Endlich, als sie schon einzelne Felsenformationen ausmachen konnte, merkte sie, wie der Gegenschub einsetzte. Gleichzeitig sprangen alle Messanzeigen in den dunkelroten Bereich und zusätzlich zum immer noch anhaltenden roten Blinken im Cockpit kam ein durchdringender Signalton, der sich mitten in ihren Kopf bohrte. Kurz bevor sie landete, begann es unterhalb der XENA Rex zu qualmen. Eines der konventionellen Triebwerke war nun ebenfalls an seiner Belastungsgrenze. Gerade in dem Moment, in dem das Hauptsystem meldete »*Triebwerksausfall achtern*«, setzte das Schiff auf dem Boden von Gondas auf.

EINUNDZWANZIG

Die Umgebung war genau so trist, wie Ilka McCree sie sich vorgestellt hatte. Der Eindruck von oben bestätigte sich auf dem Boden tausendfach, sobald sie ihr Schiff verlassen hatte – nicht ohne nochmal sicherzustellen, dass der Frachtraum auch wirklich noch verriegelt war.

Obwohl der Himmel von einer dicken Wolkenschicht verhangen war und einen gleichmäßig grauen Anblick bot, war das Licht unangenehm grell und schneidend. Ilkas empfindliche Augen fingen an zu tränen, und sie wusste nicht, ob es der scharf schneidende Wind war, der sie reizte, oder das aggressive Licht. Die Sonnenbrille war nicht in ihrer Brusttasche. Wo hatte sie die nur wieder hingelegt? Sie zog den Hut etwas tiefer in die Stirn, um zumindest nicht zu sehr geblendet zu werden.

Der Landeplatz war eine ebene, weitläufige Stelle, die von Menschenhand in den Fels gehauen worden sein worden musste. Anders konnte sie sich die ebenmäßige Fläche nicht erklären. Das hellgraue Gestein war von feinen, dunkelgrauen Adern durchzogen, so wie die sich hoch auftürmenden Felsen um das Areal herum. Es sah aus, als wären die Werkstatt und der zugehörige Landeplatz in eine natürliche Senke hineingebaut worden. Dass sich jemand die Mühe gemacht hatte, einen riesigen Platz aus dem Stein zu klopfen, war so verrückt wie unwahrscheinlich. Hatten hier wirklich Menschen eine Talsohle ins Gebirge geschnitten?

Wer weiß, wie egozentrisch dieser Gray wirklich ist, dachte McCree und schnaubte.

Sie hatte ihr ramponiertes Schiff zentral auf dem Platz gelandet. Außer der XENA gab es nur noch ein weiteres Schiff. Ein kleines Transportschiff stand am Rand, als wolle es nicht auffallen. Es hatte die Form einer Insektenraupe und war wenig schnittig, dafür neu und einigermaßen sauber. Es stand nahe der großen Halle.

Aus der Halle selbst, deren Tore weit offen standen, näherte sich eine kleine, bucklige Gestalt in einem steingrauen Overall. Ilka ging beherzt auf sie zu, und je näher sie kam, desto kleiner schien die Gestalt zu werden. Als sie direkt vor ihr zum Stehen kam, reichte ihr die kleine, alte Frau gerade mal bis zum Brustkorb. Ihr graues Haar war kurz geschnitten und sah aus, als hätte die Frau den Haarschnitt kurzerhand selbst übernommen. Sie hatte tatsächlich einen Buckel, und es war ihr deutlich anzusehen, dass er das Resultat eines beachtlich langen Lebens voller harter körperlicher Arbeit war. Die Frau, auf deren übergroßem Overall der Name *Maeve* eingestickt war, hatte ein derart runzliges Gesicht, dass sie sich fragte, ob diese Person die 100 Lebensjahre schon voll gemacht hatte oder kurz davor stand – und wieso jemand derart betagtes noch in der Lage war zu arbeiten. Zwischen den vom wettergegerbten Falten in dem runden Gesicht mit den hohen Wangenknochen blitzten zwei erstaunlich wache und kluge, mandelförmige

Augen hervor. Als die Alte den Mund aufmachte, war Ilka klar, dass sie über die Comms bereits miteinander gesprochen hatten.

»Du bis‘ also die mit der kaputt’n Mühle? Na dann zeig mal her, was kaputt is ...«, knarzte sie, ohne Ilka zu begrüßen. Ihr Blick fiel auf die XENA Rex, die von außen einen jämmerlichen Anblick abgab. »Oh je. Da ham wir aber ord’ntlich was abgekriegt.«

Sie watschelte in ihren durchgelatschten und ebenfalls grauen Stiefeln auf die XENA Rex zu und betrachtete das klaffende Loch in der Seitenwand. An den aufgeflexten Rändern und im Inneren klebte noch Blut von dem Kampf, den Ilka mit der Piratatruppe ausgefochten hatte.

Die Alte betrachtete das Loch stirnrunzelnd, klopfte gegen die Außenwand und drehte sich dann zu Ilka um. »Wie is‘n das passiert? Sieht aus wie aufgeschnitten.«

Ilka nickte. »Hornets«, sagte sie. »Die haben mich auf dem Weg zum P37-5 verfolgt und dann angedockt.«

Die alte Frau nickte. »Hast ihnen hoffentlich ’n Arsch aufgeriss’n.«

Ilka grinste. »Aber sowas von, Ma‘am.«

Die Alte zwinkerte ihr zu, lächelte zufrieden und nickte zustimmend. Dann wandte sie sich wieder dem ramponierten Schiff zu. Ihr Blick wanderte nach links und blieb unterhalb des Cockpits hängen. Dort war das Raketenprojektil der Hornets eingeschlagen und hatte die Waffensysteme ausgeschaltet. Nun sah Ilka, dass sie unglaubliches Glück gehabt hatte. Nur einen halben Meter weiter vorne wäre der Zugang zum Hauptreaktor beschädigt worden. Ein Schweißtropfen lief unter ihrem Hut heraus über ihre Stirn, obwohl es auf Gondas eher kühl und windig war.

»Das war haarscharf«, bestätigte auch die Alte. »Hab

schon deinen Schad'nsreport gesehen. Hätte echt ins Auge gehen könne.«

Sie ging einmal um das Schiff herum, blieb hier und da stehen, murmelte etwas vor sich hin und kam kopfschüttelnd zurück. »Haste echt Glück gehabt, dass's noch bis hierher gemacht hast, wa'?«

Eine Antwort erwartete sie ganz offensichtlich nicht. Sie tätschelte die von kleinen und großen Treffern zersiebte Außenhülle der XENA, die wie ein trauriger Vogel auf dem Platz stand.

Wie liebevoll sie mit dem Schiff umgeht. Ich schätze, ich bin hier an der richtigen Adresse.

Maeve watschelte mit ihren krummen Beinen zurück zu Ilka. Gerade mal einen halben Meter vor der großen, stattlichen Captain baute sie sich auf, reckte den schrumpelig wirkenden Kopf nach oben und sagte »Krieg'n w'r schon hin, meine Leute sin' richtig gut. Is'n Kinderspiel für uns.«

»Was bekommst du dafür?«, wollte Ilka wissen.

Die alte Frau winkte ab. »Dafür is' gesorgt, brauchste dir keine Sorg'n mach'n«, sagte sie. „Übernimmt alles Mr. Gray.«

Captain McCree stutzte. Der Auftrag war ohnehin schon hoch dotiert, wieso sollte Hector Gray ihr auch noch eine Komplettüberholung ihrer Kiste spendieren? Das stank doch alles zum Himmel.

Maeve hatte das Stirnrunzeln bemerkt. Sie musterte Ilka kurz von oben bis unten und knarzte: »Scheint Wert drauf zu leg'n, dass du ihm wohlgesonn'n bist, unser Mr. Gray.«

Sie verzog ihre faltigen Lippen zu einem breiten Lächeln, und Ilka sah, dass sich im Mund der Alten nur noch einige wenige Zahnstumpen befanden. Erneut zwinkerte Maeve mit ihren mandelförmigen Äuglein und klopfte Ilka dann mit der flachen Hand auf den linken Oberarm.

Daraufhin drehte sie sich um und wackelte auf ihren kurzen, krummen Beinen davon. Auf dem Weg zur Halle pfiff sie einmal scharf und rief mit erstaunlich fester Stimme »Heram, Miso, los, es gibt was zu tun! Schafft die XENA Rex in die Halle!« Für den Bruchteil einer Sekunde durchfuhr Ilka ein warmes Gefühl, als sie das erste Mal seit sehr langer Zeit eine andere Person so liebevoll »XENA Rex« sagen hörte. Es war ein fast zärtlicher Moment, in dem sie eine tiefe Verbundenheit zu Maeve spürte. Energisch drängte sie die absurde Idee zurück, die alte Frau einfach mit ihren langen, starken Armen zu umschlingen und sie fest an sich zu drücken.

Was zum Henker, Ilka, rief sie sich selbst innerlich zur Ordnung. *Du wirst doch nicht auf deine alten Tage weich werden?*

Nur wenige Sekunden, nachdem die Alte gerufen hatte, stürmten zwei junge Menschen aus dem Schatten der Halle, als hätten sie dort zwischen Kisten und Gerümpel nur darauf gewartet, eine Aufgabe zugeteilt zu bekommen. Eine der beiden dünnen Gestalten humpelte. Ilka sah, dass sie nur noch ein Bein hatte. Das zweite war durch eine Metallprothese ersetzt worden, und zwar eher notdürftig als professionell. Die halb verhungert aussehende Gestalt musste durch die Apparatur eigentlich Schmerzen haben, so schief, wie sie lief, doch sie machte einen geradezu fröhlich-ausgelassenen Eindruck. Vermutlich war Leid auch auf Gondas eine Frage der Perspektive.

Die dichten, schwarzen Haare und die trotz der dünnen Körper runden Gesichter mit den hohen Wangenknochen und den kleinen, dunklen Augen in Mandelform ließen die Werkstatt-Angestellten nicht nur einander ähneln. Ilka vermutete, dass beide mit Maeve verwandt waren. Hätte nicht eine der beiden merkwürdigen Figuren ein Metallbein gehabt, wäre Ilka es schwergefallen, sie auseinanderzuhalten. Ihre Gesichter waren schmutzig und von der Arbeit gezeichnet, doch sie waren jung, mindestens zwei Generationen jünger als Maeve. Andererseits war Ilka McCree in den letzten Jahrhunderten zusehend schlechter darin geworden, Menschen und andere Sapienten auf ihr Alter hin zu schätzen – vielleicht, weil sie für immer in ihren Dreißigern bleiben und dabei an Lebenserfahrung unendlich altern würde. Sie überlegte, ob die beiden Angestellten in Maeves Garage nicht vielleicht sogar deren Kinder sein könnten. Oder doch ihre Enkel? So oder so waren sie körperlich in einem ähnlichen Zustand wie die alte Frau mit den wachen Augen. Ilka hatte so eine Vermutung, dass das nicht daran lag, dass ihre Chefin sie so schlecht versorgte, zumindest nicht aus Geiz oder bösem Willen. Es war schlichtweg die Lebensrealität auf diesem Planeten. Wahrscheinlich waren die Leute in dieser Werkstatt noch deutlich besser dran als diejenigen, die sich in den Minen unter unfassbaren Bedingungen zu Tode schufteten. Die durchschnittliche Lebenserwartung der Minenbeschäftigten auf Gondas wurde zwar nirgends offiziell aufgezeichnet, doch Schätzungen der Souvs zufolge beliefen sie sich auf keine vierzig Jahre – eine Zahl, die Hector Gray mit äußerster Vehemenz bestritt.

Voller Enthusiasmus sprangen die beiden in die Halle hinein, um kurz darauf auf zwei Fluggleitern wieder herauszukommen. Solche Fahrzeuge hatte Ilka noch nie gesehen. Sie sahen aus wie überdimensionierte Hirschkäfer aus Metall. Es musste Jahrhunderte her sein, dass Ilka das letzte Mal Hirschkäfer gesehen hatte. Es fühlte sich an wie ein anderes Leben. Stundenlang hatte sie als Kind daheim im nahe gelegenen Wäldchen gesessen und die faszinierenden, handtellergroßen Insekten beobachtet. Dabei hatte sie sich immer gewundert, wie kräftig so ein Käfernacken sein musste, dass er in der Lage war, ein Geweih zu halten, das fast zwei Drittel der eigenen Körperlänge ausmachte. Als sie noch ganz klein gewesen war, war sie der Überzeugung gewesen, dass es sich bei den Mandibeln um Esswerkzeuge handelte und hatte sich gefragt, wie die Käfer es wohl schaffen mochten, von diesem Besteck zu essen. Statt ihre Eltern zu fragen, beschloss sie, dass sie sich wohl gegenseitig fütterten. Erst viel später las Ilka irgendwo, dass die männlichen Tiere tatsächlich bei der Nahrungsaufnahme auf die Hilfe der Weibchen angewiesen waren – auch wenn sie nur Pflanzensäfte leckten, die vorher mithilfe der Mandibeln der Weibchen aus Baumrinden herausgekratzt wurden.

Die mandibelartigen Fortsätze der beiden Fluggleiter in Maeves Garage hatten garantiert nichts mit Nahrungsaufnahme zu tun. Zwischen ihnen zuckten blaue Blitze. Das Fahrgestell war eine schlichte, längliche Schale, in der gerade mal ein (nicht besonders großer) Mensch Platz fand. Die beiden Kerlchen, die nun damit aus der Garage herausgefahren kamen, sahen jedenfalls aus, als hätten sie ihre dünnen Beine gehörig einziehen müssen, so zusammengefaltet sahen sie darin aus. Doch beide strahlten Ilka McCree mit ihren zahnlosen Gesichtern so freudig an, dass sich bei der Captain der Verdacht regte, sie würden ihren Job wirklich von Herzen gerne machten. Wahrscheinlich waren sie froh, mal etwas anderes zu reparieren als die üblichen Karnisium-Transporter oder was es sonst noch so gab in dieser Eintönigkeit. Minen-Maschinerie vielleicht?

Die beiden Gleiter trennten sich, kurz bevor sie Ilka erreichten. Einer bewegte sich in Richtung des vorderen Endes und einer an die rückwärtige Seite der XENA. Im nächsten Moment spannten sie ein Energiefeld auf, mit dessen Hilfe sie das fast siebenhundert Tonnen schwere

Schiff mühelos anheben und in die Werkstatthalle bugsieren konnten.

Wie aus einem Sekundenschlaf erwachend fiel Captain McCree auf einmal wieder ein, wieso sie überhaupt hier war. »Halt!«, rief sie den beiden zu und wedelte mit den Armen. »Ich habe noch eine Passagierin an Bord.« Und mit einem Blick auf ihre von Kugeln durchlöcherte, zerschnittene und blutverschmierte Kluft sagte sie leise zu sich selbst: »Und ich glaube, ich sollte mich noch präsentabel machen.«

Die beiden Gleiter stoppten und ihre Fahrer wechselten fragende Blicke. Mit ausladenden Schritten und wehendem Mantel ging Captain Ilka McCree zurück ins Innere der XENA. Doch bevor sie Sally holen würde, musste sie noch ihre eigene Kabine sichten.

Sie hatte einen ganz anderen Anblick erwartet. Herumliegende Klamotten und ein paar durcheinandergewirbelte Kleinigkeiten, doch sowohl die Tür zu ihrer Kabine als auch jegliches Mobiliar war völlig intakt. Das Maß der Zerstörung hielt sich zumindest in diesem Teilbereich des Unterdecks erstaunlich in Grenzen. Der Unterdruck durch das klaffende Loch in der Außenhülle hatte zwar dafür gesorgt, dass die Tür sich verbogen hatte, doch im Inneren war alles praktisch unverändert.

Liebevoll tätschelte Ilka die Wand ihrer Unterkunft, die sie so lange nicht hatte betreten können, und raunte zärtlich: »Du bist einfach ein robustes Miststück, meine Alte.«

Sie nahm Sallys Tasche an sich, die sie ihr auf Lemides abgeknöpft hatte, und verharrte einen Moment. Starrte auf ihr Waffenarsenal an der Wand über ihrer Schlafkoje. Überlegte. Dann griff sie an die Wand und stopfte eine Pistole in Sallys Tasche. Dann sah McCree an sich hinunter. Einschusslöcher im Hemd, zerfetzte Ärmel, überall Blut ... Sie legte wirklich keinen Wert auf Äußerlichkeiten, aber so konnte sie ihrem Auftraggeber nicht gegenübertreten. Man würde sie für unprofessionell und unhöflich halten. Seufzend machte sie sich frisch, kramte sie ihr letztes sauberes Hemd und eine saubere Hose aus der Kommode und machte sich auf den Weg hinaus. Jedoch nicht, ohne nicht noch einen sehnsüchtigen Blick auf ihre Schlafkoje zu werfen. Das bisschen Schlaf im Cockpit war nur mehr ein unruhiges Dösen gewesen.

Bevor McCree die Treppe wieder nach oben ging, um ein letztes Mal im Cockpit nach dem Rechten zu sehen, warf sie einen Blick den Gang hinunter, wo der Kampf gegen die Leute von Dyke Randall stattgefunden hatte. Die Leichen hatte es in den Weltraum gezogen, doch die Kampfspuren und Blutflecken waren geblieben. Am Boden klebte etwas, das wie ein Teil einer menschlichen Zunge aussah. Sie grübelte kurz. Diesmal hatte sie doch niemandem die Zunge herausgerissen, oder doch? Sie seufzte und ließ den Blick ein weiteres Mal über den mit braunen Blutkrusten und Haaren verklebten Boden gleiten.

Diese Scheiße muss ich auch noch saubermachen, dachte sie und hasste Dyke Randall und seine verdammten Piratae-Arschlöcher noch mehr.

Durch das Loch in der Außenhülle brach das unerbittliche Tageslicht von Gondas herein, kalt und grau wie der Planet selbst. An der gegenüberliegenden Seite lagen schweigend die leeren Crew-Kabinen, die sie niemals zu besetzen gedachte. Ein unangenehmes Ziehen breitete sich in Ilkas Brust aus. Mit einem Mal verspürte sie das Bedürfnis, alles hier unten kurz und klein zu schlagen. Sie drängte diesen Wunsch tief in ihr Innerstes zurück.

Dann ging sie über die Treppe zurück ins Oberdeck und ging nochmal sicherheitshalber auf die Latrine. Sie wollte nicht bei Hector Gray als erstes danach fragen müssen, wo sie ihr Geschäft erledigen könne.

Im Frachtraum tat sich noch immer nichts, kein Rufen, kein Klopfen. Als McCree die Tür öffnete, stand Sally direkt vor ihr und sah ihr ins Gesicht.

»Bekomme ich noch was anderes anzuziehen, bevor die Show losgeht?«

Ilka warf ihr das letzte frische Hemd hin, das sie in ihrer Kabine gefunden hatte, und starrte Sally dann an.

»Äh ... Würdest du dich bitte umdrehen, während ich mich umziehe? Oder was genau soll das für eine Partnerschaft werden?«

Peinlich berührt drehte sich Ilka weg. »Ja, ähm. Natürlich.«

Das blutige Hemd warf Sally auf den Boden. Dann trat sie wieder auf Ilka zu.

»Kann's losgehen? Müssen wir noch irgendwas proben?«

Ilkas Mundwinkel zuckten. Sie traute Sally noch immer nicht.

»Die Story ist denkbar einfach. Ich habe dich gefunden und geschnappt, du hast dich erst gewehrt. Doch als du erfahren hast, wer mich beauftragt hat, ist dein steinernes Herz erweicht, und du hast die Liebe zu deinem alten Herrn mitsamt deinem Pflichtbewusstsein wiederentdeckt. Ich verlass mich mal drauf, dass du die reumütig zurückkehrende Tochter schon im Repertoire hast?«

Sally zuckte die Achseln und lief an Ilka vorbei aus dem Frachtraum. »Ich kann ziemlich gut schauspielern. Mach dir da mal keine Sorgen, ich schaukle das schon.«

Ilka verdrehte die Augen und stapfte hinterher.

. . .

Es war kein fröhliches Wiedersehen zwischen der jungen Gray und ihrem Heimatplaneten. Sobald sie aus der XENA Rex heraustrat, biss sie die Zähne zusammen, so dass ihre Kiefermuskulatur vortrat. Argwöhnisch blinzelte sie in die graue Helligkeit des Tages auf Gondas, dem Ort, an dem sie geboren wurde. An den sie ab sofort auf Gedeih und Verderb gebunden war. Gray Inc. war Gondas, und Gondas war Gray Inc. Und sie würde bald die neue Firmenchefin werden.

Ilka trat neben sie auf die Talsohle. Der Wind trug Sallys Duft in ihre Nase, ein süßliches, köstliches Brodeln in Sallys Arterien, das durch den Schweiß, getrocknetem Blut und Schmutz von mehreren Tagen ohne Wasser und Seife hindurch drang. Der Hunger meldete sich urplötzlich zurück, und ihr Magen grummelte hörbar.

Sally verharrte einen Moment zu lange neben Ilka. Fast schien es, als wolle sie die Vampiry mit ihrem Geruch provozieren. Ein leises, kaum vernehmbares Knurren entrann Ilkas Kehle, noch bevor sie es unterdrücken konnte. Sally straffte sich, dann ging sie weiter, ohne einen weiteren Ton von sich zu geben. Das selbstzufriedene Grinsen konnte McCree nicht sehen, doch es war deutlich zu spüren.

Du verdammtest Miststück, ärgerte sich Ilka, doch vor allem war sie wütend auf sich selbst. Dass sie ihre Instinkte nach so langer Zeit immer noch nicht hundertprozentig im Griff hatte, erschien ihr wie eine Niederlage gegenüber ihrem vampiryschen Selbst.

Als Sally die Laderampe herunterkam, starrten Maeves Angestellte aus ihren stählernen Hirschkäfern heraus, als hätten sie soeben einen Geist gesehen. Maeve dagegen, die wieder zum Schiff zurückgewackelt war, schien keineswegs überrascht, Sally Gray auf ihrem Landeplatz zu haben. Sie kam den beiden Frauen entgegen und deutete mit dem Kopf auf das kleine Transportschiff am Ende des Platzes, das aussah wie eine Wurst in einer zu engen Pelle.

»Der wartet schon auf euch, bringt euch rüber zu dei'm alten Herrn«, sagte sie, einen schwer zu deutenden Blick auf Sally gerichtet.

Ein kurzes Zögern ging durch ihre kleine, gebückte Gestalt.

»Is' nich' so gut gelauf'n, was?«, fragte sie Sally dann, mit gesenkter Stimme, fast verschwörerisch.

Sally sah zu Boden und schüttelte fast unmerklich den Kopf.

»Tut mir leid, Kleines«, raunte Maeve und legte Sally kurz ihre kleine, schrundige Hand auf die Schulter. Wäre sie nicht so faltig gewesen, es hätte die Hand eines Kindes sein können.

Ilka betrachtete die beiden, wie vertraut sie miteinander umgingen, und fragte sich, wie gut sie sich wohl kannten. Dass es Maeve gewesen sein musste, die Sally bei der Flucht von Gondas geholfen hatte, stand völlig außer Frage. Aber wieso? Für die alte Frau musste es eine enorme Gefahr dargestellt haben, der jungen Gray zu helfen.

Ilka setzte eine höflich-distanzierte Miene auf. »Danke, Maeve«, sagte sie und nickte der buckligen Alten mit den freundlichen Augen zu. Sally schwieg betreten und machte sich steif, als Ilka sie am Arm packte, um sie Richtung Transportraupe zu bugsieren.

ZWEIUNDZWANZIG

Ein junger Mann mit bärtigem Gesicht und zu einem Zopf gebundenen langen Lockenhaar stieg aus der Raupe aus, als sie sich näherten. Sein langer, schlaksiger Körper reckte sich bis zu Ilkas Körpergröße. In dem schwarzen Overall, den er trug, wirkte er merkwürdig verloren, als wüsste er nicht, wohin mit sich. Er musterte die beiden Frauen und trat unsicher von einem Bein aufs andere, die Hände in den Hosentaschen. Als sie nah genug waren, zog er die Hände schnell heraus, wischte sie am Overall ab und streckte Ilka die Hand entgegen.

»Hallo, äh, Captain McCree, nehme ich an?« Er klang genauso nervös wie er aussah.

Ilka nickte kurz.

Sein Händedruck war fest, aber ziemlich feucht. *Der Junge macht sich gleich ins Hemd,* schmunzelte sie in sich hinein.

»Tony Starfighter. Ich werde Sie zu Mr. Gray bringen.«

Ilka hob die Augenbrauen. Tony Starfighter? Diesen Namen hatte sich der Typ doch ausgedacht. So hießen nur

Leute aus Geschichten, die sich Zwölfjährige ausdachten – oder die ebensolche beeindrucken sollten.

Tonys Blick huschte hinüber zu Sally. Er schlug sofort die Augen nieder, als sich ihre Blicke trafen. »Sally«, sagte er zur Begrüßung, wobei seine Stimme sich bei der zweiten Silbe wie zu einer Frage anhob. Die beiden schienen sich zu kennen. Natürlich. Sally hat ihr ganzes Leben mit den Menschen verbracht, die für ihren Vater arbeiten.

Wenn diese beiden keine gemeinsame Geschichte haben, fress ich einen Besen. Dass es hier eine Dynamik gab, konnte sogar Ilka spüren.

Sally Gray antwortete dem jungen Mann nicht, der kaum älter sein konnte als sie selbst. Stattdessen sah sie zu Boden, als wolle sie ein Loch hineinstarren.

Hastig riss Tony am hinteren Teil der Raupe eine seitliche Schiebetür auf.

»Bitte, Ma'am, steigen Sie ein«, beeilte er sich zu sagen.

Ilkas linke Hand ballte sich unwillkürlich zur Faust, als er sie so nannte, doch sie rief sich sofort zur Raison und entspannte die Hand wieder. *Er ist nur ein dummer Junge, lass ihn.*

Sally atmete tief durch, sah auf und drehte sich einmal um, als wolle sie den Anblick des Platzes in sich aufsaugen. Dann schubste Ilka sie voran zur Raupe. »Komm schon, steig endlich ein.«

Der Fahrgastraum war ein nach außen fensterloses Abteil mit vier durchgesessen aussehenden schwarzen Sitzen, von denen sich je zwei gegenüberlagen. Zur Fahrerkabine gab es nur ein kleines vergittertes Fenster, so dass ein wenig Licht von dort bis in den hinteren Bereich fiel.

»Nicht gerade das, was ich unter einer Luxus-Limousine verstehe«, murmelte Ilka, als sie einstieg. Sie setzte sich mit dem Gesicht in Fahrtrichtung, um beobachten zu können, was vorne geschah – nur für alle Fälle. Sally saß neben ihr.

»Mir wird schlecht, wenn ich rückwärts fliege«, sagte sie in anklagendem Ton, als sich die Tür mit einem lauten Rums schloss.

»Dann wirst du damit leben müssen, dass ich neben dir sitze«, entgegnete Ilka knapp. »Aber da ich dir geholfen habe, wieder zu deinem Daddy zurückzufinden, macht dir das sicher nichts aus, nicht wahr?« Sie zwinkerte Sally zu, doch sie antwortete nur mit einem gequälten Lächeln.

Wenige Augenblicke später hob die Raupe vom Boden ab und begann sich erstaunlich wendig auf den Weg zu machen. McCree und Gray schwiegen beide eisig. Ilka musterte die junge, rothaarige Frau einen Moment von der Seite. Sie wirkte noch magerer und sehniger als noch vor wenigen Tagen, als sie sie auf Lemides aus der Bar gezerrt hatte.

Nicht, dass du bei mir nichts Nahrhaftes bekommen hättest. Zu nahrhaft sogar, dachte sie, und ihre Hände ballten sich unwillkürlich in ihrem Schoß.

Sallys Augen waren eingefallen und der Blick leer. Sie sah Ilka nicht an, sondern starrte angestrengt in die entgegengesetzte Richtung in eine dunkle Ecke der Kabine.

»Glaubst du wirklich, mein Vater wird mir glauben? Dass ich es mir, ähm ... anders überlegt habe, meine ich«, sagte sie in die Stille hinein. Sie sprach wie jemand, der davon überzeugt war, abgehört zu werden.

Ilka sah sie von der Seite an, nickte kurz und spielte das Spiel mit. »Wieso sollte er es nicht glauben? Wir alle machen mal Fehler und kehren dann reumütig zurück.« Sie zwinkerte ihr erneut zu. »Dein Vater wird dir sicherlich verzeihen. Jetzt, da du alles wieder gutmachen wirst.«

Sally atmete schwer aus. »Hm«, presste sie hervor. »Das hoffe ich sehr.«

Eine Weile schwiegen sie. Das gleichmäßige Dröhnen der Transportraupe machte Ilka müde. Durch das kleine vergitterte Fenster nach vorne sah sie, wie sie an endlosen Felsen vorbeifuhren, alles Grau in Grau. Sie hätte nicht sagen können, wie lange sie unterwegs waren. Nur die Tatsache, dass Sally es geschafft hatte, die ganze Zeit die Klappe zu halten, sagte ihr, dass es nicht lang gewesen sein konnte.

»Ich habe dir deine Tasche mitgebracht«, sagte Ilka irgendwann in die angespannte Stille hinein. Überrascht sah Sally auf, Ilka direkt in die Augen. Dann fiel ihr Blick auf ihre braune Ledertasche, die Ilka ihr hin hielt. Sallys Tasche. Sie zögerte, doch dann streckte sie die Hände aus und nahm sie entgegen.

»Danke«, presste sie hervor, doch ihrem Tonfall nach hätte sie genauso gut sagen können: »Fahr zur Hölle, du Stück Scheiße«.

Sie wiegte die Tasche ein wenig auf dem Schoß hin und her, wie unschlüssig, was sie nun damit machen sollte – als handelte es sich um ein fremdartiges Objekt, das sie eigentlich gar nicht haben wollte. Mit zusammengekniffenen Augen sah sie Ilka abschätzig an, öffnete dann die Tasche und blickte hinein, überprüfte den Inhalt. Dann stutzte sie und ließ die Pistole, die Ilka hineingelegt hatte, ein Stück herausgleiten. Fragend sah sie Ilka an.

Ilka lächelte süffisant. »Nur für alle Fälle«, sagte sie leise. Dann drehte sie den Kopf wieder nach vorne und lehnte sich in den Sitz zurück. Sie hoffte, dass Sally so klug war, die Waffe nur im Notfall und zur Selbstverteidigung einzusetzen. Überlegtes Handeln der jungen Gray war das, worauf sie sich verlassen können musste, wenn sie auf diesem Wege einen Kanal zur Union öffnen wollte. Es war eine Chance, keine Garantie. Wie sie für nichts eine Garantie hatte.

Sally antwortete nicht mehr. Sie schob die Waffe wieder zurück, schloss die Tasche und ließ den Kopf nach hinten gegen die Kopfstütze fallen. Sie schien ihren Gedanken nachzuhängen, während das sanfte Schaukeln der Raupe sie über das kühle, klare Hellgrau des Felsplaneten Gondas bewegte.

Ilka fragte sich, was sie am Ziel erwarten würde. Sie hatte viel von Hector Gray gehört, nicht zuletzt aus dem Munde seiner Tochter. Ein schwieriges Verhältnis zu den eigenen Eltern zu haben, war eher die Regel als die Ausnahme, und dysfunktionale Familien ein Phänomen aller intelligenten Lebewesen. Gray allerdings schien eine besondere Sorte Arschloch zu sein. Nicht, dass Ilka es in den vergangenen dreihundert Jahren nicht mit vielen ätzenden Typen zu tun gehabt hätte. Aber jemand, der seine eigene Tochter töten würde, weil sie nicht nach seiner Nase tanzte, erforderte von ihr Fingerspitzengefühl. Vor allem, wenn es um mehr ging als nur um das Leben einer jungen Frau. Um so viel mehr.

Keine dummen Scherze, keine freche Klappe, sei einfach professionell, Ilka. Dann wird das schon klappen. Du kannst das. Angie Dawson nimmt dir deine Lügen seit Jahren ab. Also reiß dich einfach zusammen.

Sie betrachtete eine Weile Sallys weißen Hals, den diese so demonstrativ entblößt hatte, dass Ilka den Verdacht hegte, es solle sie provozieren. Die Kleine konnte sich zusammenreimen, dass Ilka seit vielen Stunden keine Nahrung mehr zu sich genommen haben konnte. Seit zu vielen Stunden. Und sie hatte recht. Ilka spürte, wie wieder dieser unbändige Hunger in ihr aufstieg, den sie vor zu vielen Stunden nur notdürftig mit einem Beutel einer bereits abgelaufenen Blutkonserve hatte bändigen können.

Sie schwelgte für einen genüsslichen Moment in der Vorstellung, sich in Sallys sprudelndem Blut zu suhlen. Dann schluckte sie und zwang sich, durch das vergitterte Fenster nach vorne zum Fahrer und von dort aus nach draußen zu schauen, bis sie endlich an Grays Konzernzentrale ankommen würden. Auf Gondas war sie nie zuvor gewesen, doch nach allem, was sie über Hector Gray wusste, stellte sie sich den Unternehmenssitz als Palast vor, als obszöne Darstellung von zu viel Reichtum und Macht. Wie lebte jemand, der sich einen ganzen Planeten untertan gemacht hatte? Wie sah die Konzernzentrale von einem aus, der sein Lebenswerk auf dem Leid und der Ausbeutung anderer gegründet hatte und damit unfassbar reich geworden war? Hector Gray hatte sich hochgearbeitet, das wusste jedes Kind in der Galaxie. Er war der Sohn von Viehhandeltreibenden gewesen, der auf einem namenlosen Mond irgendwo am Rande der Galaxie beschlossen hatte, sein Glück in der Ferne zu suchen. Sein Aufstieg zum Unternehmer, der einen galaktischen Konzern leitete, war beispiellos – und zahllose Leichen säumten diesen Weg. Marali und Eddoxi hassten ihn, wie ihn die meist menschlichen Unionsanhänger liebten. Er war ein Vorbild, einer, der geschafft hatte – aber zu welchem Preis?

Ilka McCree hatte keine Angst vor ihm, doch sie war dennoch auf der Hut. Er würde sie in seinem vergoldeten Glaspalast empfangen. Als Gildenmitglied und Kopfgeldjägerin von hohem diplomatischen Rang war sie mit entsprechendem Respekt zu behandeln, nicht wie eine Bittstellerin. Unter Garantie hatte Angie Dawson das bei der Anbahnung des Vertrages deutlich gemacht. Ilka hatte also nichts zu befürchten. Freies Geleit, gute Bezahlung, respektvoller

Umgang. Das war Ehrensache unter Geschäftsleuten, und darum ging es hier schließlich: ums Geschäft.

Wenn wir uns auf Augenhöhe begegnen, wird er mir auch glauben. Er konnte ihr schließlich nicht hinter die Stirn gucken. Zum Glück.

Erst jetzt kam ihr der Gedanke, was die Konsequenzen sein könnten, wenn man ihr Spiel durchschaute. Sollte Sally wider Erwarten nicht dichthalten ... Nein, das war unsinnig. Die junge Frau war nicht so lebensmüde, das zu riskieren. Sonst würde Ilka improvisieren müssen. Was eine ziemlich beschissene Wendung wäre.

Irgendwann bemerkte Ilka durch das kleine vergitterte Fenster, wie sie sich auf eine Siedlung zubewegten, die sich zwischen den Felsformationen aus den Schatten schälte. Sie fuhren eine enge Straßen entlang, die von schiefen Hütten und in den Stein gehauenen Häuschen gesäumt wurde. Einfach gekleidete Menschen liefen geschäftig hin und her und nahmen kaum Notiz von dem Transporter. Auffällig war, dass keine anderen Spezies als Menschen zu sehen waren.

Die Raupe fädelte sich gemächlich durch die Passanten hindurch und wurde dabei immer langsamer.

Verdammt, wie lange dauert das denn noch?

So langsam war McCree genervt. Sie wollte endlich zur Konzernzentrale und Sally an Gray übergeben, den Deal klarmachen und wieder abhauen. Für Sightseeing-Touren durch Gondas war ihre Zeit zu wertvoll.

Auf einem größeren Platz, der das Siedlungszentrum sein mochte, hielt die Raupe plötzlich an. Sally schreckte neben Ilka hoch, sah sich verwirrt um. Im nächsten Moment öffnete sich die Seitentür des Gefährts und ein schief lächelnder Tony Starfighter bat Ilka mit einer stummen Geste, die Raupe zu verlassen. Hinter ihr rutschte Sally von den Sitzen hinaus ins Freie. Was sollte das? Stadtbesichtigung, bevor sie zur Gray-Zentrale fuhren?

Außerhalb der Raupe hatte Ilka freie Sicht auf die Siedlung, die sich an den Fuß eines hohen Felsens schmiegte. Der belebte Platz schien tatsächlich eine Art Marktplatz zu sein. Hier tummelten sich viele Menschen, es gab kleine Geschäfte und Stände. Ilkas Blick wurde sofort von der Bar angezogen, aus der Stimmen und Gelächter drangen. Manche Menschen führten gehorsam vor sich hin trottende Poitous herum, eine vor vielen Jahrhunderten auf der Erde fast ausgestorbene und später nachgezüchtete Eselrasse, die sie offenbar als Lasttiere benutzten. Andere waren mit kleineren und einfacheren Varianten der Art von Raupe unterwegs, in der Ilka und Sally eben noch gesessen hatten. Trotz des grau verhangenen Himmels und des ungemütlichen Lichts wirkte die Szene friedlich und geradezu heimelig.

Ilka runzelte die Stirn. Gerade wollte sie fragen, was das alles solle, und wann sie nun endlich Gray aufsuchen würden, da trat über den Platz ein großer, schlanker Mann mit adrett geschnittenem, blondem Bart auf sie zu. Er war etwa so hochgewachsen wie Ilka. Seine staubige Jeans wurde von einem Gürtel mit silbrig glänzender Gürtelschnalle gehalten, die die Form eines kunstvoll geschwungenen Buchstabens hatte – ein G. Am Gürtel hing außerdem ein Waffenholster. Braune Stiefel und ein kariertes Hemd, das er in die Hose gesteckt hatte, rundeten einen Look ab, der so wirkte, als hätte er sich über die Kombination viele Gedanken gemacht. Was er vermutlich getan hatte. Seinen Kopf zierte ein Hut, der dem von McCree nicht unähnlich war. Seine ganze Gestalt und sein Ganz strahlten eine Selbstsicherheit aus, die keinen Zweifel daran ließen, wer er war.

Hector Gray lächelte Ilka entwaffnend an. Selbst durch

den Schatten, den seine Hutkrempe auf seine Augen warf, konnte Ilka deren grünes Funkeln sehen – dasselbe Funkeln, das sie bereits von Sally kannte. Anderthalb Meter vor Ilka blieb er stehen und streckte ihr seine Hand hin. Es war die Hand eines Mannes, der körperliche Arbeit nicht scheute. Sein Händedruck war warm und verbindlich. Jetzt, da sie so nahe beieinanderstanden, sah Ilka auf eine Reihe schnurgerader, weißer Zähne.

»Captain McCree«, sagte Hector Gray mit der tiefen, leicht kratzigen Stimme eines Mannes, der sein Leben lang hart gearbeitet hatte und sich abends nach getaner Arbeit eine Zigarre und ein paar gepflegte Whiskeys genehmigte. »Willkommen in meiner bescheidenen Stadt.« Dann warf er einen Blick auf Sally, die schräg rechts hinter Ilka stand, bewacht vom Fahrer der Raupe.

»Sally, mein Herz!«, rief er aus, ohne eine Antwort von Ilka abzuwarten. »Ich bin froh, dass du wieder zu Hause bist!« Er musterte sie von oben bis unten. »Meine Güte, du siehst ja völlig ausgezehrt aus.«

Für einen Moment klang er tatsächlich wie ein Vater, dem das Verschwinden seiner Tochter das Herz gebrochen hatte. Er näherte sich Sally und schloss sie in die Arme. War das ein feuchtes Schimmern in seinen Augen? Ilka blinzelte. Vielleicht täuschte sie sich.

Irgendetwas daran, wie sich Gray verhielt, war nicht stimmig. Nicht nach dem, was Sally über ihren Erzeuger erzählt hatte. Irgendjemand hielt sich hier nicht ans Drehbuch. Andererseits hatte Ilka seit ihrer Truppe im Krieg nichts mehr erlebt, was sich wie Familie angefühlt hatte. Familiendynamiken waren kompliziert, das war das einzige, das sie niemals vergessen würde.

Ach, was auch immer. Versuch bloß nicht, anderer Leute Gefühle zu verstehen. Das geht immer schief.

Grays verlorene Tochter stand mit hängenden Armen da und erwiderte die Umarmung nur zögerlich. »Hallo, Paps«, krächzte sie, kaum vernehmlich.

»Ich hatte Sie nicht so früh erwartet«, wandte sich Hector Gray wieder an Ilka, nachdem er die leichenblasse Sally aus der Umarmung entlassen hatte. »Wo haben Sie sie gefunden?«

»Das kannst du mich auch selbst fragen«, maulte Sally.

Gray drehte sich zu ihr um. »Ich bin überrascht, dass du überhaupt mit mir sprichst. Nachdem du einfach Hals über Kopf abgehauen bist. Du bist sicherlich nicht freiwillig zurückgekommen?«

Sally schwieg einen Augenblick. Dann sagte sie, viel leiser: »Doch. In gewisser Weise bin ich das.«

Ihr Vater sah irritiert zwischen Sally und Ilka hin und her. »Ich habe das starke Gefühl, das bedarf der Erklärung«, sagte er dann, und an Ilka gewandt: »Bitte, folgen Sie mir in mein bescheidenes Heim.«

Er drehte sich um und bewegte sich über den Platz hinweg auf ein etwas abgelegenes, größeres Haus zu, für das die Bezeichnung »bescheiden« sogar eine Übertreibung, ja sogar ein Kompliment gewesen wäre. Es war in eine Felsnische hineingebaut. Ilka befürchtete, dass der nächste Windstoß die ganze Hütte in ihre Einzelteile zerlegen könnte. Die einfachen Holzbretter waren windschief, an manchen Stellen waren offensichtliche Löcher mit Blechplatten vernagelt worden. Es gab Fenster, aber die hingen so schief in ihren Rahmen, dass sich Ilka ehrlich fragte, ob sie ihren Zweck überhaupt erfüllten. Im Großen und Ganzen sah Hector Grays Haus genauso heruntergekommen und erbärmlich aus wie jedes andere Gebäude in diesem Dorf. Sie hatte jede Art von dekadentem Glaspalast bis zu einer an die Zinnen gepanzerte Festung oder sogar schwebende

Sphären erwartet. Aber das hier war ihr schlichtweg unerklärlich. Sie versuchte Augenkontakt mit Sally aufzunehmen, um herauszufinden, ob das hier wirklich mit rechten Dingen zuging. Doch die rothaarige Frau, die in dem fahlen, kaltweißen Licht noch viel blasser aussah als sonst, starrte nur vor sich hin auf den Boden und sah Ilka nicht an.

Aus dem Augenwinkel sah Ilka, wie sich zwei Kerle näherten, die zu Gray gehören mussten. Sie kamen auf sie zu, gingen jedoch an ihr vorbei direkt auf Sally zu, packten diese links und rechts an der Schulter, um sie abzuführen.

»Lasst mich los, ihr widerlichen Drecksäcke!«, schrie Sally sie an.

»Sir«, lenkte Ilka ein, »Ihre Tochter ist aus freien Stück mit mir mitgekommen. Ich denke, das wird nicht nötig sein.«

Hector Gray drehte sich zu ihnen um. Dann lächelte er und hob die Hand, um den beiden zu verstehen zu geben, dass sie Sally loslassen sollten. »Natürlich. Bitte entschuldige, Kind.«

Die Männer zogen sich in den Hintergrund zurück, und Gray wandte sich an Sally.

»Ich freue mich wirklich zu hören, dass du freiwillig heimgekehrt bist«, sagte er, und in seiner Stimme lag eine Wärme, die Ilka ihm nicht zugetraut hätte. »Willkommen auf deinem Planeten.«

Er lächelte, und Ilka glaubte, so etwas wie Melancholie in seinem Blick zu sehen. Doch was wusste sie schon?

DREIUNDZWANZIG

Ilka, Gray und Sally gingen zu dritt ins Haus. Die beiden Helfer postierte Hector Gray vor der Tür. *Er scheint dem Frieden doch nicht zu trauen,* dachte Ilka. Würde er sonst Wachen postieren, die sicherstellten, dass Sally nicht abhaut?

Es war dunkel im Inneren. Die kleinen, fast blinden Fenster ließen wenig von dem kalten Licht in Grays Haus, das draußen allen Schatten so scharfe Kanten verlieh. An den einfachen, hölzernen Wänden hingen kleine Laternen, in denen Kerzen brannten, daneben erstaunlich alt aussehende Tusche-Illustrationen von Felslandschaften und Minen sowie Fotografien von Minenbeschäftigten, die zahnlos in die Kamera strahlten. Nichts wies hier darauf hin, dass es sich um den modernen Haushalt eines Mannes handelte, der sich alles hätte leisten können. Der einen Planeten beherrschte.

Sie gingen durch einen engen Eingangsbereich, auf dessen ebenfalls hölzernem Boden ein großer, abgelaufener Läuferteppich lag. Einst musste er rot gewesen sein, nun war er lediglich noch ein blasses, schmutziges Rosa. Vom Eingangsbereich aus führte direkt gegenüber der Eingangstür eine Treppe ins obere Stockwerk hinauf.

Gray ging mit federnden Schritten rechts an der Treppe vorbei, auf eine schlichte Holztür am Ende des Flures zu. An seinen Stiefeln klirrten kleine Sporen. Das Geräusch dröhnte in Ilkas Ohren. Sie folgte Gray, der die Tür zu seinem Büro öffnete. Gray drehte sich um und bemerkte, dass Sally im Eingangsbereich stehengeblieben war, als wisse sie nicht, wohin mit sich. Wie ein zusammengesacktes Soufflé stand sie auf dem Treppenabsatz, ein großes, kleines Mädchen voller Abenteuerlust, das jeglicher Mut verlassen hatte.

»Sally? Kommst du?«, sagte Gray.

»Ähm ... ok?« Sie machte einige zögernde Schritte auf ihren Vater zu, als wisse sie nicht, was sie von der Aufforderung halten sollte.

Gray lächelte dünn. »Nun, du schuldest mir doch noch eine Erklärung, nicht wahr?«

Seine Stimme war sanft wie warmer Honig. Ilka bekam eine Gänsehaut.

»Ja. Sicher.« Mit zerknirschtem Gesichtsausdruck folgte Sally ihnen in das, was Hector Grays Büro zu sein schien. Ilka war noch immer irritiert und fragte sich, ob es an einem anderen Ort nicht noch einen großen, gläsernen Palast geben musste, der die eigentliche Konzernzentrale bildete.

»Setzen Sie sich, Captain McCree«, sagte der Herr über die größten Karnisium-Vorräte in der Galaxie, als er sich hinter seinem einfachen, hölzernen Schreibtisch auf einem durchgesessenen Polsterstuhl niedergelassen hatte. »Du auch, Sally.« Er wies auf die beiden Stühle vor dem Schreibtisch.

Trotz der kärglichen Einrichtung wirkte der Raum geradezu majestätisch, und Ilka war sich sicher, dass es lediglich die Anwesenheit von Hector Gray selbst war, die diesen Eindruck vermittelte. Außer dem Schreibtisch gab es nur einige wenige Bücherregale, ein paar verstaubte Aktenschränke und eine kleine Sitzgruppe mit durchgewetzten Sesseln. Durch ein Fenster fiel etwas kaltes Licht, und von der Straße her drangen Stimmen herein. Alles hier drin schien rein funktional. Ein alter handgeknüpfter Teppich und einige Fotografien an der Wand waren die einzige Dekoration. Ilka glaubte, in einer der Kinderfotografien hinter dem Schreibtisch eine jüngere Sally zu erkennen. Ein weiteres Bild zeigte zwei Jungs, die sich bis ins Detail glichen. Das mussten Sallys jüngere Brüder sein, hatte sie da nicht etwas erwähnt?

Eine Weile saßen die drei schweigend voreinander. Sally rutschte unruhig auf ihrem Hosenboden herum. Dann ergriff der Hausherr das Wort.

»Captain McCree, ich bin Ihnen außerordentlich dankbar, dass Sie meine Tochter gefunden und wohlbehalten zurückgebracht haben. Die Gilde hat mich auch dieses Mal nicht enttäuscht.« Er nickte ihr freundlich zu. »Ich werde mich lobend über Sie äußern.«

Ja, tu das, verfickt nochmal.

Ilka nickte kurz und musste sich mit aller Kraft ein breites Grinsen verkneifen.

»Sie ist tatsächlich freiwillig mitgekommen?« Er deutete auf seine Tochter.

»Ja, Sir, nachdem sie sich anfänglich widersetzt hatte. Offenbar hat sie dann ihre Meinung geändert.«

Skepsis lag in Grays Blick. »Ihre Meinung ... geändert, sagen Sie?«

Sally ergriff das Wort.

»Ich wusste ja erst nicht, was sie von mir wollte, sie hat mich einfach geschnappt und entführt.«

Siedend heiß durchfuhr es Ilka. *Fuck, am besten sagst du gar nichts mehr, du versaust mir hier noch alles. So war das nicht abgesprochen.*

»Aber dann«, fuhr sie fort, bevor Ilka eingreifen konnte, »hat sie mir erklärt, dass du sie schickst. Wir haben lange geredet. Und ich war ... na ja. Also, ich war ...« Sie stockte.

Red jetzt bloß keinen Scheiß. Ilkas Kiefermuskulatur spannte sich.

»Ich war so überwältigt!«, platzte es dann aus Sally heraus, und sie klang dabei so herzlich und erleichtert, dass die Härte mit einem Schlag aus Hector Grays Antlitz wich.

Warte, was? Fast hätte Ilka das laut gesagt. Sie sah Sally von der Seite an. Deren Gesicht war so offen und ehrlich, dass Ilka beinahe aufgelacht hätte.

Plötzlich war Sallys Stimme nur noch ein tränenersticktes Flüstern. »Dass du mich sogar suchen lässt, um mich heimzubringen. Mir ist da erst so richtig klar geworden, wie wichtig dir das alles sein muss. Es tut mir so leid.«

Du verdammte Schauspielerin, du bist echt gut!

Ihr Vater musterte sie. Der Rest Skepsis schien dahin zu schmelzen wie ein Eisblock in der Wüste.

»Was willst du mir damit sagen?«

»Dass du recht hattest. Ich sollte deine Nachfolgerin werden, dein Werk weiterführen.« Eine Träne kullerte über ihre Wange. Sie schniefte.

Wie macht sie das nur? Ilka war fassungslos.

Auf Hector Grays Gesicht machte sich ein warmes, zufriedenes Lächeln breit. »Du bist endlich zur Vernunft gekommen. Ich bin so froh.« Schwankte seine Stimme da nicht ganz leicht? Ilka war sich nicht sicher, wie sie das interpretieren sollte. Am besten gar nicht.

Sally blinzelte mit ihren tränenverhangenen Wimpern und lächelte so unschuldig, dass es Ilka beim Zusehen wehtat. Sie war sich sicher, dass Sally es damit übertrieben haben musste. Gleich würde er das Schmierentheater durchschauen. Doch Gray schien überzeugt, dass seine kleine Tochter auf den rechten Weg zurückgekehrt war.

»Du solltest dich ein wenig ausruhen und erholen. Ab morgen bereite ich dich auf deine neue Rolle als Geschäftsführerin von Gray Inc. vor. Wir haben so viel zu besprechen, denn wenn alles so läuft, wie ich das geplant habe, wird sich künftig eine Menge ändern.«

Stolz. Er war stolz. Das war unmissverständlich, selbst für Ilka. Das lief ja bestens. Wäre ja gelacht, wenn ihr Plan tatsächlich aufginge, und sie zwei Tore zur Union aufgestoßen hätte.

Dann stand Gray auf und ging auf Sally zu. Die verstand sofort, sprang ebenfalls auf und umarmte ihren Vater, jedoch mit einer gewissen Zurückhaltung. *Wie es sich für eine reumütige Tochter gehört.*

»Ich gehe auf mein Zimmer«, sagte sie dann. »Ich bin wirklich sehr erschöpft.« Dann drehte sie sich nach rechts. »Captain!« Sie streckte Ilka die Hand hin. »Sie sind wirklich eine außergewöhnliche Frau. Ich hoffe, unsere Wege kreuzen sich wieder.« In ihrem Augenwinkel zuckte die Andeutung eines Zwinkerns. Sie hatte ihre Vereinbarung nicht vergessen. Gut so.

»Miss Gray, die Freude war ganz meinerseits«, presste Ilka hervor. »Bitte entschuldigen Sie die anfangs etwas ruppige Behandlung. Berufskrankheit, Sie verstehen.« Sie hätte kotzen können. Diese Aufführung konnte ihnen Hector Gray unmöglich abnehmen.

»Oh nein«, rief Sally, ein bisschen zu überschwänglich für Ilkas Geschmack. »Ich bin wirklich froh, dass Sie mich gefunden und mitgenommen haben. Sie müssen sich keine Gedanken machen, Sie haben sich sehr professionell verhalten.«

McCree wollte schreien und lachen zugleich vor Anspannung, doch sie schaffte es, ihre Miene unbewegt zu lassen.

Dann verschwand die junge Frau, und Ilka war allein mit dem scheidenden Unternehmenschef.

VIERUNDZWANZIG

»Es tut mir leid, falls meine Tochter Ihnen das Leben schwer gemacht haben sollte. Ich weiß, wie sie sein kann. Ein Kind mit einem sehr starken Willen.« Er hatte es sich wieder in seinem Polstersessel bequem gemacht und schmunzelte.

»Ich habe weitaus Schlimmeres erlebt«, sagte Ilka und zuckte die Achseln.

Gray lachte. Es war ein ehrliches, offenes Lachen, und trotzdem sträubte sich etwas in Ilka, so wie beim Geräusch von Fingernägeln auf Schiefergestein.

»Nun, wie ich sehe, war der Job für Sie dann ja ein Kinderspiel?«, fragte er mit einem Unterton, den Ilka nicht zu deuten vermochte.

Im ersten Moment wusste Ilka nicht, was sie daraufhin sagen sollte. »Es war auf keinen Fall ein Job wie jeder andere, wenn Sie das meinen. Ich bin ... sagen wir .... blutigere Aufträge gewöhnt.« Was, genau genommen und in Anbetracht beträchtlichen Blutverlusts einiger beteiligter Personen, eine dreiste Lüge war.

»Nichtsdestotrotz werde ich mich gerne persönlich bei Mrs. Dawson bedanken.«

Shit. Ein Gedanke durchfuhr Ilka. Wenn er Angie sagen würde, wie »einfach« das alles doch gewesen war, konnte er damit ihren Aufstieg zur Partnerin wieder in Gefahr bringen? Wenn es jede andere auch hätte erledigen können? Nein, das konnte nicht sein. Durfte nicht sein. Eine ihrer Türen könnte sich wieder schließen, wenn das passierte. In Ilkas Magengegend krampfte sich etwas zusammen, und das lag nicht am Hunger.

»Darf ich Ihnen einen Drink anbieten?«, fragte Gray plötzlich, als hätte er ihre Gedanken gelesen.

Ilka schüttelte den Kopf. »Danke, ich …«

»Ich habe auch etwas … Nährendes, wenn Ihnen danach ist. Blutgruppe B negativ, ich habe gehört, das solle die beste Sorte sein.« Er sah sie noch immer freundlich an, doch hinter seinen Augen lauerte etwas. »Sie müssen hungrig sein nach einer so langen Reise.«

»Danke, aber das ist nicht nötig.«

»Sie brauchen sich vor mir nicht schämen, die Bedürfnisse von Ihresgleichen sind mir wohl bekannt. Und mit Verlaub, ich möchte natürlich nicht riskieren, dass Sie vor Hunger über meine Leute herfallen.« Er zwinkerte ihr zu, scheinbar amüsiert über seinen eigenen Scherz.

»Es besteht absolut keine Gefahr, das kann ich Ihnen versichern«, log Ilka.

»Wie kommt es eigentlich«, fragte sie dann geradeheraus, um das Thema zu wechseln, »dass ein so wohlhabender, einflussreicher Mann wie Sie derart einfach lebt?« Sie deutete mit einer Geste auf den Raum um sie herum.

Er lächelte noch immer, doch seine Mimik wirkte angespannter. »Wissen Sie, Captain McCree, als ehemalige Soldatin kennen Sie sich gewiss ein wenig mit der menschlichen Psyche aus. Selbst wenn Sie als Leutnantex das Sagen über eine Truppe hatten, haben Sie sich keine größeren Rationen genommen oder auf weicheren Feldbetten geschlafen als ihre Untergebenen. Richtig?«

Für einen kurzen Augenblick schien das Blut in Ilkas Adern zu gefrieren. Woher wusste Hector Gray über ihre Vergangenheit Bescheid? *Was willst du von mir?*

Doch sie beschloss, sich nichts anmerken zu lassen und nickte nur kurz.

»Sehen Sie. Dann verstehen wir uns. Es ist nicht gut für die Moral, wenn man sich ganz offensichtlich ein größeres Stück vom Kuchen abschneidet. Meine Leute wollen das Gefühl haben, dass ich einer von ihnen bin. Also bin ich das. Und deswegen werden sie mir gegenüber immer loyal sein.«

»Eine Führungsstrategie?«

»Wenn Sie es so nennen wollen.« Er lehnte sich zurück und legte seine staubigen Stiefel seitlich auf den Schreibtisch. Seine grünen Augen musterten sie.

»Ich will offen mit Ihnen sprechen«, setzte er dann nach.

Jetzt bin ich gespannt.

»In der Tat, ich sollte ein wohlhabender und einflussreicher Mann sein. Und in gewisser Weise bin ich das auch. Aber das hier«, er machte eine ausladende Geste, »ist aus einem weiteren Grund so einfach, wie es aussieht. Wenn Sie im Prinzip nur einen Abnehmer für Ihre Ware haben, was denken Sie, wer den Preis bestimmt?«

»Aber so ist es doch nicht wirklich. Sie hätten jede Menge Kundschaft, wenn Sie wollten.«

»Falsch«, unterbrach er sie. »Ich hätte jede Menge andere Abnehmer, wenn *die Union* das wollte.« Er legte den Kopf schief. »Aber mit der Union bricht man nicht einfach so.«

»Die haben Sie in der Tasche.« Das war keine Frage, sondern eine Feststellung.

»Sagen wir mal so. Es würde mich eine Menge Kraft kosten, diese Verbindung von heute auf morgen zu lösen.«

Ilka straffte sich. Diese Unterhaltung entwickelte sich gerade in eine sehr interessante Richtung.

Gray lehnte sich vor. »Ich denke, ich kann offen zu Ihnen sein. Schließlich haben Sie ... eine gewisse Vergangenheit.« Er lächelte, doch Ilkas Miene blieb unverändert. Besser, das Pokerface zu bewahren. Was hatte dieser Kerl vor?

»Die Union benutzt mich als Spielball. Diese Leute haben zu viel Macht. Ich beobachte das nun schon geraume Zeit, und seit sie diese Formel geknackt haben ... nun. Meine Geschäfte leiden unter dieser Macht. Und ich möchte dem etwas entgegensetzen.« Er war energischer geworden, wirkte fast aufgebracht.

»Formel? Was für eine Formel?« Ilka verstand nicht.

Er blickte überrascht auf. »Sie wissen das nicht?« Dröhnendes Lachen füllte den Raum. »Ich fasse es nicht, Sie wissen es nicht? Ausgerechnet Sie?«

Jetzt wurde Ilka ärgerlich. »Ja, wie ich eben sagte. Aber Sie werden mich sicherlich gleich ins Bild setzen.»

Er lehnte sich wieder weiter vor und sah ihr in die Augen. »Jackson, Lowland, Musunandra, Kerkovic. Unsere vier Obersten, die mächtigsten Menschen in der Galaxie.«

Worauf wollte er hinaus? Wie jede andere Person kannte Ilka die vier Mitglieder des innersten Regierungszirkels. Jill Jackson, die Generalsekretärin, die seit vielen Jahren mit harter Hand regierte, war eine gefürchtete Frau, grausam und berechnend. Ihre Beratenden Hernanda Lowland und Kim Musunandra, die ebenfalls schon lange an ihrer Seite herrschten, standen ihr in punkto Machtgier in nichts nach. Mit Jasper Kerkovic war ein ehemaliger Militärarzt dazugekommen, der sich im Gegensatz zu den drei anderen nicht mal Mühe gab, sympathisch rüberzukommen.

»Was ist mit denen?«, fragte Ilka.

Gray grinste. »Haben Sie sich schon mal gefragt, wie es diese Leute so lange geschafft haben, an der Macht zu bleiben? Obwohl wir freie Wahlen haben? Obwohl es genügend charismatische und kompetente Abgeordnete innerhalb und vor allem *außerhalb* der Union gäbe, die die Macht weniger ... nachdrücklich auf sich zentrieren würden?«

Ilka zog eine Augenbraue hoch. »Weil Menschen in Pandorra VII in der Übermacht sind und aus Angst vor den Souvs lieber die harte Hand wählen? Aus Angst, die Eddoxi und Marali könnten sich endlich zurückholen, was ihnen gehört?« Diese Spitze gegen Gray war ganz bewusst gewählt. Er sollte ruhig wissen, dass sie wusste, was mit den Marali auf Gondas passiert war. Doch er ignorierte den Seitenhieb.

»Ja und nein«, antwortete Gray und ließ sich wieder in den Sessel zurückfallen. »Diese vier Leute haben dank Kerkovic endlich einen Weg gefunden, sich die Leute untertan zu machen. Nicht nur Menschen, auch Marali und Eddoxi.«

Ilka runzelte die Stirn. »Wenn Sie Angst und Gewalt zu verbreiten als Weg bezeichnen würden ...«

»Falsch«, unterbrach sie Gray, »sie haben einen ganz konkreten Weg gefunden. Und er hat etwas damit zu tun, was Sie sind.«

»Ich? Was hat das mit mir ...?« Ilka stutzte. Etwas drängte sich aus den tiefen Abgründen ihres Unterbewusstseins nach oben. Da war etwas, was Nneki vor sehr, sehr langer Zeit zu ihr gesagt hatte. Eine Frage, die sie aufgeworfen hatte. »*Wenn du einmal kurz davor gewesen wärst, nicht nur Vampiry zu erschaffen, sondern Leute durch Gabe dieses vampiryschen Blutes zu beeinflussen? Ihnen Superkräfte zu geben und gleichzeitig sicherzustellen, dass sie das tun, was du möchtest – wärst du so dumm, und würdest diesen Pfad nicht verfolgen?*« Es war eine dieser Aussagen Nnekis gewesen, eines dieser zahllosen Gespräche, die sie erst auf die Idee gebracht hatten, der Union das Handwerk legen zu wollen. All die Ungerechtigkeiten wiedergutzumachen, die jemals im Namen der Union geschehen waren. Zu verhindern, dass noch mehr Unrecht geschah, dass noch mal so etwas passieren würde wie damals, als die zehn Urvampiry geschaffen worden waren. Sie waren ein schrecklicher Unfall gewesen, Wesen, die nie hätten existieren dürfen.

»Nein«, sagte sie, und sie fühlte, wie ihr Magen nach unten sackte. Nicht, weil sie es nicht glauben konnte. Ganz tief im Inneren hatte sie es geahnt, befürchtet. Nein, sie reagierte mit heftiger Übelkeit auf die Bestätigung ihrer schlimmsten Vermutungen. »Nein. Das kann nicht sein«, stieß sie hervor. »Jackson und die anderen sind keine Vampiry. Sie jagen Vampiry, wo immer sie können!«

Doch sie wusste, dass es sehr wohl sein konnte. Und dass es sogar jede Menge Sinn ergab.

Gray lachte kurz auf. »Das ist so nicht ganz richtig. Sie jagen Piratae. Sie jagen die Vampiry von damals. Diejenigen, die Pirataerie betreiben, die sie nicht unter Kontrolle haben, weil sie nicht nach ihrem Willen handeln. Aber sie haben weiter geforscht, Captain. Sie haben so lange geforscht, bis sie die Formel optimiert haben. Und jetzt nutzen sie dieses Wissen, um ihre Macht zu sichern. Wie sie es damals bereits versucht haben.«

Ilka schüttelte den Kopf. »Tut mir leid, Mister Gray, aber das ergibt keinen Sinn. Sie wollen mir ernsthaft sagen, dass die Galaxie von vier Vampiry regiert wird, die alle anderen Leute kontrollieren? Das ist faktisch nicht durchführbar. Außerdem kann man mit Vampiryblut nicht einfach Leute kontrollieren. Das ist ein Ammenmärchen, und das sollten Sie wissen.«

Woher wusste der Kerl überhaupt von den Experimenten im Krieg? Die Experimente, die sie endlich an die Öffentlichkeit zerren wollte, damit die Union den Rückhalt der Bevölkerung verlor, und damit das politische Ruder herumzureißen. Verdammt, er musste wirklich sehr enge Beziehungen zu Jackson und den anderen pflegen, wenn er über die Experimente Bescheid wusste.

»Captain McCree«, sagte Gray, und er klang dabei so, als wolle er es einem kleinen Kind erklären. Ilka hätte ihm dafür am liebsten sein überhebliches Grinsen aus dem Gesicht gerissen, mitsamt dem Unterkiefer. »Das Geheimnis ist nicht das Blut alleine, sondern das Transmutan 2, das man zusammen mit dem Blut verabreicht. Sie wären erstaunt, was mittlerweile möglich ist.«

»Ok, warten Sie. Sie wollen mir ernsthaft verklickern, dass Jackson und die anderen drei Vampiry sind, dass sie andere Leute zu ihresgleichen machen und sie dank eines neuartigen Transmutan diese Untervampiry kontrollieren? Das klingt wahnsinnig.« *Und irgendwie auch nicht ...*

Gray bewegte wiegend den Kopf. »Nicht ganz. Sie sind Vampiry, ja. Aber sie machen nicht einfach andere ebenfalls dazu. Nur sorgfältig Ausgewählten kommt diese Ehre zuteil. Es ist viel perfider. Mit der richtigen Menge Blut und einer geringen Dosis von Transmutan 2 verleihen sie keine Unsterblichkeit, aber können heilen, Leben verlängern, und mehr Kraft verleihen. Eine kleine Dosis Superkraft verleihen, wenn man so will. Das ist für viele Grund genug, nicht nach möglichen Nebenwirkungen zu fragen. Die Bedingung, mit der Union zusammenzuarbeiten scheint ihnen dafür nur recht und billig. Die Union kauft sich die Gunst von Personen an Schlüsselpositionen, dort, wo sie sie politisch brauchen. Dort, wo Meinungen gemacht und Mehrheiten gebildet werden.«

»Dezentralisierung ihrer eigenen politischen Willensbildung quasi? Klingt logisch, aber wie soll das in der Realität funktionieren? Wenn die Union ankommt und sagt: ›Hey, sorgt mal dafür, dass die Leute hier Union wählen und sich konform verhalten, dafür bekommst du von uns diese Superspritze für ein längeres Leben‹, sagen doch alle: ›Ja, klar‹, und sobald die Union nicht mehr hinschaut, denken sie: ›Leck mich am Arsch‹, und machen, was sie wollen? Alles andere wäre unlogisch.« Ilka hatte die Augen zu Schlitzen verengt und versuchte sich einen Reim auf das zu machen, was Hector Gray da behauptete.

»Sicher«, entgegnete Gray, »aber es gibt eine Sache, die die meisten nicht wissen: Durch diese einzigartige Kombination von Blut und Transmutan 2 gibt es eine Verbindung zwischen der Spenderin, in der Regel Jackson, und der Empfangsperson.«

»Nichts Neues«, unterbrach ihn Ilka, »die gibt es auch ohne Transmutan.« Nicht, dass sie sich je damit beschäftigt hätte, wie genau diese Verbindung funktioniert. Sonst hätte sie Sally gegenüber nicht so schamlos bluffen müssen.

»Richtig! Aber mit Transmutan 2 gibt es sozusagen ein Special Feature, das einen großen Unterschied macht.« Er durchbohrte sie mit seinem Blick und raunte: »Man hat Kontrolle über die Gedanken.«

Ilka starrte ihn an. Das musste ein schlechter Scherz sein. Oder ein Albtraum. Ihr Kopf fühlte sich plötzlich sehr heiß an, und sie schwitzte, obwohl sie ihren Hut auf Grays Tisch abgelegt hatte.

Gray nickte. »Ich entnehme Ihrem Blick, dass das neue

Informationen für Sie sind. Tja. So etwas habe ich mir gedacht.«

Draußen vor dem Fenster rief jemand etwas, ein paar Leute lachten. Kinder johlten. Es klang wie die Geräuschkulisse auf einem Marktplatz, wie es ihn überall in der Galaxie gab. Ilka sah sich in dem karg eingerichteten Zimmer um, dann musterte sie Gray, den Selfmademan, der es zu so viel Einfluss und Macht gebracht hatte.

»Und Sie? Sind Sie einer von diesen Warlords, die am Tropf der Union hängen? Gedankengesteuert? Führen wir dieses Gespräch hier, weil die Union es will?«

Vielleicht wollten sie Ilkas Plan aus ihr herausquetschen, weil sie Lunte gerochen hatten. Diesen Monstern traute sie alles zu.

Der Mann hinter dem Schreibtisch lachte. »Nein. Ich kooperiere geschäftlich mit der Union, weil ich noch in ihrer Schuld stehe, aber nicht, weil sie meine Gedanken kontrolliert. Ich habe dieses Angebot abgelehnt. Ich hätte sogar einer von ihnen werden können, stellen Sie sich das vor! Aber niemand kontrolliert mich dauerhaft. Ich bin dafür geboren, Macht auszuüben, verstehen Sie. Die Union mag mächtiger sein als ich. Aber das könnte sich auch ändern. Es muss sich ändern.«

Ein Lachen entfuhr Ilka. »Und wie wollen Sie das machen?« Der Typ musste größenwahnsinnig sein.

Grays Stirn kräuselte sich. »Indem ich sie mit ihren eigenen Waffen schlage.« Er grinste siegessicher. »Und Sie werden mir dabei helfen.«

»Äh. Was?« Jetzt wurde es absurd. »Wie soll das gehen, und wieso sollte ich das tun?«

Als ob es keinen Grund gäbe, das zu tun ...

»Schauen Sie, es ist doch eine Win-Win-Situation. Sie sind keine Freundin der Union, habe ich recht?«

Ilka antwortete nicht auf diese Suggestivfrage.

»Nun, wie auch immer, ich bin mir dessen jedenfalls sehr bewusst. Wenn ich richtig liege, haben Sie großes Interesse daran, den Oberen der Union gehörig ›den Arsch aufzureißen‹, wie Sie es ausdrücken würden. Und genau das will ich auch.« Um das Gesagte zu unterstreichen, schlug Gray mit der flachen Hand auf den hölzernen Schreibtisch und lehnte sich wieder in seinen Polsterstuhl zurück.

Es wäre nicht nur in meinem Interesse, sondern mein verfickter Lebenstraum. Nun spielte doch ein leises Schmunzeln um Ilkas Mund, doch sie versuchte, sich bedeckt zu halten. Das konnte immer noch eine üble Falle sein.

»Angenommen, Sie schätzen meine Interessen da richtig ein«, antwortete sie kühl. »Was dann?«

»Dann, Captain, könnten wir gemeinsam dafür sorgen, dass die Union an Macht und Einfluss verliert. Dass die Machtverhältnisse kippen. Weil wir einen Gegenpol bilden. Ich weiß, dass Sie das wollen, Captain. Versuchen Sie nicht, etwas anderes zu behaupten.«

»Sie wollen der Union entsagen und die Souvs unterstützen? Ist das Ihr Plan?« McCree schüttelte ungläubig den Kopf. »Gegen eine Armee von ferngesteuerten Vampiryjüngern? Hören Sie eigentlich, was Sie da reden?« Ok, jetzt war sie sich sicher. Dieser Mann war übergeschnappt. Wahrscheinlich hatte er einen seltenen Gehirnparasiten oder so etwas. Hätte er mal Sally weiter Medizin studieren lassen, sie hätte ihm helfen können.

Doch Gray schien sich die Sache gut überlegt zu haben. »Diese Armee, von der Sie sprechen, ist keine«, sagte er. »Es sind einige ausgewählte Leute an Schlüsselstellen. Natürlich gehen wir nicht gleich auf volle Konfrontation. Wir machen das nach und nach, sozusagen durch die Hintertür.

Und weil wir deren System kennen und wissen, wo diese Schlüsselpersonen sitzen, wird das ein Kinderspiel.«

Moment, hat der gerade »wir« gesagt?

Noch bevor Ilka protestieren konnte, fuhr er fort. »Wir schaffen uns nach und nach ein Netzwerk von Getreuen an strategisch wichtigen Positionen, genau so, wie es die Union auch versucht. Wir beliefern sie mit Karnisium, statten die Souvs mit entsprechender Technologie und dem Rohstoff dafür aus, bereiten dem Fortschritt den Boden. Die Union wird nichts mitbekommen, bis es ein sehr ernstzunehmendes Gegengewicht gibt. Und das wird nicht lange dauern.«

Das war völliger Wahnsinn. Süßer, verlockender Wahnsinn zwar. Aber eben Wahnsinn.

Doch Ilka konnte sich nicht vorstellen, dass es wirklich so einfach sein würde. »Wie wollen Sie das denn anstellen? Ich denke, die haben überall ihre Leute.«

»Deswegen brauchen wir unsere. Und da kommen Sie ins Spiel, McCree.«

Ein tiefer Seufzer entfuhr Ilka. Das war alles auf leeren Magen recht schwer verdaulich. »Was wäre denn mein Part in diesem ... Spiel?«, fragte sie mit hochgezogener Augenbraue.

Das Lächeln auf Grays Gesicht wurde breiter. »Es ist ganz einfach. Sie machen mich zum Vampiry. Und danach helfen Sie mir, mir meine persönliche Armee von Anhängern zu schaffen.«

Völlig regungslos saß Ilka da und starrte ihn einen Moment an. Das konnte nicht sein Ernst sein! Sie würde niemals, in tausend harten und kalten Wintern nicht, jemanden zum Vampiry machen. Das war eine ihrer eisernen Regeln. Sie hasste Vampiry, sie verachtete ihre pure Existenz. Es war schwer genug auszuhalten, dass sie selbst eine Vampiry war. Aber diese Seuche weiterverbreiten? Niemals.

Aber wenn er dafür den Fortschritt zu den Souvs bringt, könnte das große Veränderungen bedeuten. Gute Veränderungen, solche, für die du im Krieg gekämpft hast. Es stimmte schon. Eine solche Machtverlagerung könnte die Union zerbrechen lassen wie einen morschen Ast. Die nächsten Wahlen würden dann möglicherweise schon ganz anders ausfallen. Es gäbe wieder Hoffnung auf Freiheit und Gerechtigkeit. *Aber würde ich dafür meine Grundsätze verraten? So weit kommt es noch.*

Ihr Kopf schwirrte, aber das konnte auch vom Hunger kommen. Das alles war wohl ein schlechter Traum!

»Haben Sie denn keine Angst, dass ich Ihre Gedanken kontrollieren könnte, wenn ich Sie zum Vampiry mache – also, falls ich das tue?«, fragte sie dann.

Gray grinste. »Selbstverständlich werde ich bei diesem Vorgang auf Transmutan 1 zurückgreifen, nicht Transmutan 2. Der alte Wirkstoff hat diesen … unerwünschten Nebeneffekt nicht.« Er nickte langsam. »Glauben Sie mir. Ich habe das alles sehr genau durchdacht.«

»Ich halte Sie für übergeschnappt.« Der Satz war schneller über ihre Lippen gekommen, als sie ihn hatte kontrollieren können. Doch Gray schien es ihr nicht übel zu nehmen, denn er lächelte noch immer.

Ja, der Typ war größenwahnsinnig. Der Gedanke jedoch, dass sein Plan aufgehen könnte, war irgendwie verlockend. Verlockend, wenn es gelingen könnte, Grays Macht dabei nicht zu groß werden zu lassen. Nur so groß, dass die Souvs wieder erstarken würden.

Scheiße nochmal, Ilka, ernsthaft? Egal, was man damit machen könnte. Das ist nicht, wie es laufen sollte. Du würdest dich auf die gleiche schäbige Stufe stellen wie

Jackson und die anderen. Wie alle Unionswichser, die du jemals verachtet hast. Auf die gleiche Stufe wie die mordenden und brandschatzenden Ausgeburten ihrer Experimente von damals.

»Nun«, meinte Gray in die Stille hinein, in der Ilka ihren Gedanken hinterherjagte, »das ist ein sehr ungewöhnliches Angebot, das ich Ihnen da mache, das verstehe ich. Sie müssen das natürlich nicht sofort entscheiden. Schlafen Sie eine Nacht drüber, oder auch mehrere, wenn Sie das Bedürfnis haben. Ich habe keine Eile. Selbstverständlich sind Sie Gast in meinem Hause, bis Ihr Raumschiff wieder startbereit ist.«

Er stand auf. Ilka verstand das Signal und erhob sich ebenfalls. »Das ist zu freundlich, aber ich schlafe auch gerne in einem Hotel, wenn es hier so etwas gibt.« Gab es auf Gondas Hotels? Tourismus war hier wohl eher kein relevanter Wirtschaftszweig.

»Ich bestehe darauf«, beharrte Gray, und sein freundlich-bestimmter Tonfall legte ihr nahe, dass er keinen Widerspruch dulden würde.

Na gut, was soll's? Dann muss ich schon kein Geld für eine verwanzte Matratze blechen.

»Im Obergeschoss habe ich Ihnen bereits ein Gästezimmer vorbereiten lassen. Erste Tür links. Sie werden dort auch ein, nun, ein angemessenes Abendessen vorfinden.« Er zwinkerte ihr zu, als er ihr zum Abschied die Hand schüttelte. »Und ich empfehle Ihnen, heute Abend Margys Bar zu besuchen. Sehr gutes Bier dort. Die Bar liegt genau gegenüber, quer über den Platz. Sie trinken selbstverständlich auf meine Rechnung.«

»Danke«, murmelte Ilka.

Im Hinausgehen hielt sie plötzlich inne und drehte sich um.

»Da gibt es noch etwas, das mich interessiert, Mister Gray.«

»Ja, Captain?«

»Das alles klingt nicht danach, als wollten Sie die Führung Ihres Unternehmens aufgeben. Warum wollten Sie Sally dann zur Geschäftsführerin machen?«

Gray lächelte sanft. »Eine berechtigte Frage. Sehen Sie, natürlich brauche ich eine Vertrauensperson, die meine Geschäfte hier vor Ort führt, während ich die Galaxie bereise, um meinen ... Geschäften nachzugehen.«

»Und ich nehme an, es war kein Zufall, dass Sie ausgerechnet mich angefordert haben, um sie zu Ihnen zurückzubringen?«

Als Antwort bekam sie nur ein verschwörerisches Lächeln.

Ilka nickte wortlos und verließ dann Grays Arbeitszimmer. Ob er wohl wusste, wie ähnlich ihm seine Tochter eigentlich war? Selbst in solchen Details, wie dem Wunsch, die eigene Macht mit den Mitteln des Vampirysmus zu erweitern. Schmunzelnd machte sie sich auf den Weg nach oben.

FÜNFUNDZWANZIG

Auf dem Weg über die knarzenden Holzstufen nach oben fragte sich Ilka, welches der Zimmer hier wohl Sally gehören mochte. Kurz hielt sie inne, horchte, und konnte aus der Tür am gegenüberliegenden Ende des mit verblichenem Teppich ausgelegten Flures leises Gemurmel vernehmen. Sally unterhielt sich dort ganz eindeutig mit einem Mann. Es klang freundschaftlich, fast zärtlich, kein Streitgespräch. War das dieser Tony Starfighter, mit dem sie sich da unterhielt? Die Stimme kam ihr bekannt vor. Sie zuckte die Achseln, dann wandte sie sich dem ihr zugewiesenen Zimmer zu.

Als Ilka die Tür des kleinen Gästezimmers hinter sich schloss, überkam sie die Erschöpfung so plötzlich, als hätte jemand ihr eine Bleidecke übergeworfen. Das Zimmer war schlicht und wie der Flur und das Untergeschoss mit Holzpaneelen verkleidet. Lediglich ein Tisch, ein Stuhl und ein Bett befanden sich darin, alles aus dunklem, schnörkellos bearbeitetem Holz. An der Decke war eine kleine Leuchte eingelassen, die ein gelbes Licht verströmte, aber so schwach, dass der Großteil des Raumes im Schatten lag. Das kleine Fenster war hinter braunen Jalousien versteckt. Die Bettwäsche musste einst weiß gewesen sein, doch hatte sie diesen typischen Graustich angenommen, der von fortgeschrittenem Alter zeugte. Doch das Bett sah so weich und gemütlich aus, wie ihr Körper es seit langer Zeit nicht mehr gespürt hatte. Jeder Muskel in ihr lechzte nach einer Nacht erholsamen Schlafs.

Auf dem Tisch stand ein großes Glas, und daneben lagen zwei große Beutel frischer Blutkonserven. Sie studierte das Etikett. Es war, wie versprochen, B negativ. Hector Gray musste entweder gut geraten oder eine Informationsquelle haben, die ihm zugespielt hatte, bei welcher Sorte Ilka McCree schwer nein sagen konnte. Wie lange hatte sie dieses Zeug nicht gekostet? Wenn sie überhaupt mal irgendwo legal Blut in Form von Blutkonserven auftreiben konnte, handelte es sich fast immer um A positiv, dem Standardsaft, der in jeder dahergelaufenen Arterie floss und ebenso mittelmäßig wie nichtssagend schmeckte.

Scheiß auf den Typen, dachte Ilka und brach das Siegel der Konserve. *Ein Beutel Blut ist kein Zugeständnis für eine Geschäftsbeziehung.*

In dicken, schwerfälligen Wellen blubberte das Blut in das hohe, schmale Gefäß, floss wie köstlicher Sirup das Glas entlang und hinterließ herrlich rotbraune Schlieren. Der Duft von Eisen stieg Ilka in die Nase, und das Wasser sammelte sich in ihrer Mundhöhle. Die erste Portion trank sie, ohne abzusetzen, so hungrig war sie. Der köstliche Geschmack hatte kaum eine Chance, zu den entsprechenden Rezeptoren vorzudringen. Bei der zweiten Blutkonserve ließ sie sich Zeit, kostete jeden Schluck, schwenkte ihn im Mund hin und her wie die echte Kennerin, die sie war.

Der Hunger war gestillt, und die bleierne Müdigkeit kehrte zurück. Ihr Blick fiel auf das frisch bezogene Bett. Was sollte ihr schon passieren, sie würde ohnehin bis zum nächsten Tag warten müssen, bis sie die XENA wieder abholen konnte.

Sie setzte sich auf den Bettrand und ließ sich probehalber nach hinten fallen. Die Matratze gab auf diese Art und Weise nach, wie es nur der perfekte Härtegrad zwischen »angenehm fest« und »zum Versinken weich« vermochte. Wie lange hatte sie nicht mehr in so einem Bett gelegen? *Eine Runde Schlaf ist jetzt genau das, was ich brauche.*

Doch daran war nicht zu denken. In ihrem Kopf ging es zu wie bei einer ausgewachsenen Kneipenschlägerei. Im Grunde wäre jetzt der Moment, sich zurückzulehnen und zu genießen, was sie geschafft hatte. Der Auftrag war erfüllt, ihre Beförderung damit praktisch unabwendbar. Als Partnerin würde sie mit Angie Dawson und den anderen drei zusammen regelmäßig hohe Unionsabgeordnete treffen. Sie würde Zugang zu wichtigen Gremien erhalten, zu Regierungsinstitutionen, wenn alles gut lief. Ihr Traum, handfeste Beweise für die Kriegsverbrechen der Unionisten in die Finger zu bekommen, rückte näher. So nah wie nie zuvor. Und nicht nur das. Zusätzlich hatte sie es geschafft, einen Deal mit Sally zu machen. *Aber was bringt dir das, wenn Hector Gray dir die kalte Schulter zeigt, weil du sein Angebot nicht angenommen hast? An ihm vorbei bringt dich Sally niemals in die Nähe der Union.*

Ilka seufzte und setzte sich wieder auf. Grays Angebot. Was für eine unfassbare Chance. Sie könnte damit einige

Schritte überspringen. Schritte, von denen jeder einzelne richtig beschissen in die Hose gehen könnte. Wenn sie es nicht schaffte, an die richtigen Leute, an die richtigen Informationen zu kommen, war ihr Plan gestorben. Sollte das zwar klappen, aber ihr niemand Glauben schenken, was die Union verbrochen hatte – ebenfalls Pech. Oder noch schlimmer! Was, wenn sich einfach keine Sau für derartige Enthüllungen interessierte? Die Leute waren so abgestumpft, so müde von politischen Skandalen und Schweinereien, von Korruption und Ungerechtigkeiten. Ohne eine clevere Kommunikationsstrategie konnte sich das Ganze als Griff ins Klo rausstellen. Dann hätte sie ihr gesamtes Material verschossen, Jahre investiert, ohne Ergebnis. Mit Gray zusammenzuarbeiten wäre zwar auch keine todsichere Nummer, aber ein sehr viel wahrscheinlicherer Weg, die Union zu stürzen. Indem sie die Souvs stärkte, ihnen die Macht zurückgab, die ihnen gebührte. Die Sache mit dem schiefgelaufenen Militärexperiment, bei dem zehn extrem gefährliche Vampiry entstanden sind? Von denen sich einer das Leben genommen, zwei zurückgezogen und sieben entschlossen hatten, der Pirataerie nachzugehen? Konnte sie als i-Tüpfelchen immer noch nutzen. Es war so verdammt verlockend.

Wenn sie dazu nicht gegen alles hätte verstoßen müssen, was ihr heilig war. Und wenn sie nicht das Restrisiko tragen müsste, dass Grays Macht überhandnehmen würde.

Dass ich es überhaupt in Erwägung ziehe, ist so ekelhaft, dass ich im Strahl kotzen könnte. Am liebsten hätte sie sich selbst in die Fresse geschlagen, aber das war so sinnlos, dass sie sich im nächsten Moment noch mehr ärgerte. Ruckartig stand sie auf und trat mit dem Stiefel gegen ein Bein am Fußende des Bettes. Mit einem lauten Krachen brach das Holz, und das Bett kippte in die schiefe Ebene.

»Ach, Kacke«, fluchte Ilka halblaut. Sie verzichtete darauf, vor lauter Wut nochmal dagegen zu treten. Stattdessen zog sie ihren Mantel an, setzte den Hut wieder auf und verließ das Zimmer. Zeit, sich in der Bar mit ein paar Bieren die Nerven zu betäuben.

Mittlerweile dämmerte es draußen. In dem blaugrauen Licht, das sich über die Siedlung und die umliegenden Felsgebilde legte, sah alles merkwürdig unecht aus. Alles wirkte kalt und fahl. Der Marktplatz hatte sich geleert, doch vereinzelt sah Ilka noch einfach gekleidete Leute hin- und herlaufen. Sie wirkten alle, als hätten sie es eilig, noch vor Anbruch der Nacht heimzukommen. *Nur Menschen, keine Marali, keine Eddoxi.* Ilka wunderte sich darüber nicht. Welche anderen Sapienten würden schon freiwillig hierher kommen, nach dem, was mit den Urbewohnern geschehen war? Was Hector Gray ihnen angetan hatte. Völkermord. Man musste diese Dinge beim Namen nennen.

Und so einer will sich für die Souvs einsetzen? Für Freiheit und Gerechtigkeit aller Spezies einstehen? Der glaubt wohl, dass du auf den Kopf gefallen bist. Wäre komplett naiv, ihm zu glauben. Je länger Ilka die Frage nach Grays eigentlichen Zielen im Kopf wälzte, desto mehr Gründe fand sie, ihm nicht zu glauben. Sehr viel wahrscheinlicher war, dass er einfach ein machtgeiles Arschloch war, das nicht mehr unter dem Scheffel der Union stehen wollte.

Margys Bar war nicht schwer zu finden. Es drang Licht durch die einfachen Fenster der Holzhütte. Über der Tür hing ein metallenes Schild, in das jemand einen künstlerisch nur wenig anspruchsvollen Schriftzug gedengelt hatte. »Bei Margy« stand da. Vor der Tür standen zwei Typen, die kurz aufschauten, als sie an ihnen vorbei schlenderte. Beide waren vermutlich jung, doch sie wirkten müde und abgekämpft. Die Kleidung hing wie Säcke an ihren mageren Körpern. Ihre Blicke waren misstrauisch und scheu. *Gut, dann lassen sie dich wenigstens in Ruhe dein Bier trinken,* dachte Ilka, als sie die Schwingtüren aufstieß und die Bar betrat.

Das Interieur war bemerkenswert uncharmant. Ein Tresen aus Holzbrettern erstreckte sich fast über die komplette Breite des Raumes. Acht einfache Holztische mit ebenso unbequem wie alt aussehenden Stühlen verteilten sich über den Raum. An den Tischen und auf den wackligen Hockern am Tresen zählte McCree auf einen Blick insgesamt fünfzehn Leute. Nicht gerade üppig besucht, dieses Lokal. In einer Ecke stand etwas, das einer antiken Jukebox nachempfunden war, doch sie schien nicht in Betrieb zu sein. Zumindest leuchtete nichts, und es lief auch keine Musik. Nur das Gemurmel der Unterhaltungen im Raum war zu hören. Als Ilka den Raum betrat, verstummten die Geräusche für einen Augenblick vollständig, und sämtliche Augenpaare richteten sich auf sie.

Sie blieb stehen und schnaufte. Dann tippte sie ihre Hutkrempe an und ließ ein vernehmliches »Guten Abend« durch die Bar dröhnen. Die Starre fiel daraufhin von den anderen Anwesenden ab, und sie wandten sich, etwas peinlich berührt von ihrem eigenen Starren, nach und nach wieder ihren Gesprächen zu. Ilka schlenderte auf die Bar zu, hinter der ein älterer Mann mit zerknittertem Gesicht und penibel zurückgekämmten, schütteren Haaren gerade ein Glas spülte. Sein sandfarbenes Antlitz hatte einen ungesunden Unterton.

»Was kann ich für Sie tun, Ma'am?«, fragte er sie, und seine dunklen Augen blitzten oberhalb von massiven Tränensäcken hervor.

»Für's Erste wäre es gut, mich nicht Ma'am zu nennen.«

Der Mann, der ihr gerade bis zur Schulter reichte, wich ein wenig zurück. »Entschuldigen Sie«, murmelte er. »Was möchten Sie trinken?«

»Was können Sie mir denn empfehlen?«

»Falls du Biertrinkerin bist, kann ich dir das Hausbräu empfehlen«, mischte sich eine Stimme von links ein. Ilka drehte sich um.

Tony Starfighter. Ilka erkannte den jungen Mann mit dem Namen einer Actionfigur sofort wieder.

»Seit wann sind wir per Du?«, fragte sie ihn mit hochgezogenen Augenbrauen. In Wirklichkeit hasste sie es, gesiezt zu werden, diese ganzen geheuchelten Höflichkeiten waren ihr über die Jahrhunderte immer mehr zuwider geworden.

Der Mann mit dem Pferdeschwanz antwortet nicht, sondern setzte sich stattdessen neben Ilka auf einen der Hocker. »Trinkst du Bier?«

McCree nickte. »Heute garantiert«, brummte sie.

»Margy, bring uns beiden je einen Humpen Hausbräu«, rief Tony dem Wirt zu, der daraufhin eilig davon wackelte.

»Hör mal«, begann Ilka, »ich möchte einfach nur ungestört und ohne Unterhaltung ein paar Biere trinken. Ich hatte einen beschissen anstrengenden Tag. Also lass mich einfach in Ruhe, ok?«

Tony schien sich davon nicht beeindrucken zu lassen. Er nahm das Glas, das Margy vor ihn stellte und stieß damit das vor Ilka abgestellte an. »Komm schon, Captain, nur ein Bier.« Dann senkte er die Stimme und raunte ihr mit verschwörerischem Tonfall zu »Ich will nur die Frau ein bisschen besser kennenlernen, mit der Sally Geschäfte macht.« Er zwinkerte und stieß nochmal mit ihr an.

Ilka stierte ihn an. Was hatte er da gesagt? Hatte der Typ sie und Sally belauscht? Sie durchforstete ihre Gedanken. Nein, im Transporter hatten sie über nichts gesprochen, was auf den Deal zwischen ihr und Sally hätte schließen lassen. Dass er bluffte schien ihr unwahrscheinlich, so clever sah er nicht aus. Also gab es nur eine andere Möglichkeit.

»Was hat Sally dir gesagt?«, zischte sie ihn an.

Der junge Mann lächelte zufrieden. »Alles.«

McCree lachte kurz auf. Sie hätte es wissen müssen, aber mal wieder nichts geschnallt.

»Ihr seid ein Paar?« Klar, er war mit Sally zusammen gewesen, während Ilka mit dem alten Gray gesprochen hatte. Sie hatte ihn in alles eingeweiht. *Und wahrscheinlich hast du ihr damals auch bei der Flucht geholfen.*

Er strahlte.

Jupp, Volltreffer. So doof grinsen nur Verliebte. Ekelhaft.

Ilka setzte ihr Bierglas an die Lippen und trank es in einem Zug aus. Es war nicht übel. Ein bisschen zu malzig, aber süffig. Und stark. Ilka mochte starkes Bier. Sie stellte das Glas lautstark auf dem Tresen ab und rief zu Margy hinüber: »Hey! Noch eins!«

Neben ihr beeilte sich Tony Starfighter, sein Glas ebenfalls zu leeren, doch es gelang ihm nicht annähernd mit der Souveränität einer Ilka McCree.

Als die zweite Lage vor ihnen stand, brach er erneut das Schweigen.

»Ich bin froh, dass sie wieder da ist. Also, irgendwie. Ich meine, sie wollte weg und alles, aber …« Der Satz verebbte im Nichts. Hörte Ilka da schon einen leichten Zungenschlag? Herrje, der Junge konnte doch nicht nach einem Bier schon blau sein?

»Hmmm«, brummte sie nur und bereitete sich darauf vor, auf Durchzug zu schalten, damit sie wenigstens die Illusion eines entspannenden Biergenusses aufrechterhalten konnte. Der Gedanke an die Geschichte einer ganz besonderen Liebe und der frohen Wiedervereinigung drückte ihr die Magensäure Richtung Speiseröhre. Um das zu bekämpfen, stürzte sie das zweite Glas hinunter.

Tony, der gerade noch abwesend erschien, beeilte sich, es ihr gleichzutun. *Junge, bring dich nicht um mit dem Gesöff.*

»Es ist viel besser auf die Art«, sagte er dann, und die Wirkung des starken Bieres war nun schon deutlich hörbar. »Sally hat das Zeug dassu, ganz Großes zu erreich'n, weissu? Sie kann die Welt so viel besser machen. Besser als dieser Scheiß-Unionist ...« Er stockte kurz, hielt die Luft an und sah Ilka erschrocken in die Augen. In dem Moment sah er mit seinem jungenhaften Gesicht so ängstlich aus, dass es fast komisch war. Die Captain, die die Wirkung des Hausbräus mittlerweile auch zu spüren begann, lächelte ihm zu. Dass er sich gerade versehentlich als Gegner der Union geoutet hatte, machte ihn sympathisch.

»Keine Sorge«, winkte sie ab. »Nicht wegen so was.«

Er stieß erleichtert die Luft aus. »Ich dachte, weil du ja für die Gilde ...«

»Ich dachte, Sally hat dir alles erzählt?«, unterbrach sie ihn.

Er senkte den Blick. »Vielleichd auchnich«, murmelte er dann.

»Wie dem auch sei, Freundchen, ich glaube, es wäre sinnvoll, hier nicht so laut gegen die Union zu wettern.« Sie sah sich im Raum um. »Sie ist es schließlich, die den Leuten hier ihre Jobs sichert, verstehste?«

Tony stieß ein albernes Lachen aus. »Die wiss'n doch gar nich', wieso se wen hass'n soll'n. Scheißegal is' das denen.«

Er legte ihr vertraulich die Hand auf die Schulter,

zuckte dann aber sofort zurück, als sie ein leises Knurren ausstieß.

»Tschulligung«, lallte er. Dann holte ihn ein Schluckauf ein. Er hickste ein paar Mal und Ilka musste an sich halten, ihn nicht einfach quer durch den Raum zu schleudern. Schluckauf-Geräusche von Besoffenen rangierten dicht hinter Kaugeräuschen. Sie machten sie aggressiv.

Ein drittes Glas Bier landete auf dem Tresen vor Ilka, und auch Tony bekam noch eines. Margy musterte die beiden argwöhnisch. Dann zuckte sein Blick zur Eingangstür. Ilka wusste sofort, dass Sally hereingekommen war. Dafür musste sie sich nicht mal umdrehen. Es war nicht ihr Geruch, obwohl der nun auch zu ihr herüber wehte. Sie hatte es gespürt. *Diese verfickte Verbindung. Konnte sie die nicht irgendwie aus- und anschalten?*

»So langsam wird es mir hier ein bisschen zu voll«, murmelte sie, als Sally hinter ihr und Tony stand.

Tony, der Sally vorher nicht bemerkt hatte, strahlte übers ganze Gesicht, als er seine Angebetete sah. »Sally, da bist du ja! Wir haben gerade von dir gesprochen.« Er schlang den Arm um ihre Taille. »Die neue Geschäftsführerin von Gray Inc.« Sein Blick war so stolz, als würde er selbst den neuen Job übernehmen. *Wird sicher auch für ihn eine Beförderung bedeuten,* dachte Ilka.

Sally wirkte angespannt. Offenbar hatte sie nicht erwartet, Ilka hier zu treffen.

»Du hast schon gewusst, dass ich komme, was?«, meinte sie, an Ilka gerichtet.

Die Verbindung. Richtig. Sie denkt ja, dass du all ihre Gedanken lesen kannst, fiel Ilka wieder ein. Also beschloss sie, so gut es ging, mitzuspielen, und sich schnellstmöglich aus dieser Bar zu verpissen.

»Ganz richtig«, sagte sie dann, so selbstsicher es nur

möglich war. »Hast ja ganz schön auf dich warten lassen. Ich bin schon dabei, aufzubrechen.«

»Du hast ... ein volles Bier vor dir stehen«, bemerkte Sally. »Sieht nicht nach Aufbruch aus.«

Ilkas Blick zuckte zu dem Humpen auf der Theke. Dann nickte sie und trank ihn aus, ohne abzusetzen. »Ach, das«, sagte sie, »war ja nur noch ein Rest.« Dann stand sie auf. »Ich will euch beiden Turteltäubchen nicht länger stören, ihr habt sicher viel zu bereden.«

Sie wandte sich bereits um, als Sally sie am Arm festhielt. Ilka konnte im letzten Augenblick den Reflex zurückdrängen, die junge Frau wegzuschleudern oder ihr eine in die Fresse zu schlagen. Stattdessen presste sie ein: »Was gibt es noch?« zwischen ihren zusammengepressten Zähnen hindurch.

»Ich glaube, mein Vater hat es wirklich geschluckt«, raunte ihr Sally zu. Und nach einer kurzen Pause: »Danke. Und natürlich werde ich meinen Teil der Verabredung einhalten.«

Klang nicht danach, als würde sie ihren Deal nicht einhalten wollen. Doch das änderte nichts an der Tatsache, dass Hector Gray sie nicht mehr in Sallys Nähe dulden würde, wenn Ilka sein Angebot ablehnte. *Wenn er nicht noch auf ganz andere Ideen kommt, wenn du ablehnst.* Bis gerade eben hatte sie diesen Gedanken noch weit von sich gewiesen. Jetzt hatte er sie hinterrücks in den Nacken gebissen. *Shit.*

»Hmm«, antwortete sie, weil ihr nichts Schlaueres einfiel. »Dann würde ich mal sagen: Auf gute Partnerschaft, nicht wahr?« Dann löste sie sich unsanft von Sally, tippte sich an den Hut und nickte dem jungen Paar zu. »Wünsche eine gute Nacht.«

Verfolgt von den Blicken aller Bargäste stiefelte sie

hinaus auf den mittlerweile stockfinsteren Dorfplatz und zurück zu Hector Grays Haus. Dessen zwei Aufpasser hielten noch immer am Eingang Wache und ließen sie, wenn auch mit argwöhnischen Blicken, wieder eintreten. Im Inneren war alles still. Ob Gray schon schlief? Wie dem auch sei, Ilka wollte sich endlich keine Gedanken mehr machen. Das Bier hatte immerhin einen leisen Nebel über ihre Grübeleien gelegt. Trotzdem konnte sie es nicht abschalten. Sie hatte immer stärker das Gefühl, eigentlich keine andere Wahl zu haben, als Grays Angebot anzunehmen. Die Vorstellung, einen Vampiry erschaffen zu müssen, fühlte sich an wie ein Faustschlag in die Magengrube. Alles, wogegen sie jemals gekämpft hatte. Alles, was sie sich jemals geschworen hatte. All das sollte sie jetzt über den Haufen werfen? Ohne zu wissen, welche Büchse der Pandora sie da öffnete? Hector Gray ließ sich schon als Sterblicher nicht kontrollieren. Wie konnte sie glauben, seine Macht als Vampiry in die richtigen Bahnen lenken zu können? Zwecklos. Das könnte nur die Union. *Du darfst das nicht tun. Du machst damit alles nur noch schlimmer.*

Sie stapfte die Treppen hinauf, die noch lauter knarzten als vorhin. In dem Moment, als sie nach der Türklinke des Gästezimmers griff, traf Ilka ein Gedanke wie ein Blitzschlag.

Natürlich!, dachte sie, und schlug sich innerlich mit der flachen Hand an die Stirn. *Das ist es! Du kannst Gray sehr wohl kontrollieren. Du musst einfach nur dafür sorgen, dass er mit deinem Blut nicht Transmutan 1 verabreicht bekommt, sondern Transmutan 2.* Ein breites Grinsen breitete sich auf ihren vom Staub ganz trockenen, rissigen Lippen aus. Warum war sie da nicht gleich draufgekommen? Es war so simpel wie naheliegend. Sie wusste auch schon, wer ihr dabei helfen würde. Vielleicht war es doch eine gute Idee gewesen, Sally zu ihrer Komplizin zu machen. *Sieht ganz so aus, als wärst du einmal im Leben clever gewesen, Ilka.*

SECHSUNDZWANZIG

Der nächste Tag war ebenso grell und grau wie der vorherige. Draußen war es bereits hell, als Ilka sich aus dem ultragemütlichen Bett quälte. Liegenbleiben wäre ihr lieber gewesen, aber an Weiterschlafen war ohnehin nicht zu denken. Überall waren fremde Geräusche, die nicht zur XENA Rex gehörten. Also stand sie auf und zog sich an.

Vom Fenster aus konnte sie sehen, dass der Platz, der das Zentrum des Orts markierte, mit geschäftig umherlaufenden Menschen belebt war. Wieder nur Menschen, keine anderen Sapienten. *Nicht mehr, jedenfalls ...*

Es klopfte an der Tür und eine unbekannte Stimme rief »Captain McCree, Mr. Gray lässt Ihnen ausrichten, dass in einer halben Stunde die Raupe zum Transport bereitsteht. Ich bringe Ihnen ein ... Frühstück.« Die kurze Pause ließ Ilka spüren, dass der junge Mann vor der Tür einen gewissen Widerwillen gegen das Servieren von Blutkonserven zum Frühstück hatte. *Wenn du wüsstest, was dein*

Chef vorhat, dachte Ilka, doch sie antwortete stattdessen »Vielen Dank. Sie können es gerne vor die Tür stellen.«

Sie wartete, bis sich die Schritte draußen entfernt hatten, holte das Tablett mit dem Glas und den zwei Beuteln herein (wieder B negativ, aber davon konnte sie nicht genug kriegen) und frühstückte, während sie vom Fenster aus das Treiben auf dem Platz beobachtete.

Hector Gray stand mit einer Gruppe Menschen zusammen, darunter eine Frau in einem weiten Gewand und einer aufwendig aufgetürmten Frisur. Sie sah offiziell aus, ein bisschen wie eine Geistliche. Um sie herum standen drei Typen, die sich bis aufs Detail glichen, wie eineiige Drillinge. Sie waren im Gefolge der Dame, die allem Anschein nach Geschäftliches mit Gray zu besprechen hatte. Ein paar Leute in einfachen Overalls und grauen Jacken führten Lasttiere herum, ab und zu fuhr eine Raupe vorbei. Es war eine friedliche Szene.

Die Captain war mit dem Gedanken aufgewacht, dass sie auf Hector Grays Angebot eingehen würde. Sie hatte die halbe Nacht gegrübelt, und jedes Mal, wenn sie kurz vor der Entscheidung gestanden war, hatten sich die Argumente dagegen wieder so gewichtig angefühlt, dass sie ins Zweifeln kam. Doch am Ende war ihr klar, dass sie keine bessere Chance bekommen würde, die Dinge ins Lot zu bringen. Sie musste es nur clever genug anstellen, und dafür brauchte sie etwas Zeit. Zeit, nachzudenken, und Zeit, alles einzufädeln. Dafür würde sie Gray noch etwas vertrösten müssen. *Na, so wichtig wie ihm diese Vampiryscheiße ist, wird er wohl noch ein paar Tage Zeit haben.*

Sie würde ihn nur um etwas Zeit bitten müssen. Doch statt einer wohlformulierten Bitte um Aufschub hatte sie einen beschissenen Geschmack im Mund und einen Schädel, der sich anfühlte, als sei ihr präfrontaler Cortex auf die doppelte Größe angeschwollen. Grunzend warf sie ihren Mantel über und setzte den Hut auf das schwarze Haar. »Wird dann halt wohl auch so gehen müssen, Mister Gray. Gestatten – mein umwerfender Charme!« Dann machte sie sich auf den Weg nach unten, um ihren künftigen Geschäftspartner aufzusuchen.

Als sie das Haus verließ, stach die kaltgraue Helligkeit so drastisch in ihre Augen, dass sie sofort nach ihrer Sonnenbrille griff. Sie hatte sie letzte Nacht tief in einer ihrer Manteltaschen wiedergefunden. Von einem Moment auf den nächsten fühlte sie sich sicherer. Diese Dinger waren einfach eine verdammt gute Erfindung für lichtempfindliche Augen. Hector Gray stand noch immer mit der gleichen Gruppe Menschen auf dem Platz. Doch inzwischen hatte sich auch Sally dazu gesellt. Sie sah aus, als habe sie ebenfalls nicht besonders viel geschlafen, und als ihr Blick auf Ilka fiel, zuckte es genervt um ihre Mundwinkel und sie sah schnell in die andere Richtung. Ihr Vater dagegen drehte sich zu Ilka, als er ihre Annäherung bemerkte. Er begrüßte sie mit einem gewinnenden Lächeln.

»Captain, ich meine, Ilka. Ich darf doch Ilka sagen?«

Ilka presste die Lippen zusammen, um nichts zu sagen, was sie gleich darauf bereuen würde. Schließlich war eine gewisse Vertrautheit im Umgang Teil einer Zusammenarbeit, nicht wahr? »Hmmm«, bestätigte sie deswegen nur.

»Wunderbar. Ilka, schön, dass ich dich noch antreffe. Ich bin leider untröstlich, doch meine Tochter und ich müssen überraschend zu einer der Minen reisen. Eine wichtige geschäftliche Angelegenheit, das verstehst du sicher.«

Er strahlte sie an. Sally schaute immer noch weg. Die anderen Personen um ihn herum machten einen etwas nervösen Eindruck und wechselten unruhig von einem Bein aufs andere. Womöglich waren sie einfach nur in Eile, wegen dieser »geschäftlichen Angelegenheit«. Vielleicht war es aber auch einfach mal wieder Ilkas gewinnendes Auftreten, das allen das Blut in den Adern gefrieren ließ.

»Nun, ähm …«, begann Ilka, und wusste nicht so recht, was sie jetzt sagen sollte. Dann fiel ihr etwas ein. »Besonders lange werde ich nicht hierbleiben können. Ich habe noch ein paar … Dinge zu erledigen.«

Hector Gray trat etwas näher und legte ihr die Hand auf die Schulter. Ein kurzes Zucken durchfuhr sie, doch der instinktive Drang, ihm an die Gurgel zu gehen, ließ sich niederringen. Dann lehnte er sich etwas vor und sagte: »Ich kann noch nicht sagen, wie lange wir unterwegs sein werden. Aber wir können unser Gespräch gerne zu einem späteren Zeitpunkt fortsetzen. Das rennt so schnell ja nicht davon.« Er zwinkerte, was Ilka maximal abstoßend fand. Trotzdem stand ihr Entschluss fest. Wie ärgerlich, dass sie ihm das nicht hier und jetzt mitteilen konnte. *Was, wenn er seine Meinung später doch wieder ändert?*

»Mein Fahrer wird dich zu deinem Schiff bringen, sobald du abreisen willst. Wie ich höre, hat die alte Maeve mit ihrem Team mal wieder über Nacht ein Wunder vollbracht, dein Schiff ist bereits repariert.«

»So schnell?« Das konnte ein dreiköpfiges Team unmöglich in einer Nacht geschafft haben.

Gray grinste. »Ihre Werkstatt mag einfach aussehen, doch Maeve hat die modernsten Roboter zur Verfügung. Da ist nur noch sehr wenig Handarbeit.«

Ilka nickte ihm zu. »Nun, dann werde ich wohl aufbrechen, schätze ich. Danke für die … äh … Gastfreundschaft und die Reparatur meines Raumschiffs. Ich freue mich, bald wieder Geschäfte mit dir zu machen.« Sie streckte ihm die Hand hin, die er mit festem Griff packte und schüttelte. Hoffentlich würde er den Hinweis richtig deuten.

»Das Vergnügen war ganz meinerseits, Ilka. Ich hoffe, wir begegnen uns bald wieder.« Diesmal schwang das Zwinkern zwischen seinen Worten mit. Ja, er hatte verstanden.

Er zeigte zum anderen Ende des Platzes, wo Tony Starfighter stand. Er lehnte an der Raupe, die sie und Sally gestern erst hergebracht hatte. Als ihr Blick seinen traf, lächelte er freudig und winkte ihr zu. *Oh Scheiße, der hat mir gerade noch gefehlt.*

Hector Gray, Sally und die anderen waren bereits in Aufbruchsstimmung. Sally nutzte das, um an Ilka vorbeizuschlüpfen und sie auch jetzt keines Blickes zu würdigen. *Wie dem auch sei. Auf dich bin ich nicht mehr angewiesen.* Was die junge Frau dachte, konnte sie allerdings nicht erahnen. So viel zu der so genannten Verbindung.

Seufzend machte sich Ilka auf den Weg zu Tony, stieg wortlos in dessen Raupe und ließ die ganze Fahrt hindurch sein Geschwätz über sich ergehen. Nichts davon war auch nur annähernd interessant oder erhellend, und ihre Aufmerksamkeit war bereits nach wenigen Minuten weggedriftet. In Gedanken bastelte sie an dem Plan, um ihre Zusammenarbeit mit Gray – und mit seiner Tochter – gründlich vorzubereiten. Sie würde alles bedenken müssen. Sich zu allererst darüber klarwerden, welche Vision sie für die Machtübernahme durch die Souvs hatte. Überlegen, was es brauchte, um die Regierungsinstitutionen, das Militär und alle zentralen Schaltstellen mit Souvs zu besetzen, sobald diese die Regierung stellen würden. Herausfinden, welche Unionsgetreuen ihnen besonders gefährlich werden könnten. Nicht zuletzt würde sie Nneki aufsuchen müssen. Keine andere würde sie lehren können, die Gedankenverbindung zu nutzen, sie zu beherrschen. Es würde ihr nicht leichtfallen, zurückzukehren und Nneki um diesen Gefallen zu bitten. Doch sie hatte keine Wahl.

All das würde sie lernen und wissen müssen, bevor sie Gray zum Vampiry machen und unter ihre Kontrolle bringen konnte. Und dann war da noch die Frage, wie sie unbemerkt an Transmutan 2 kommen sollte …

»Und, was hältst du davon?«

Ilka schreckte auf. Tony hatte sie angesprochen, doch nichts von dem, was er in der letzten Viertelstunde geredet hatte, war bis zu ihrem Gehirn durchgedrungen. »Ähm, was? Entschuldige, ich …«

»Ja, ja, weiß schon, du stehst nicht so auf Liebesgeschichten. Ist nicht so ein Ding unter Vampiry, den Bund fürs Leben zu schließen.« Er lachte. »Wäre auch eine ziemlich langfristige Entscheidung.« Leise kicherte er in sich hinein.

»Hmmm«, brummte Ilka in sich hinein.

»Aber findest du nicht, dass wir ein tolles Paar sind?«

Da sie nicht davon ausging, dass er von ihm und ihr, Ilka McCree, sprach, sondern von Sally, rang sie sich ein knappes: »Schon« ab.

Für Tony Starfighter war das offenbar die Aufforderung, sich erneut in einem Monolog zu ergehen. Diesmal darüber, wie wundervoll er Sally Gray fand, was für eine tolle Geschäftsführerin von Gray Inc. sie doch sein würde, und wie wenig er Hector Gray eigentlich leiden konnte. Ganz offensichtlich ahnte er nicht im geringsten, dass Hector Gray keineswegs vorhatte, die Macht komplett abzugeben. Sondern dass er plante, das Machtgefälle in der Galaxie zu seinen Gunsten zu beeinflussen – mit Ilkas Hilfe.

Tja, mein junger Freund, du wirst dich bald ganz schön umschauen, dachte sie. Dann schloss sie die Augen, lehnte sich im Sitz zurück und ließ sich weiter vom monotonen Brummen der Transportraupe und dem nicht abreißenden Strom von Worten aus Tony Starfighters Mund berieseln.

SIEBENUNDZWANZIG

Irgendetwas war merkwürdig, als Ilka und Tony aus der Raupe ausstiegen. Ilka spürte es sofort.

Die Captain sah sich auf dem Platz um. Die XENA Rex stand, offenbar vollständig repariert und ohne jegliche Löcher an der Außenhaut abflugbereit in der Mitte des Platzes. Ilka umrundete ihr Schiff einmal, konnte keinerlei Schäden oder deren Rückstände entdecken. Maeve und die beiden Mechanik-Spezis hatten ganze Arbeit geleistet. Ilka hegte keinen Zweifel daran, dass sie die XENA Rex betreten und auf der Stelle davonfliegen könnte. Doch natürlich würde sie Maeve konsultieren, sich über den entstandenen Schaden ins Bild setzen lassen und für den extraschnellen Über-Nacht-Service ein großzügiges Trinkgeld fließen lassen.

Sie winkte Tony zu, der immer noch vor seiner Raupe stand und keine Anstalten machte, aufzubrechen. »Sieht alles gut aus, ich glaube, dein Job hier ist erledigt, Junge!«

Nun stapfte er doch auf sie zu. Himmel, konnte er nicht

einfach abhauen? Oder war er heute noch nicht genug Worte losgeworden?

»Ich sag meinen Leuten hier mal hallo.« Mit diesen Worten klemmte er sich an ihre Seite, wenn auch auf gebührendem Abstand. Ilka schnaubte leise, aber ließ ihn gewähren. Die Aussicht, in ein paar Minuten endlich wieder die Ruhe auf einer außer ihr gänzlich unbemannten XENA Rex zu genießen, stimmte sie milde.

Abgesehen von der XENA Rex war der Platz leer, bis auf ein paar Container und Kisten, die bereits am Vortag in der Nähe des Halleneingangs gestanden hatten. Keine anderen Schiffe oder Gleiter waren zu sehen. Auch Maeve erschien nicht auf der Bildfläche, ebenso wenig wie ihre beiden Angestellten. Die Halle stand offen, doch das tat sie wahrscheinlich immer. Aus dem Inneren drang kein Geräusch, alles war wie ausgestorben. Das Einzige, was Ilka hörte, war der scharfe Wind, der zwischen den Felsen hindurch pfiff und an ihrem Mantel und ihrem Hut zerrte.

Irgendetwas stimmte hier ganz und gar nicht. Ilka witterte etwas, doch sie konnte noch nicht mit Sicherheit sagen, was es war. Ein ungutes Gefühl beschlich sie, dieses Gefühl, das sich in ihren 357 Jahren nur genau zwei Mal geirrt hatte. Hier roch es nach Tod. Nach Blut. Und nach noch etwas. Sie fragte sich, wie das sein konnte. Hier würde sie mit allem rechnen, aber nicht damit, dass ...

Ein leises Geräusch, als würde jemand Metall über Steinboden ziehen, riss sie aus ihren Gedanken. Es war kaum vernehmbar, aber ihre geschärften Sinne betrogen sie so gut wie nie.

Mit langen Schritten ging sie auf die Halle zu, dorthin, wo das Kratzen hergekommen war. Sich anzuschleichen hielt sie hier nicht für notwendig. *Jeder Tote hat gehört, dass ich angekommen bin.* Ihr Verdacht bestätigte sich auf grausame Weise, als sie die Halle betrat. Links vom Eingang befanden sich ein paar Regale, bis zum Bersten gefüllt mit Werkzeug und Zubehör. Daneben große Stapel mit Metallplatten, große Kisten und Gerümpel. Davor lag Maeve in einer großen Blutlache. Sie war kreideweiß und hatte sich, halb liegend, an die Hallenmauer gelehnt. Sie lebte – aber ganz offensichtlich handelte es sich dabei um einen Zustand, der sich in Kürze ändern würde. Neben ihr lag ein riesiger, blutverschmierter Schraubenschlüssel. Als sie Ilka erblickt, hellte sich ihr Gesicht kurz auf, die Augen flackerten.

Tony schrie auf, als er die alte Frau sah. »Maeve! Scheiße, was ist passiert?« Doch als er auf die alte Mechanikerin zu rennen wollte, packte Ilka ihn am Kragen und hielt ihn zurück.

»Du«, zischte sie ihn an, »verpisst dich auf der Stelle in deinen Transporter, verriegelst die Tür hinter dir und kommst nicht raus, bis ich es dir sage. Hast du verstanden?«

Er starrte sie mit riesigen Augen an und nickte dann hastig. Sie ließ ihn los, und er stürzte zu seiner Raupe, als sei der Leibhaftige hinter ihm her.

Ilka wandte sich Maeve zu. Die versuchte, sich aufzurichten, unterließ es dann aber, weil sie zu schwach war. »Captain«, stieß sie hervor. Ihre Stimme war kaum mehr ein Flüstern, ein undeutliches Murmeln. »Sie müss'n aufpass'n.« Ilka zu ihr und ging neben ihr auf die Knie.

»Was ist passiert, Maeve? Wo sind die anderen beiden?«

Die kleine, alte Frau deutete kraftlos auf die gegenüberliegende Seite. Ihr Gesicht hatte fast die Farbe ihres Haares angenommen. »Ich hab … den Bastard … nich' gekriegt. Du muss … Siemüssnaufpssn.« Ein Hustenanfall schüttelte ihren kleinen, vom Alter gekrümmten Körper.

Ilkas Blick wanderte zu der Seite der Halle, an der die beiden Hirschkäfer-Gleiter standen. Neben den bemerkenswert akkurat geparkten Gleitern lagen, fast ebenso akkurat nebeneinandergelegt, Maeves Angestellte. Beide lagen ausgestreckt da, die kalkweißen Gesichter zu grotesken Fratzen der Panik verzerrt. Als Ilka näherkam, sah sie deutlich, was sie schon geahnt hatte: Ihre Kehlen waren aufgerissen, doch es war kaum ein Tropfen Blut auf dem Boden vergossen worden. Sie waren bis auf den letzten Schluck leergetrunken. *Verdammte Scheiße,* dachte Ilka. *Das darf doch echt nicht wahr sein.*

Von der anderen Seite nahm sie eine Bewegung wahr. Maeve machte ein röchelndes Geräusch, als wolle sie Ilka irgendetwas mitteilen, doch McCree wusste ohnehin, worauf sie sich gefasst machen musste. In der Hocke neben den beiden toten Mechanikern sah sich Ilka um. Hinter einem der beiden Gleiter sah sie einen Schatten, nur eine winzige Bewegung, doch diese hatte ihn verraten. Sie sprintete los, bevor er reagieren konnte. Nur wenige Meter hinter dem Gleiter bekam sie ihn zu greifen und warf ihn mit voller Wucht auf den Boden. Er trug die Hornets-Uniform noch immer mit einem trotzigen Stolz, auch wenn er von seiner Truppe getrennt und völlig allein war. »Du bist ein zäher Bursche, das muss man dir lassen«, keuchte Ilka, als sie dem Blonden ihr Knie auf die Kehle setzte, um ihn bewegungsunfähig zu machen. Sein Gesicht war blutüberströmt, und das lag nicht nur daran, dass er soeben zweieinhalb Menschen leergesaugt hatte. Maeve hatte ihm mit dem Schraubenschlüssel eins übergezogen. Wahrscheinlich war das der Moment gewesen, als Ilka mit der Raupe draußen angekommen war. Er musste von Maeve abgelassen haben, um sich zu verstecken. Unbändige Wut stieg in Ilka auf wie ein Mittagessen, nachdem sie einen Becher Brechmittel getrunken hatte.

Sie spuckte dem Vampiry ins Gesicht und verstärkte den Druck auf die Kehle, während sie mit der linken Hand blitzschnell zu ihrem Stiefel griff, um das Messer herauszuholen. Doch der Kerl war schneller, warf sich zu einer Seite und beförderte Ilka auf den Boden. Mit einem Satz sprang McCree wieder auf die Füße. Nun standen die beiden sich gegenüber, beide breitbeinig, zum Kampf bereit.

»Ich mach dich fertig, du Verräterin«, zischte Dyke Randalls Brut. »Und wenn ich mit dir fertig bin, wird Randall seine helle Freude an dir haben.« Er grinste und entblößte seine hässliche Fresse, in der mindestens fünf Zähne fehlten. Es war ein unappetitlicher Anblick, und Ilka schlug ein Gestank entgegen, der ihr sehr deutlich machte, dass der Zahnverlust zumindest zum Teil das Ergebnis mangelnder Hygiene war. Ekelhaft. Er war unbewaffnet, doch das spielte sowieso keine Rolle. Ilkas Hass war so groß, dass sie ihn auch überwältigt hätte, wenn er mit einer Panzerfaust vor ihr gestanden hätte. Sie wusste genau, dass er einen Frontalangriff erwartete. Sie spurtete los, direkt auf ihn zu, drehte dann nach links, sprang – und stieß sich von dem Raumgleiter ab, der dort stand. Noch im Sprung zog sie das Knie an, griff nach ihrem Stiefelmesser und landete kurz darauf auf dem überraschten Vampiry, der gerade noch die Arme zur Abwehr heben wollte. Zu spät. Sie rammte ihm das Messer direkt zwischen die Augen. Er ging zu Boden, zuckte und wand sich. Ilka ließ seinen Heilkräften keine Zeit, ihn zu regenerieren. Mit einer gezielten Bewegung drückte sie seinen Kopf mit der rechte Hand zur Seite und fixierte mit der Linken seine Schulter am Boden, so dass seine Kehle freigelegt war. Dann riss sie ihm mit einer solchen Wucht die Kehle heraus, dass ihr das Blut nur so entgegenschoss. Noch zwei Mal zuckte der blonde Hornets-Pirat, dann blieb er reglos liegen. Dieses Mal hatte sie ihn garantiert in die Hände des Todes übergeben. Dieses Arschloch würde kein einziges Leben mehr auslöschen. Seufzend zog sie ihr Messer aus seiner Stirn, wischte es an seinen peinlichen Hornets-Klamotten sauber und steckte es zurück in ihren Stiefel. Dann stand sie auf und betrachtete ihn kurz. Ein junger Kerl. Wer wusste schon, wo Randall und seine Leute ihn gefunden und gegen seinen Willen entführt hatten. *Armes Schwein.*

Sie wandte sich ab, umrundete den Gleiter und kehrte zu Maeve zurück. Die Alte lag in ihren letzten Atemzügen. Sie hatte zu viel Blut verloren. Aus der Bisswunde am Hals rann unablässig ein roter Faden, doch er wurde dünner.

Ilka beugte sich über Maeve. »Ich hab den Scheißkerl erledigt«, raunte sie, als ob das jetzt noch irgendetwas ändern würde. »Der wird keinen Schaden mehr anrichten.«

Die Alte lächelte gequält und nickte, was ihr ganz offensichtlich Schmerzen bereitete. »Meine Enkel ...«, begann sie mit fragender Stimme und zeigte mit einer schwachen Handbewegung zu den beiden Toten hinüber. Ilka sagte nichts und schüttelte stumm den Kopf. Maeve seufzte, sie hatte verstanden. Das nächste Ausatmen ließ eine Ewigkeit auf sich warten, dann hauchte sie ihr Leben aus.

Ilka blieb noch einen Moment neben ihr sitzen und betrachtete das faltige Gesicht der Frau, die ihr Leben lang hart gearbeitet hatte und sicherlich einen friedlicheren und schöneren Tod verdient gehabt hätte. Zum Beispiel im Kreise ihrer Lieben und mit dem guten Gefühl, dass ihr Lebenswerk von ihren Nachkommen weitergeführt werden würde. *Das Leben ist einfach beschissen grausam, meine liebe Maeve. Tut mir leid, dass ich dich in diese Situation gebracht habe.* Dann schloss sie Maeves Augen und ging hinaus auf den Platz, wo die XENA Rex stand – und Tony Starfighters Raupe.

Sie klopfte an die Fahrertür. Ein blasses Gesicht erschien an der Scheibe, dann öffnete er die Tür. »Sind sie … tot?«

Ilka nickte. »Alle tot. Inklusive diesem Sackgesicht von Hornets.«

Tonys Kinnlade klappte runter. »Du willst sagen, ein Va… ich meine, ein Pirat hat das da drin veranstaltet? Wie ist der hier hergekommen?« Er sah sich um, als wolle er nach dem Pirataeschiff Ausschau halten, das hier ja wohl irgendwo parken musste.

Etwas peinlich berührt räusperte sich Ilka. »Ähem, also, es könnte sein, dass der sich noch … wie soll ich sagen … dass er noch auf meinem Schiff war. Blinder Passagier quasi.«

Empörung und Fassungslosigkeit wetteiferten auf Tony Starfighters Gesicht. »Du hast das nicht bemerkt? Sally hat mir erzählt, dass ihr mit Hornets zusammengetroffen seid, aber …«

»Ich dachte, ich hätte alle erwischt. Aber dieser Flachwichser muss sich im Mannschaftstrakt versteckt und überlebt haben. Jetzt ist er jedenfalls definitiv Geschichte. Aber …« Sie warf einen Blick zur Halle. »Leider hat es drei Opfer gegeben, die mich in Erklärungsnöte bringen werden.« Ein Seufzer entrang ihrer Kehle.

Warum passiert mir eigentlich bei jedem dieser Scheiß-Jobs irgendein Mist? Bin ich ein Kacke-Magnet oder sowas?

»Keine Sorge, ich regle das schon.«

»Was?«

»Kein Problem. Ich kann mich darum kümmern, das zu erklären. Mach dir keine Sorgen. Du kannst einfach losfliegen und ich regle das hier.«

Ilka betrachtete den schmächtigen jungen Mann. Auf einmal wirkte er wie jemand, der sein Schicksal in die Hand nahm und Dinge tatsächlich einfach »regelte«. Was auch immer das in dem Fall heißen mochte. Vielleicht hatte sie ihn doch unterschätzt.

»Wenn du meinst«, sagte sie mit einem Stirnrunzeln.

Er strahlte sie aufmunternd an, als habe er völlig vergessen, dass da drin in der Halle drei Menschen lagen, die er gekannt und gemocht hatte. »Ich bin ganz sicher. Du hast uns … mehr geholfen, als du vielleicht ahnst. Danke dafür.«

Das ließ sich Ilka nicht zwei Mal sagen. Umso besser, wenn sie sich nicht mehr mit den Aufräumarbeiten und den Erklärungen für diese Sauerei hier herumschlagen musste. Für so etwas waren schließlich die Tony Starfighters dieser Welt da. Sie klopfte dem jungen Kerl auf die Schulter und brummte ein: »Na dann, mach's mal gut.«

Sie marschierte sie an der Halle vorbei zur XENA Rex, ging an Bord und startete die Triebwerke. Es war eine weite Reise zurück nach Bocinda. Angie Dawson würde in der Zwischenzeit von Gray Nachricht erhalten haben, dass der Deal abgewickelt war. Sie wollte keine Zeit verlieren. Mit einem letzten Blick auf Maeves Garage und Tony Starfighters Raupe zog sie die XENA in die Luft und ließ diesen verfluchten Planeten endlich hinter sich.

»*Alle Systeme einsatzbereit. Volle Kapazität*«, gab die freundliche Computerstimme durch. Alle Anzeigen leuchteten grün und auf dem Radar gab es nichts zu sehen außer der weiten Leere, die sich vor ihr und der XENA Rex erstreckte.

»Na, dann hoffen wir mal, dass es ab jetzt etwas ruhiger wird, was, meine Alte?«, fragte Ilka, tätschelte die Steuerkonsole vor sich und lehnte sich mit hinter dem Kopf verschränkten Armen in ihrem Sitz zurück. Ihr breitkrempiger Hut lag auf der Konsole. Der kleine Anhänger mit der silbernen Sonne klirrte leise, als die Triebwerke vibrierend auf volle Schubkraft beschleunigten. Das monotone Geräusch, das durch das ganze Raumschiff summte, war vertraut und beruhigend. Ilka war alleine – endlich.

ACHTUNDZWANZIG

Sie schreckte hoch, als ein schrilles Signal ertönte und der Bordcomputer sie mit den Worten weckte: »*Eingehendes Comm-Signal, Video-Übertragung von Bocinda. Kanal öffnen?*«

Angie Dawson.

Ilka rieb sich den Nacken. Sie war im Cockpit eingenickt und hatte in höchst unergonomischer Weise ihren Kopf bis fast hinunter auf die Steuerelemente sinken lassen. Sie räusperte sich. Dawson gegenüber wollte sie nicht verschlafen oder unkonzentriert erscheinen. Sie blinzelte ein paar Mal, als könne sie damit ihr Gehirn neu starten und wischte mit der Hand übers Gesicht.

»Übertragung starten«, befahl sie dann dem Bordcomputer. Das zerfurchte Gesicht von Angie Dawson erschien vor ihr. Die alte Marali hatte ihren Kopf in ein rotes Tuch gehüllt, unter dem ihre gelben Augen mit den quergeschlitzten Pupillen noch mehr hervorleuchteten als sonst.

»Ilka«, sagte sie in einem Tonfall, den die Captain nicht deuten konnte, »wie ich sehe, bist du wohlauf.«

»Ja, Sir, ich bin bereits auf dem Weg zurück nach Bocinda.«

»Dass der Auftrag erfolgreich abgeschlossen wurde, ist mir bereits zu Ohren gekommen. Ich gratuliere«, sagte Angie Dawson, doch Ilka hörte, dass da ein »aber« folgen würde. Und es folgte auf dem Fuße.

»Es gibt da nur leider ein kleines Problem.« Dawson räusperte sich.

»Welches Problem, Sir? Ich habe den Auftrag wie vereinbart ausgeführt, die Ware wurde lebend und unversehrt übergeben. Ich hatte ein langes Gespräch mit Hector Gray, der sich sehr zufrieden über die Erfüllung geäußert hat.«

Verdammt, was war nur vorgefallen? *Bitte lass Sally nicht gestorben sein, oder sowas.* Es war extrem selten, doch es war von einzelnen Fällen berichtet worden, in denen Menschen Tage nach dem Konsum von Vampiryblut gestorben waren. Sogar solche, die zunächst keinerlei Vergiftungssymptome gezeigt hatten. *Bitte, lass sie nicht tot sein.*

»Das ist auch korrekt. So hat er es mir auch gestern Abend noch gemeldet, kurz nach der Übergabe. Das Problem ist nur ... Jetzt ist Hector Gray tot.«

Bitte was? Plötzlich war McCree glockenwach. Sie richtete sich in ihrem Pilotensessel auf, als hätte sie einen Stock verschluckt.

»Bitte was?«, wiederholte sie laut.

»Hector Gray ist tot.«

Verdammt, dass ich nicht wollte, dass Sally tot ist, sollte nicht heißen, dass irgendjemand anderes gestorben sein soll, dachte sie, gerade, als hätte sie mit ihren Gedanken tatsächlich irgendetwas beeinflussen können.

»Das ist doch völlig unmöglich. Ich habe noch mit ihm

gesprochen, vor ...«, sie schaute auf die Zeitanzeige, »weiß nicht, vielleicht zehn Standardstunden oder so.«

Ilka war plötzlich sehr heiß, obwohl die Temperaturen im Cockpit gewohnt frostig waren. Das musste ein schlechter Traum sein. Sie rammte absichtlich ihr Knie gegen die Steuerkonsole. *Autsch.* Ok, kein Traum. Einfach nur die beschissene Realität. *Fuck.*

Angie Dawson, die sonst so gelassen und abgebrüht war, sprach nun lauter. »Hector Gray ist vor wenigen Stunden tot aufgefunden worden. Offenbar ist er einem Vampiryangriff zum Opfer gefallen.«

»Einem ... was?« Ilka konnte nicht glauben, was sie hörte. Nein, das konnte einfach nicht sein. Da war kein Vampiry mehr gewesen, sie hatte ihn erledigt. Und selbst wenn, wie hätte er an Hector Gray herankommen soll... Ihr Atem stockte. »Shit«, entfuhr es ihr.

Dawsons Augen weiteten sich und sie reckte ihren faltigen Kopf nach vorne. »Möchtest du irgendetwas sagen, McCree?«

Mit einem heftigen Kopfschütteln versuchte Ilka sowohl ihre fahrigen Gedanken als auch den in der Luft stehenden Vorwurf abzuschütteln. »Nein, ich meine ... Das ist völlig unmöglich. Sir, ich schwöre, ich habe mit dieser Sache nichts zu tun!«

Ein langes Schweigen drängte sich zwischen sie. Zwei Schweißtropfen liefen von Ilkas Stirn in ihr linkes Auge. Sie versuchte, sie weg zu blinzeln.

»Ah. Ist das so? Wie erklärst du dir dann diesen Zufall, Ilka? Ein Planet, auf dem nie Vampiry waren. Dann kommst du. Und wenige Stunden später sind vier Leute tot. Darunter der Auftraggeber. Gestorben durch die Hand eines Vampiry.«

Vier. Maeve, ihre beiden Enkel – und Hector Gray. Woher wusste Dawson von dem Vorfall in der Werkstatt?

»Warte, vier? Du glaubst doch nicht wirklich, dass ich dermaßen Amok laufen und vier Menschen aussaufen würde? Noch dazu den Auftraggeber? Das ist nicht mein Stil, Angie, und das weißt du.«

Die Marali lachte ihr knarziges Lachen. Es klang weder humorvoll noch freundlich. Und es war auch nicht so gemeint. »Natürlich weiß ich das. Die Frage ist nur, wieso du einen Vampiry an Bord hattest und ihn mit nach Gondas gebracht hast. Und wieso er ausgerechnet Hector Gray umgebracht hat.«

Ein weiterer Schweißtropfen hatte sich selbstständig gemacht und kitzelte nun Ilkas Nasenspitze. Sie wusste, dass Angie ihre Geschichte nicht glauben würde. Nicht, wenn Sally Gray sie nicht bestätigte. Und wieso sollte die junge Gray das tun? Jetzt, wo sie die Chefin war. Nicht nur Geschäftsführerin, sondern Chefin.

Sally. Natürlich. Tony und Sally. Sie haben mir eine verdammte Falle gestellt.

Sie fragte sich, was genau geschehen war. Im Grunde jedoch wollte sie es gar nicht so genau wissen. Es reihte sich nur ein weiterer, dummer Fehler in die lange Kette von Verfehlungen und falschen Entscheidungen ein, die Ilka im Verlauf dieses Auftrags getroffen hatte. Die Waffe, die sie Sally Gray gegeben hatte, war dabei vermutlich nicht mal der größte gewesen.

Das Schweigen deutete Angie Dawson offenbar als Schuldeingeständnis. »Ich weiß nicht, was dich zu diesem Wahnsinn getrieben hat, Ilka, und was dein Motiv war. Aber das ist jetzt auch völlig egal. Die Gilde hat wegen diesem Zwischenfall einen riesigen Haufen Scheiße am Schuh kleben, meine Liebe. Und wir werden ein sehr ernstes Wort miteinander reden, wenn du zurückgekehrt bist. Dass du Partnerin wirst, ist damit vom Tisch. Du hast Glück, wenn dich die anderen nicht rausschmeißen.«

»Angie, das ist alles ein großes Missverständnis«, versuchte Ilka, sich zu erklären. Wie nutzlos das war, wusste sie selbst. Im Hinterkopf spielte sie bereits mit dem Gedanken, einfach nicht nach Bocinda zurückzufliegen und sich der Prügel nicht zu stellen, die sie von der Gildenführung zu erwarten hatte.

Doch Angie schnitt ihr diesen Gedanken ab. »Und denk nicht mal dran, einfach nicht aufzutauchen. Mach es nicht schlimmer, als es sowieso schon ist.«

Ich bin mir ziemlich sicher, dass es nicht viel schlimmer geht.

»Ja, Sir«, antwortete sie tonlos.

Der Kanal wurde geschlossen. Und mit ihm schlossen sich alle Türen zur Union und Ilka McCrees Rache.

ENDE

DANKSAGUNGEN

Auch wenn man die Buchstaben letzten Endes selbst tippen muss, sind an der Entstehung eines Buches immer weit mehr als eine Person beteiligt. Hier sind diejenigen, die mich dabei begleitet und unterstützt haben.

Ich danke Tony und Jule dafür, dass sie mir die besten Inspirationsquellen waren, die man sich wünschen kann. Ohne eure ansteckende Kreativität hätte ich Ilka wahrscheinlich nie fertig geschrieben. Vielleicht hätte ich nicht einmal angefangen. Danke für eure Geduld mit mir und dafür, dass ihr mir emotionalen Support geleistet habt, wenn ich mal wieder die Krise bekommen habe.

Danke an meine Lektorin Uschi Zietsch-Jambor. Dein strenger Blick hat diesem Buch den nötigen Schliff gegeben. Eine bessere Lektorin hätte ich mir nicht wünschen können für dieses Projekt, denn kaum jemand ist auf diesem Terrain so zuhause wie du.

Danke auch an alle, die die Rohform testgelesen haben. Euer Feedback war sehr wertvoll, und ich habe mir ganz vieles zu Herzen genommen. Danke deswegen an Ulla, Yvonne, Anja, Dinah, Benjamin, und auch hier wieder: Tony und Jule.

Ein spezieller Dank gilt auch der Firmen-Schreibgruppe, in der wir uns alle immer wieder gegenseitig inspirieren, motivieren und herausfordern, an unseren Projekten dranzubleiben. Jutta, Sally, Benjamin, Arne und die anderen: Ihr seid einfach super!